文創風
love.doghouse.com.tw

狗屋硬底子，臺灣文創軟實力，原創風格無極限！

狗屋硬底子，臺灣文創軟實力，原創風格無極限！

文創風 012

大清有囍

二之一〈不是冤家不聚頭〉

翾雯 著

目錄

《大清有囍》序

這本書是在2008年寫完的，猶記得當時網上清穿盛行、如日中天，那段時間，整個人都在康雍兩代帝王的歷史和傳聞中不能自拔。

不可否認，書都寫得很精彩，可又有著同樣的遺憾——為了遵循歷史，清穿書中的結局都是無奈甚至淒慘的。而我，是個崇尚享受生活、製造快樂的人，所以，我就萌生了要寫一部清穿喜劇的念頭。

而這本書的構思其實也很簡單。那天與老同學冰咖啡聊天，就順口問了她一句：「若要妳嫁給康熙的兒子，妳會嫁給誰？」她笑著說：「老九吧，多有錢啊，可以少奮鬥好多年呢！」

我知道她是玩笑話，但這句玩笑話讓我將那個尚未完全確定的大綱徹底豐富起來。於是我笑說：「如妳所願。」書中九阿哥的紅顏知己叫青萍，而冰咖啡的名字中就有個萍字，算是圓了她的夢吧。

寫作的日子很快樂，我不斷將自己所能感受到的一切快樂和幸福全部構築在這本書中，只為寫一本與眾不同的清穿，只為那些喜歡清穿的讀者們奉獻出一部有笑有淚卻結局圓滿的故事。

現代部分中，八阿哥再世後的愛人叫任靜懿，這個名字是一個熱心讀者現實中的名字。她說她喜歡八阿哥，也為這個沒有在清朝得到愛人的阿哥感到心疼，所以，用她的名字來做八阿哥現代的愛人的名字，算是一種安慰，一種補償。於是，我採納了她的建議，用她的名字作為八阿哥再世情人的名字。

這樣的讀者還很多，書中很多名字都是讀者提供的。我很感激這些讀者，如果沒有他們的支持，我不可能寫完這本書，也不可能一直將快樂於書中延續到底。在此，我由衷地說一句：感謝你們，親愛的讀者們，是你們無私的支持讓我寫完了這本書，盡可能地給了書中每一個人最大的快樂和幸福。謝謝你們，謝謝！

我知道自己的文筆很弱，故事情節也不夠曲折。這可以說是我寫作的一大特點。我不愛陰謀詭計，不愛曲曲折折，生活本來就給了我們太多的無奈和不如意，閱讀卻是放鬆和休閒的一種方式，我們何必給這放鬆的空間也戴上無奈的枷鎖？何必連休閒都充滿了詭詐和曲折？愛就是愛，恨就是恨，愛的時候傾注全部身心，失去後才不會感到遺憾。人這一輩子不都是在追尋這種灑脫和悠遊嗎？既然現實讓我們無法做到，那麼我用文字讓筆下的人物活出大家都想要的生活——幸福、安逸、快樂、單純。

這本書寫完之後就被花雨出版社看上，並很快出了簡體版成書。那是我這輩子永遠忘不掉的事，那麼驕傲、那麼快樂，為此，我萬分感謝花雨能給我這個機會。

時隔三年的今天，花雨再一次給了我和這本書新的機會。當編輯告訴我這本書將要以繁體版形式在臺灣發行的時候，我簡直要樂瘋了。那種喜悅啊，像泡泡一樣漲滿了心扉。希望這本書也能給廣大的臺灣讀者一份快樂和安逸，能給埋頭於繁忙學習的莘莘學子和沈重壓力的上班族淺淺的慰藉，哪怕只是一句話、一段文字能讓您開懷一笑，我都會由衷感到高興。

第一章　穿越

頭好疼啊……麗珊揉了揉腦袋。都怪死狐狸，沒事非得搶著開車，這也罷了，還和後面的蘭豔拌嘴，結果就是為了躲避突然出現的行人，連煞車帶拐把，撞到了一旁的牆上。如今也不知道是不是在醫院裡了，可別撞成殘廢，那就不划算了。

麗珊想著和幾個好友在北京的繁華地段開設的俱樂部，收入還不錯，要是四個股東都成殘廢了……這幾天俱樂部在裝修，四人無聊，一起出去喝個酒，誰知道居然出了車禍！唉，自己最後記憶的就是青萍趴在方向盤上一動不動，後座的秀眉和蘭豔呻吟不已……

想到這兒，麗珊趕快睜開眼睛——咦？這是哪裡？古色古香的家具、紙糊的窗戶……紙糊的窗戶？這年頭還有人用紙糊窗戶的嗎？

正出神，就看一個身著古裝的小姑娘推開門進來了，一見麗珊睜開了眼睛，就欣喜若狂地說道：「小姐，您可醒了！我這就去告訴二少爺。」說完就咕咚咕咚地跑了。麗珊呆愣愣地看著小丫頭跑了出去，坐起身把被子掀開——

「啊?!」

天啊，怎麼全縮水了?小小的身子，小小的手，小小的腳……最可怕的是她那傲人的身材居然像是還沒發育完全的！麗珊一下懵了，這、這是什麼狀況啊?

「妹妹，你醒了！」一個充滿關懷的聲音忽然響起，麗珊抬頭看了看，來人二十多歲，濃眉大眼，身材高大，一看就是練武之人，走起路來虎虎生風的。

「讓二哥看看，嗯，還好，沒把我妹妹的花容月貌摔壞了。妹妹，以後可別再和那些官家小姐賭氣了，哥哥們沒本事，只能給人家做奴才，連帶著讓妳也跟著受委屈。我知道妳是個心高氣傲的人，可要真的得罪了那些大人，哥哥可沒本事救妳啊。這次，要不是看在我在四爺門下做事，他們說不定得怎麼著呢。唉……」嘆口氣，他又躊躇滿志地說：「不過，我年羹堯早晚會出人頭地，絕不讓妹妹再受這委屈。」抬頭看了看麗珊又道：「大哥現今在八爺手下做事，雖說和我差不多，但總歸人脈廣，八爺又是個和善的主子……當然了，四爺也很好……」

目瞪口呆地聽著眼前這個「二哥」嘮嘮叨叨地說了一大堆，終於從他的話裡找到了重點，他是年羹堯，自己是他的妹妹……等等，好像還有個叫四爺的人？

麗珊只覺得頭皮一陣發麻。年羹堯……這世上有人重名重到如此地步的嗎？還「四爺」?!四爺難不成就是雍正？再看看這房子、這家具、這人的打扮，還有自己縮了水的身材……不會吧?!

嚥了口唾沫，麗珊艱難地開口問道：「今年是哪年？我叫什麼？」

「呵呵，妳呀！」年羹堯寵溺地揉了揉麗珊的頭。「今年是康熙四十一年，妳叫年冰珊。」

「咚」的一聲，麗珊仰面倒在了床上。康熙四十一年！年冰珊！上帝啊，讓我死了吧！

十天後，麗珊——喔，現在應該叫冰珊了，已經徹底相信自己回到了清朝這個事實，因為不僅她來了，連她那幾個死黨也「幸運」地來了！

之所以會發生這種烏龍事件，就是因為尚書兆佳・馬爾漢的女兒兆佳・白玉，棟鄂七十之女棟鄂・青萍，以及年遐齡的女兒、年羹堯的妹妹年冰珊和侍郎完顏・羅察之女完顏・嬌蘭這四個女孩賭氣賽馬，因為幾人都是官家小姐，性子又比較驕縱，誰也不服誰、互相暗算的結果就是四人同時落馬，摔了個人事不省，正好遇上她們出了車禍，就這樣不明不白地來到了這裡，好在四人的相貌無太大變化。

嬌蘭還笑說，八成這幾個是她們的前世。誰知道呢，反正一時半刻是回不去了，都怪死狐狸，之前說什麼迷上了康熙的兒子，想去故宮瞧一瞧。結果故宮沒去成，倒都跑清朝來實地考察了！幸好她喜歡的是康熙的兒子，要是她喜歡恐龍……

此時，她們四個正身著男裝，坐在太白樓的雅間裡討論將來如何生存的問題。兆佳・白玉，就是原來的白秀眉，棟鄂・青萍就是死狐狸胡青萍，完顏・嬌蘭不用說一定是焦蘭豔，而她自己現在是年羹堯的妹妹——年冰珊，這簡直就是天方夜譚啊！

青萍想了想說道：「姊妹們，我們既然來了，就該好好享受一下這難得的假期！呵呵，我終於來到清朝了！四四、八八、九九、十十……」

「閉嘴，妳這花癡！帶著妳的親三對兒滾一邊玩去，妳當打撲克啊?!」嬌蘭不耐煩地打斷了某人興奮的言語。

青萍撇撇嘴道：「我說妳們有點常識好不好？我們現在是在康熙年間，再說我們都是旗人，將來是要進宮選秀的。到時候，憑我們的人才，就是不能撈個妃子，好歹也能嫁個皇子做福晉的！」

「白癡！」這回是三個人同時開口。冰珊冷冷地說道：「妳願意給人做小老婆儘管去，我可沒興趣。選秀？哼哼！」冰冷的眼神讓其他三人不禁打了個哆嗦。

青萍忙打圓場。「我說，別的以後再說，有一點一定要記住，就是我們來自未來，對這個時代的事情多少了解一點，可是我們不能改變歷史，否則妳我大家都會煙消雲散。」

對於這一點，四人的意見還是比較統一的，畢竟她們還想回到現代，那裡有她們的家人朋友，還有她們辛辛苦苦創辦的事業。

達成協定後，幾人又就一些具體細節商量了一下，比如什麼時候聚會、在哪兒聚會、有急事如何聯絡等等。終於，大概是下午兩點左右時，她們決定各自回家了。

白玉伸了個懶腰，說道：「唉呀，這裡太落後了，沒有電視，沒有電腦，沒有汽車，沒有手機，沒有抽水馬桶，沒有——」

冰珊好笑地看了她一眼道：「行了吧，妳就湊合點吧，這可有人侍候妳呢！在現代，誰侍候妳啊?!還手機汽車呢，哼！就妳那開車的技術，有車也是白搭！」

「珊，妳笑話我，我不依喔！」白玉撒嬌似地搖著冰珊的手臂，見冰珊完全不為所動，只好訕訕地坐到了一旁。

青萍和嬌蘭不禁大笑起來。

「也就是珊能治得了妳！」青萍幸災樂禍地說道。

白玉瞪圓了雙眼，反唇相稽道：「哼，妳們還不是一樣？是吧？珊。」結果當然就是被青萍和嬌蘭按到桌子上收拾了一通！

飯後四人相約逛街，由於穿著男裝，自然也就比較隨意。於是，京城的大街出現了四個言笑晏晏的俊俏少年。

「珊，妳的潔癖居然還有啊?!」白玉看了看一身白衣、外罩銀色馬甲的冰珊，搖著扇子氣定神閒地問道。

冰珊白了她一眼，就當是回答了。

一旁的嬌蘭笑道：「呵呵，我們珊珊還是穿白的最美了。妳們看，那幾個小姑娘看珊看得臉都紅了。」

青萍不懷好意地湊到冰珊的身邊問道：「珊，看上哪個了?小弟幫妳！」冰珊皺眉冷冷地看了她一眼，青萍忙摸了摸鼻子道：「哈，今天的天氣真不錯喔！」白玉和嬌蘭也忙跟著附和了幾句。開玩笑，珊以前就有個外號叫冰山！這回倒好，穿過來直接就改了！那冷冰冰的氣息，比空調還涼呢！

四人往前走著，忽然聽見前面有人哭叫。「大爺，求求您了，放了我吧，我娘還病在床上等、等我賣了這些回去抓藥哪！嗚嗚……」一個嬌弱的聲音斷斷續續地傳了過來。

「爺看上妳是妳的福氣，乖乖地跟爺回去，包妳榮華富貴享用不盡，把爺侍候舒服了，爺就賞妳些銀兩，回去給妳老娘治病。要是惹得爺發了火……哼哼，爺就讓妳全家吃不了兜著走！」聽上去就很討厭的聲音囂張地傳入四人的耳朵。

老套的戲碼，偏偏讓這四個好打抱不平的碰上了。

撥開人群，四個美得冒泡的帥哥閃亮登場。

白玉走到那個豬哥的跟前——嘖嘖，說他是豬哥還真沒冤枉了他，看那肥得流油的身材和日本相撲選手有一拚，油光滿面的圓臉上一雙小得幾乎快要看不見的老鼠眼、蒜頭鼻，還是酒糟呢！厚得跟香腸似的嘴唇，嘴角好像還在流口水。

呃——快吐了！

撥開箝制在女孩下巴上的豬蹄，白玉皺眉道：「光天化日、朗朗乾坤，竟敢當街調戲民女？還有沒有王法了？」嗯，用得好！白玉不忘在心裡把自己狠狠地誇了一下。

那豬哥看了看白玉的穿著，沈聲說道：「哼，看你不過是個書生，長得倒是白白淨淨的，要是個娘兒們，爺一定把你帶回家去。滾，別掃了爺的興致，小心爺打得你滿地找牙！」

聽見豬哥嘴裡不乾不淨的，白玉的臉頓時沈了下來。「讓我滾？哼！憑你也配！小爺今兒就叫你滾一回！」說完就一腳踹在了豬哥的胯下，把他踹得捂著褲襠直蹦高。接著又是一腳，將他踹趴下後，再順勢一踢，那豬哥果然就一路「滾」到一邊去了。

「好！」周圍的人群裡爆出一陣轟天般的叫好。

白玉抱拳拱手道：「呵呵，謝謝捧場！」青萍和冰珊她們不禁暗自翻了個白眼，這傢伙就是愛現。

那豬哥躺在地上，對扶他的家丁嚷道：「你們都是死人哪！啊？還不給我上，打死他！」一干家丁立刻就圍了過來。

白玉回頭對冰珊等人說道：「怎麼樣，妳們也來過過癮？」

嬌蘭「切」了一聲沒說話，青萍則搖了搖頭，好笑道：「難得妳有這樣的機會，我們就不和妳搶了。」

白玉又看了看冰珊，只聽冰珊冷冷地說道：「不夠玩的，妳自己來吧。」

白玉興奮地搓了搓手，心想：哈哈，這回可輪到我了！以前一旦有事，就是冰珊她們擋在前頭，怕自己受委屈，這回可是過了癮了！哈哈……

將扇子扔給嬌蘭，白玉把衣襟一撩，掖在腰上，雙手一展，大聲說道：「來吧，小爺我這回可要替天行道了！」

嬌蘭呻吟了一聲，靠在冰珊的身上說：「待會兒她要是輸了，千萬別說她和我認識啊！」

青萍也忙不迭地點頭道：「我也是、我也是！我丟不起人！」

冰珊好笑地看了看她們，淡淡地說道：「放心吧，就那幾個傢伙，玉還對付得了。」

這邊，白玉已和一干惡奴打在一起。她們幾個都學過跆拳道，只是段數不同，最好的是冰珊，其次就是青萍和嬌蘭，唯有白玉最差。另外，冰珊還會日本劍道和一些別的，連青萍她們也不是很清楚，而青萍善用西洋劍，嬌蘭喜歡軟鞭，白玉就是飛鏢玩得好。

眼看自己的奴才已經呈現敗相，豬哥惡狠狠地說道：「抄傢伙！打死了有爺呢！」惡奴們一聽，頓時來了精神，紛紛抄起手邊的東西當作武器，朝白玉衝了過來。

冰珊等人也急了，本來白玉的身手就是最弱的，要是空手相搏倒還罷了，可對方竟然抄起了桌椅板凳，白玉馬上就險象環生了。不再遲疑，三人立刻加入了戰局，百忙之中，冰珊還不忘掏出一副絲製的白色手套戴在手上。

白玉氣急敗壞地嚷道：「臭冰山，妳竟然還有工夫戴手套，我都快被人打死了！」

冰珊挑了挑眉，淡淡地說道：「放心，連孫悟空都打不死妳，這幾個小混混算個屁？」說著就跳至她身邊，抬腿就將一個在白玉身後想要偷襲的小子踹飛了。「玉，妳去收拾那個豬頭，這裡交給我們。」

「好！大恩不言謝啊！呵呵！」白玉立刻就閃到一邊收拾豬頭去了。

由於冰珊她們的加入，很快結束了戰局，一群惡奴橫七豎八地躺在地上哎喲叫，豬哥則被白玉踩在了腳下。這小妮子此時正啃著一個不知打哪兒拿來的蘋果，踩著豬哥在那兒晃悠呢！

青萍掏出手帕擦了擦臉上的汗，對那豬哥罵道：「瞎了你的狗眼！敢欺負我家玉玉，打死你都不多！」

嬌蘭也慵懶地抹了抹臉說：「豬八戒！哼！珊，我們走吧，白白讓一頭豬壞了興致，你妹的，你媽沒教你做人要低調嗎？就你這長相，還敢調戲民女？我呸！要是我這樣的還差不多！」

「哈哈哈哈……」所有人都大笑起來。

對面二樓上的欄杆邊，或趴或倚地站著幾個公子，其中一個穿著淺藍長衫、外罩銀白馬甲的少年說道：「四哥，您看，這小子還真逗。」

被稱作四哥的人不置一詞地看著樓下，他旁邊一個穿墨綠衫子的少年笑道：「十三哥，這幾個小子還有點功夫啊。」

先前那淺藍衫少年笑著點了點頭，一行幾人就不再說話，繼續看著樓下。

此時，嬌蘭走到被嚇得呆住了的女孩跟前，柔聲說道：「沒事了，妳快回去吧。喔，對了，這個給妳，回去給妳娘抓藥，以後看見這種人躲遠點！」說著就從袖筒裡掏出一錠銀子，塞到小姑娘的手中。小姑娘馬上就哭著要給她下跪，被嬌蘭一把攥住，好說歹說給勸走了。她呼了口氣，回頭對白玉說道：「白骨精，今天妳請客啊！」

白玉笑咪咪地說道：「好，沒問題！」說完就踩著豬哥的腦袋走到冰珊跟前笑道：「珊，我們走吧！」幾人相視一笑，轉身就走。

「小心！」忽然一聲大喝使得冰珊以最快的速度推開青萍和白玉，自己則閃身低頭，只覺一陣風聲從頭上「唰」地過去了。

「哇！」

「啊?!」

一陣此起彼伏的呼聲頓時響了起來，原來是冰珊戴著假辮子的帽子被匕首碰掉了，一頭瀑布般的青絲立刻散了下來。要說就是帽子掉了，頭髮也該是編著辮子的，可年大小姐偏要將頭髮剪短，還別出心裁地把臉頰邊的頭髮剪得齊長，若是散髮，配上她冰冷的氣質、絕色的容顏，卻是十分好看，可若是像男人那樣編辮子就萬萬不行了。

「完了，要出事了……」青萍喃喃地低語道，因為她已經看見冰珊手裡攥著的那幾根青絲了。誰不知道，珊珊最寶貝的就是她的頭髮了，這下可好，那小子竟然削掉了她的頭髮，大條了！

嬌蘭憂慮地看了看白玉，皺眉對冰珊喊道：「算了吧，珊，別鬧出人命來！」可此時的冰珊已如暴怒的雌獅一般，毫無溫度的眼睛緊緊地盯著眼前舉著匕首的肥豬。

誰知那肥豬居然鬼使神差一般地說道：「妳好美啊！」

「啪」的一聲，一記響亮的耳光將魂飛天外的豬哥打醒了。他捂著臉，顫抖著說道：「妳、妳竟敢打我?!我哥哥可是大千歲的門人，小心……哎喲喲！」豬哥被冰珊像沙袋一般扔在地上。那豬哥一邊哎喲，一邊招呼手下。「一群蠢材！還不給我上?!」家丁們這才醒過來，抄起傢伙撲了上來。

白玉擔憂地問道：「咱們要不要幫忙啊？」

嬌蘭白她一眼道：「幫倒忙？」

青萍也說：「要是不讓她發發火，倒楣的就是我們！」

白玉點點頭，一言不發地看著場中如虎入羊群一般的冰珊。手起掌落，旋身劈腿，動作如行雲流水一般，煞是好看，轉眼間，就只剩下冰珊一人還站在那兒了。

她沈著臉走向豬哥，那豬哥已經嚇得快尿褲子了，哆哆嗦嗦地說道：「妳、妳想怎樣？我、我哥可是……哎喲！」趴在地上的豬哥趕忙改口道：「姑娘，喔，不，是姑奶奶、老祖宗，您就饒了小的吧，小的有眼無珠，冒犯了祖宗的大駕，還請祖宗看在小的上有老下有小的分上饒了小的吧！」

冰珊冷冷地看了看他，從容地摘下手套摔在他臉上。「滾！」

嬌蘭忙走過來說：「以後看見我們就滾遠點，否則見一次打你一次，包准打得讓你媽都認不出你來！」

豬哥忙磕頭應道：「是是是，小的記住了。」

一旁的青萍過來踢了踢他，冷冷地說道：「還不快滾，等著領賞哪，啊？」

那豬哥連滾帶爬地起來朝惡奴們嚷道：「聽見沒有?祖宗說讓咱們快滾呢，還不起來，等著領賞哪，啊？」

在眾人的哄笑聲中，豬哥一行灰溜溜地跑了。看大家都目不轉睛地等著自己，冰珊的眉頭又皺了起來。

嬌蘭見狀忙瞪眼說道：「行了，行了，熱鬧看完了，還不走？沒見過美女啊？」圍觀的人群被她說得一哄而散。

白玉走到近前說：「走吧，我們去太白樓吃它一頓。」

冰珊不置可否地轉身往前就走，青萍卻下意識地回頭看了看——她總覺得有人一直盯著她們。

四下一找，就見對面樓上幾個氣質不凡的男人正緊緊地盯著她們，她忙低聲說道：「妳們看，那幾個人一直在看我們。」三人聞言，馬上回頭看了過去。

白玉喃喃地說道：「好帥喔！」

嬌蘭點點頭。「是啊，很出色！」

只有冰珊皺著眉掃了一眼，淡淡地問道：「妳們是不是看帥哥就不用吃飯了？」

「喔。」兩人不好意思地回過頭來。

青萍噗哧一笑道：「要是捨不得，乾脆就上去吧，我想那幾個八成也願意讓妳們上去呢！」

才說完，就被白玉和嬌蘭一左一右給了一拳。

冰珊微微彎了彎嘴角。只有面對她們，她才會有笑容。

二樓上，看著四個美人揚長而去，幾個人不禁同時呼了口氣，心裡都為剛才的一幕所震驚。一個嬌滴滴的大美人兒出手竟然如此狠辣，要不是親眼所見，還真不敢相信。

淺藍衫少年說：「四哥、八哥，這幾個女人是從哪兒冒出來的？」

幾人同時搖頭，墨綠衫子少年賊兮兮地說道：「我們跟去看看如何？她們不是要去太白樓嗎？」幾人交換了一下眼神，默契地一起轉身下樓，尾隨而去。

來到太白樓，一進門，嬌蘭就大聲喊道：「小二，開間雅房。」

小二大聲答應著。「來了哪！四位爺、爺……」本來是要叫四位爺的，可是一看冰珊散開的長髮就接不上話了。

青萍噗哧笑道：「我說，小二哥，咱們怎麼變成四位爺爺了？」說得嬌蘭和白玉暗自好笑。

小二撓了撓頭，尷尬地說道：「四位客官樓上請吧。」說著就領頭往樓梯走去。

這邊，嬌蘭靠在冰珊身旁呵呵笑道：「我說珊珊，妳的裝束讓咱們平白大了兩輩兒，哈哈哈……」

冰珊沒好氣地瞪了她一眼，抬腳就走，其他三人馬上忍住笑跟著上了樓。

到了樓上，小二把她們讓到了一間叫聽濤的雅間。一落坐，白玉就說：「先上一壺龍井，再把你們這兒的招牌菜來上幾樣，另外，還要一罈好酒。」

「得了您哪。」小二樂顛顛地答應著跑了出去。

不一會兒的工夫，酒菜上齊，嬌蘭舉杯笑道：「來，為我們今天的救美壯舉幹一杯！」

青萍撇撇嘴道：「這也叫壯舉啊？頂多就是打了幾個小混混罷了，有什麼值得驕傲的？要是能策馬揚鞭馳騁沙場嘛，還差不多！」

嬌蘭笑道：「就妳那身手還敢馳騁沙場？我看上了戰場妳大概連北邊都找不著了。」

青萍氣得直喘粗氣。「美人蕉，妳不服，咱們就比劃比劃！」

白玉用手撐住頭呻吟道：「妳們兩個煩不煩啊？打了這麼多次也沒分出勝負來，還老是像鬥雞似的，拜託妳們成熟點行嗎？」

「不行！」兩隻「鬥雞」異口同聲地說道。

「天啊……」白玉揉了揉太陽穴，拿起酒杯抿了一口。「咦，這酒不錯喔！」

一聽酒不錯，剛才還劍拔弩張的兩人立刻坐好了，各自端起酒杯品了品。

嬌蘭呵呵笑道：「嗯，還真是不錯，想不到這裡也有如此甘香的美酒。」

青萍也點點頭道：「還真不賴，珊，妳覺得呢？」

冰珊點了點頭。「我嚐著也還行。」

白玉笑道：「看來我們把聚會的地點定在這兒還是對的。」

冰珊看看三人，淡淡地說道：「好是好，不過，我可沒什麼錢。」

青萍笑嘻嘻地說：「這有何難？知道妳哥是人家的奴才，這不還有我們嗎？妳是老大，孝敬妳也是應該的！」

冰珊不覺有些好笑。「妳說的好像我是黑社會，我像嗎？」

「像！」三人異口同聲地說道。

嬌蘭還補充說：「妳看妳一天到晚繃著張臉，剛認識妳時還以為妳是小龍女的徒弟呢！」

四人不覺都笑了起來。

冰珊淺笑道：「我還黃蓉呢！只是天生如此，改不了的。」

青萍想了想說：「珊，妳未來老公也是座冰山喔！」

「噗」的一聲，冰珊的酒就噴了出來。「咳咳……妳說什麼？」

青萍似笑非笑地重複道：「我說妳未來的老公也是座冰山！」

「死狐狸，妳是不是活夠了？」冰珊冷冷地問道。

青萍聳了聳肩說：「妳哥哥是誰？年羹堯，他如今在誰門下做事，妳比我清楚。妳是他唯一的妹妹，所以呀，四四就是妳未來的老公！」

冰珊愣愣地思索著，是啊，就是再白癡的人都知道，雍正有一個年貴妃。難道，自己真的是……可，別說是做小老婆了，就是做皇后，她也不願意。想到這兒，她端起酒杯狠狠地喝了口，咬牙切齒地說道：「管他什麼四四八八的，我知道他長得什麼鳥樣？關我啥事？哼！」

第二章　相識

隔壁忽然傳來一陣壓抑的咳嗽聲，還有幾聲輕笑，像是竭盡全力才忍住，四人不禁狐疑地對望了一眼。青萍高聲叫道：「小二。」

小二忙推門走了進來，陪笑道：「幾位喚小的何事？」白玉塞給他一錠銀子，悄聲問道：「隔壁是什麼人？」

小二先是有些為難，待低頭看到了手裡的銀子，就咬了咬牙，壓低了聲音說道：「隔壁是幾位阿哥爺。」

四人一聽，頓時五雷轟頂，互相看了看，青萍就對小二大聲說道：「再來一罈汾酒，上幾個熱菜！」

小二立刻心領神會地答應著出去了。

冰珊皺著眉想了想，又和其他三人互相看了看，朝嬌蘭遞了個眼色，嬌蘭馬上就笑道：「咱們乾喝有什麼意思？玩點什麼吧！」

青萍點點頭，拍了拍手說：「我們唱歌吧。」

嬌蘭和白玉互相看了看，連忙說好。

青萍擠了擠眼睛，道：「就唱〈賺錢啦洗刷刷〉！」聞言，四人頓時笑了。這可是她們的指定曲目啊，每次想要整俱樂部那些副總和主管時，她們就在會議室裡來這麼一段，弄得那些人還以為自己的老闆有病哪！

四個人敲桌打凳、荒腔走板地唱了起來。第一個張嘴的是青萍，只見她兩手一攤，用一口搞笑的山東腔唱道：「我賺錢啦賺錢啦，我都不知道怎麼花……」

白玉左手拿杓右手拿筷子往耳邊一貼，接道：「我左手拿個諾基亞，右手拿個摩托羅拉……」

冰珊一本正經，憋著笑意唱道：「我移動聯通小靈通，一天換一個電話號碼呀……」

嬌蘭更耍寶，端起個空盤子比劃著唱。「我坐完奔馳開寶馬，沒事洗三溫暖吃龍蝦……」

她們這邊唱得熱熱鬧鬧，那邊幾個人卻是又好笑又疑惑。好笑的是天下居然有這麼活寶的女人，那腔調簡直是無法形容，但看四人穿著應該都是殷實人家的女兒，說不定父兄還在朝中當差，可這教養……嗯，好吧，教養的好女人他們見得多了，反而這樣的更有新鮮感。幾人不禁對望一眼，專心聽了下去。

這時又輪到青萍了，只聽她繼續用那山東口音唱道：「我賺錢啦賺錢啦，光保母就請了三個，一個掃地一個做飯，一個去當奶媽……」

九阿哥一口酒噴了出去。「咳咳咳……奶媽？」眼睛看向八阿哥，顯然是希望他八哥解惑。

但是，溫文爾雅的八阿哥只是摸摸鼻子，端起酒杯。「四哥，喝酒。」四阿哥點點頭，臉上幾次抽搐後拿起酒杯，剛把酒含進嘴裡就「噗」地噴了出來。剩下的幾位也差不多，喝酒的噴酒，沒喝酒的嗆口水，原因無他，只因白玉正唱道：「我茅房牆上掛國畫，哝兒像藝術家呀！」

「哈哈哈哈——」幾個男人再也忍不住地爆笑出聲。

而這邊，四個女人越唱越大聲，越唱越忘乎所以，忘了這是為了引蛇出洞的，倒是回憶起以前在現代的時光了。

高潮部分終於來了——怪腔怪調的四重唱開始。「所以我們的口號是，先發財再傳宗接代呀，欸我們的口號是，先發財再傳宗接代呀～～」唱完這段後，四人已經笑倒在桌上了，而隔壁的幾個阿哥早就笑得直不起腰了。

十三低笑道：「這是哪兒來的幾個活寶啊？讓爺笑得肚子疼，唉喲，呵呵！」

十四阿哥也低聲笑道：「是啊，我還從沒見過有女人像她們這樣呢！呵呵，聽她們唱的是什麼？洗刷刷？哈！還什麼先賺錢再傳宗接代……哈哈哈哈……」終於，他忍不住笑了出來。其他阿哥也是一臉笑容，十阿哥趴在桌上笑得都起不來了。

九阿哥一收摺扇，邪笑道：「乾脆咱們過去看看好了，難得遇見幾個如此特別的女人。四哥、八哥，你們說呢？」

八阿哥思索著說道：「恐怕有唐突佳人之嫌。」

十四阿哥嗤道：「那幾個也算是佳人？再說，就是唐突了又如何？咱們幾個皇阿哥，看看她們是給她們臉了！」

十阿哥也接道：「就是，幾個丫頭罷了，看得上就收了，看不上玩一會兒也就罷了，還什麼唐突不唐突的，你們不去，我就和九哥還有十三、十四去。」

八阿哥斥道：「坐下。聽聽你嘴裡說的都是什麼？」又轉頭問四阿哥。「四哥，您說呢？」

四阿哥笑了笑道：「既然她們相邀，咱們怎可不去？」

八阿哥微微一愣，繼而了然地一笑道：「還是四哥看得透澈。既然如此，咱們就過去看看。」說罷，幾人就起身出了包廂。

來到聽濤門外，十三阿哥敲了敲門，朗聲說道：「裡面的朋友，可否開門一敘？」

冰珊等人對望了一眼，青萍就大聲說道：「請進。」

門一開，幾個阿哥魚貫而入。

十三阿哥拱手道：「我們兄弟在隔壁聽見幾位這裡甚是熱鬧，忍不住過來湊湊熱鬧。唐突之處，還望見諒。」

青萍淡淡一笑道：「兄台客氣了！四海之內皆兄弟，既然來了就坐下一敘。」說罷就高聲吩咐小二再搬幾把椅子來。

待到椅子放好，各位阿哥盡皆落坐後，嬌蘭笑問：「不知幾位如何稱呼啊？」

十四阿哥哂道：「我們還不知妳們該如何稱呼呢，妳們倒先問起我們來了。」

白玉冷冷一笑道：「豈有此理，是你們不請自來的，還如此盛氣凌人？要說就說，不說請走。」

十四阿哥的臉色頓時難看起來，剛要發作，就聽八阿哥溫和地說道：「姑娘說得是，原該我們先說的。在下姓黃，黃……黃意，這是我的四哥，黃禛，這位是九弟黃……」說到這兒，八阿哥接不下去了，暗暗後悔說自己姓黃，這下倒好，九弟叫什麼？叫黃䄉？還有老十四，難道也叫黃禵？看了看一旁臉色難看的九阿哥，摸了摸鼻子朝四阿哥看了一眼。

四阿哥淡淡地說道：「九弟就叫黃九，這是老十，叫……」這下可好，連四阿哥都為難了。

老十叫什麼？叫黃十？還是黃䄉？想到這兒，四阿哥的嘴角微微一彎。十三和十四兩個早就偷偷地笑了起來。

冰珊她們也暗自好笑，這康熙給兒子起的名字還真絕，偏又讓老八改了姓黃，現在可好，老八變成了黃禩，老九成了黃禟，還有老十，哈哈哈哈……還真是夠搞笑的！好在她們也是在商場上打滾過的，臉色倒還是淡淡的。不過，青萍顯然是有意想讓他們出醜，只聽她連連追問道：「你十弟叫什麼啊？」

四阿哥吶吶地說不出口，只是看著八阿哥，老八卻摸摸鼻子裝看不見，氣得四阿哥直在心裡罵。好你個老八啊，是你說錯了話，倒讓我給你圓場！哼，走著瞧！

忽然，他靈機一動地回過頭來看著冰珊。

冰珊被他看得有些心慌，又想起青萍剛才的話。自己名義上的哥哥還是他家的奴才呢，唉！她只好淡淡地說道：「行了，就別說那麼詳細了，又不是查戶口。」

青萍和白玉她們不禁有些詫異，不解地看著她，看得冰珊很是心虛，拿起酒杯抿了一口，一抬眼卻見四阿哥要笑不笑地盯著自己，心裡不禁煩躁起來，冷冷地開口道：「那兩個呢？」

四阿哥聞言一愣，稍後就明白地笑了笑，指著十三阿哥說：「這是十三弟，那個是十四弟。」

十三阿哥爽朗地笑道：「就叫我十三吧。」

十四阿哥也說：「叫我十四就行了。」說完心裡暗恨，除了皇阿瑪和額娘還有哥哥們，誰還敢叫爺十四啊？都是八哥惹的！想到這兒就埋怨地看了八阿哥一眼，八阿哥卻恍若未見地坐在那兒一動不動。

十三阿哥見屋裡氣氛尷尬，就笑著說道：「妳們還挺能喝啊，還沒見過有哪個女人像妳們這麼能喝的呢。」

嬌蘭聞言，嘲諷地一笑道：「這有什麼?!你沒見過的多著呢！」

噎得十三阿哥滿臉通紅，掩飾地咳了一聲。

一旁的白玉心生不忍，柔和地說道：「我們還是乾一杯吧，相逢就是緣分。」

十三阿哥感激地看了她一眼，猛然發現白玉長得居然如此好看，細白的膚色，彎彎的兩道秀眉，水靈靈的大眼，秀挺的鼻梁還有飽滿溫潤的嘴唇……看得十三阿哥竟呆住了，端著酒杯愣愣地盯著她。白玉的臉色漸漸紅了起來，輕咳了一聲道：「十三爺，怎麼了？這酒不合您的口味嗎？」十三阿哥這才回過神來，訕訕地一笑，舉起酒杯一飲而盡。

四阿哥看了看十三又瞧了瞧白玉，了然地一笑，也端起酒杯喝乾了。十四阿哥卻皺眉說道：「我們是誰，妳們知道了，可妳們是誰，我們還不知道呢！」

嬌蘭斜了他一眼，大大方方地說：「我叫完顏・嬌蘭，這是棟鄂・青萍，這是兆佳・白玉，那個是……」看了看四阿哥，說道：「那個是年冰珊。」

四阿哥淡然地瞅了瞅冰珊，又看了看嬌蘭她們，一臉漠然地繼續開足馬力，充當起活空調。

幾個阿哥一邊談笑一邊仔細看著四人。平心而論，雖然四個人都很美，可冰珊的相貌最是頂尖，微顰柳葉眉，勾魂的丹鳳眼，筆挺的鼻梁，嫣紅的菱角嘴，要不是掛著一副拒人於千里之外的嘴臉，不知勾去多少男人的魂呢？想起她剛才凌厲的身手，若不是親眼得見還真不敢相信，這麼一個嬌滴滴的大美人打起來竟像猛虎下山一般。

在他們打量冰珊的同時，四個美女也正在打量他們。

四阿哥不用說了，相貌堂堂，就是冷漠些，和珊珊還真是有一拚，看看那氣度，果然不愧是未來的皇帝，不怒自威。

八阿哥則是溫文爾雅的，臉上總是掛著淡淡的笑容。就是不知道他總這樣笑，面部肌肉會不會僵硬？聽說八阿哥死得蹊蹺，該不是死於面癱吧?!呵呵，不過與他相處總比與四阿哥相處舒服多了。

再看看九阿哥胤禟，嘖嘖嘖，真是我見猶憐哪，怎麼比女人還漂亮？雖然比之冰珊稍嫌遜色，可比起其他三人卻一點也不差，青萍不禁暗暗唾棄，真和人家說的一樣，是人妖九！不過，要是把他賣到泰國的話……嘿嘿，可就發財嘍！她看看其他三人，顯然也是這樣想的。

十阿哥長得濃眉大眼，配上魁梧的身材和直率的性子，反而讓人覺得有一股男人味兒。

十三阿哥更甭說了，劍眉星目，鼻直口正，完美的黃金比例，再加上爽朗的個性和平易近人的態度，簡直就是新好男人的典範。

至於十四嘛——長得和四阿哥有些相像，畢竟是一個娘生的，只是眉宇之間少了冷漠，多了些桀驁不馴，一看就知道是個被爹娘寵壞的小孩——畢竟冰珊她們的實際年齡可比十三和十四都大多了。

雙方各自評價了一下對手，然後全都沒事似地開始各自找對手喝酒划拳。

冰珊她們來自現代，對這些自是習以為常，可在幾個阿哥眼裡就是新奇、詫異外帶心癢難撓了，不過，她們完全沒理會，充分貫徹現代社會的特點——男女平等。

十三阿哥自然是黏著白玉，只見他溫柔地給白玉斟酒，溫柔地給白玉布菜，溫柔地給白玉擦嘴——

因為白玉受不了他的溫柔，手忙腳亂地愣是找不到自己的嘴，結果就是手一歪，把酒給灑了，弄得嘴角和身上到處都是。

白玉紅著臉掏出手帕要擦，卻被十三阿哥一把搶去，抬手就要給她擦。

嬌蘭一見，立刻起身走過去，面帶嘲諷地問道：「十三爺知不知道男女有別啊？我家玉可是貨真價實的黃花大閨女啊，您就這麼不避嫌哪?!」

說得十三阿哥舉著手擦也不是、不擦也不是，羞惱地看著嬌蘭，心想這女人怎麼如此難纏啊?!不過，她說的也有道理，再看看白玉嫣紅的雙頰，乾笑了兩聲道：「妳們穿著男裝，一時情急，呵呵，還望白玉姑娘見諒。」

白玉看了他一眼，低聲道：「沒關係。」

十三一聽頓時更高興了，滿臉笑容地盯著她不言語了。

嬌蘭又是好氣又是好笑地看著他們「含情脈脈」的樣子，翻了個白眼，轉身就回了座位。

十四一見嬌蘭碰了個釘子，笑嘻嘻地說道：「唉，有人多管閒事，可人家偏偏不領情，呵呵。」

嬌蘭狠狠地瞪了他一眼，又白了十三他們一眼，轉過臉和十阿哥划拳去了。

十四阿哥討了個沒趣，心裡暗暗發誓。好妳個死丫頭，爺要是不治治妳這脾氣，爺就跟妳姓！

四阿哥和八阿哥一左一右地圍在冰珊兩旁，八阿哥溫和地說道：「年姑娘好身手啊。」冰珊不置一詞地繼續喝酒，八阿哥倒是渾不在意地繼續他的溫情攻勢。

四阿哥冷眼看著，不覺暗自好笑，自己剛好坐在她身旁，能親眼看見老八碰釘子，可是一大樂事。這丫頭倒真是與眾不同，鮮少有女人不被老八那假惺惺的笑容迷惑，看來她還真是個寶貝。他也曾想著要搭腔，可一看連老八都碰了壁，自己還是算了吧，想他一向自恃甚高，不能讓弟弟們看了笑話去。

九阿哥這時已從興奮情緒之中緩了過來，看看幾個兄弟——老四和八哥一左一右圍著那冷美人，十三則只顧和眼前的小美人「軟語溫存」，老十在和那個小辣椒兒划拳，老十四不知在想些什麼。忽然，一撇頭看見一邊的青萍似笑非笑地看著屋裡眾人的行為，清澈的眼睛裡不時閃動著或了然或嘲諷的神情，想起別人稱呼她狐狸，就不覺仔細觀察起來。

發覺有人看自己，青萍準確地找到了視線的主人——九阿哥胤禟?!

這可是個不好惹的主兒，她拚命回想關於九阿哥的事情，卻發現除了他被雍正改作「塞思黑」，還有他很有錢、長得很妖豔以外，其他的都想不起來了。唉，要是早知道會來到清朝，自己一定把他們的履歷都背下來，什麼何時生的、何時死的、何時得意、何時倒楣，還有他們的老婆是誰——

老婆?!青萍猛然憶起好像在哪兒看過一篇文章，說九阿哥的老婆姓棟鄂！天啊，自己可不就姓棟鄂嗎？不會這麼倒楣，自己就是人妖九的老婆吧？記得棟鄂氏的爹叫什麼棟鄂・七十！怎麼大清朝的人竟取些怪名字？白了他一眼，她心想：回頭得問問自己如今這個現成的爹叫什麼，只要不是叫七十，就是叫二百五也成啊！

九阿哥看著青萍盯著自己，先是淡然繼而皺眉，然後就白了臉，一副見鬼的樣子，再後來還瞪了他一眼，不禁氣惱。爺有這麼嚇人嗎？好歹長得比妳好看……嗯？這樣說似乎有些欠妥？應該是爺也是玉樹臨風，風流倜儻、儻……躺就不必了！可就這麼乾坐著也沒意思啊，索性就和這丫頭聊聊，說不定能聊出點什麼來也未可知。

於是，九阿哥就「紆尊降貴」地挪了挪椅子，儘量謙遜地問道：「青萍姑娘可會划拳？」

青萍防備地看了看他，謹慎地說道：「不會。」

九阿哥嘁了口唾沫。「那姑娘會玩什麼？」

青萍皺皺眉心想，這傢伙想幹麼？難不成看上我了？可別啊，我不想找一個長得比自己還美豔的老公，把自己由紅花變成綠葉！想到這兒她就冷淡地說：「我什麼也不會，就會打架。」

「喔！」九阿哥氣得緊緊攥住手裡的扇子，心想：好妳個黃毛丫頭啊，敢和爺對上！爺就不信收拾不了妳！可臉上還是溫和地笑著。「那好啊，有機會一定領教領教姑娘的高招。」

青萍微帶嘲諷地一笑道：「領教可不敢當，我的功夫不過就是個花架子，九爺要是有興趣就和珊過過招吧！」

九阿哥聞言下意識地看了看對面的冰珊，心想那丫頭和母老虎似的，爺可沒那麼好的身板！再說，就她那冷冰冰的樣子，看著就覺得和老四一個感覺。欸，也是奇了啊，八哥一向是目高過頂的，連表妹那樣的都不放在心上，今兒怎麼就對這丫頭大獻殷勤了呢？嗯，一定是看老四上了心，八哥想挫挫他的銳氣。不過嘛，話說回來，這丫頭也確實長得好看，回頭得提醒八哥，這麼個母老虎放在家裡可不安全。何況表妹的性子也烈得很，要是真的打起來，怕不把這紫禁城給拆了才怪！

光顧著自己琢磨，就忘了一旁的青萍正若有所思地打量著他。見九阿哥時而皺眉、時而點頭、時而咂嘴的樣子，青萍暗自撇嘴。傻子一個，就臉蛋能看，可惜是個男人！她覺得無趣，站起來走到冰珊旁邊笑道：「珊，我們划拳啊！」

冰珊點點頭，感激地看了青萍一眼。可從這左邊火焰、右邊冰山的漩渦裡逃出來了，那個老八，不管自己如何冷淡，就是一味地廢話，要不是這裡是清朝，他又是個阿哥，早一腳踹到西伯利亞去了。還有右邊那個老四，故作淡然地釋放冷氣，假仙！她朝兩邊看看，顯然這二位都是不打算讓座的，就提了椅子挪到桌子邊。青萍見狀微微一笑，略帶同情地瞅了瞅冷漠變僵硬、微笑變苦笑的兩位阿哥，轉身回到自己的位子上，拿起椅子就過去了。

九阿哥目瞪口呆地看著這個小女人明目張膽地對自己視而不見。剛才還說不會划拳，這會兒竟然自己邀人玩去了，明擺著就是沒把他放在眼裡，氣得直想砸桌子。待看到對面一臉僵硬的老四和滿臉苦笑的八哥，心裡的火竟奇蹟般地消失了。嘿嘿，原來還不只我是這個待遇啊！哈哈，連八哥也是同樣失意啊。再四下看看，十三是最得意的了，和那個小美人低聲說笑著，老十已經被小辣椒灌得趴在桌上，真丟人，現在換十四和那小辣椒拚酒，不過看來也支持不了多久了，那小辣椒划拳划得極好，一會兒的工夫就讓十四喝了七杯了，自己則是一杯也沒喝。

這邊，十三阿哥心花怒放地和白玉低聲談笑。「妳阿瑪是馬爾漢吧？」

白玉點點頭笑道：「是啊，你怎麼知道？」

十三嘿嘿一笑道：「我怎麼不知道？我還和他——」說到這兒，十三阿哥忽然覺得有些不妥，顧左右而言他地說道：「妳們和誰學的功夫啊？」

白玉了然地看了他一眼。當我不知道你是誰呢！哼！

「和珊學的。」

「啊？」十三阿哥大吃一驚，無法置信地看了看遠處被四哥和八哥夾在中間的冰珊，喃喃地說道：「她這麼厲害啊，那她和誰學的？」

白玉翻了個白眼道：「和她師父。」

「喔。」十三被噎得一怔，回過神來要笑不笑地說道：「妳戲弄我呢，是吧？」

白玉作驚喜狀。「恭喜你，答對了！」

氣得十三阿哥直瞪眼。「想討打是吧？」

白玉的眼睛裡立刻蒙上了一層水霧，閃著大眼睛，緊張地盯著十三。「你要打我？」她楚楚可憐地問道，那樣子要多可憐就有多可憐。

十三阿哥莫名其妙地一陣心疼，忙陪笑說：「我逗妳玩呢，哪裡會真的打妳啊！可別哭啊，爺最怕女人哭了。再說，惹得妳那幾個姊妹看見了，我就說不清了。」

白玉暗暗得意。哼哼，我的演技還是不錯的！

「嗯，我相信妳就是。」她裝作純真的模樣說道。

最後，除了十阿哥喝得人事不醒，十四阿哥搖搖晃晃，九阿哥一臉「妳欠我錢」的樣子外，其他人都很盡興。青萍站起來笑道：「幾位爺，我們還要早點回去，這就告辭了。」說完就和冰珊等人辭別出去，臨走還回頭似笑非笑地看了看。

幾個阿哥笑吟吟地送走了四個美女後也邁步往外走，才走到門口，就見小二點頭哈腰地說道：「幾位爺，麻煩結一下兒帳。」

八阿哥皺眉道：「剛才不是結過了嗎?!」

小二賠笑道：「是，爺剛才結的是拘浪的，現在還麻煩爺把聽濤的也結了。」

「啊？」幾人這才發覺，難怪那幾個妮子走時似笑非笑的，原來是想留下他們當冤大頭啊！苦笑了一下，八阿哥道：「四哥，咱們今兒可是裡子面子都輸了！」

四阿哥無奈地點點頭，看了看一旁的九阿哥，心想，就你有錢，你來吧！

九阿哥氣得直翻白眼。小氣鬼！哼！

結了帳，一行人各懷鬼胎地打起了小算盤。

第三章　妓院

第二天，四人又在太白樓相聚。青萍一反常態地默默不語，嬌蘭不禁奇怪地問道：「狐狸，妳怎麼了？」

青萍搖搖頭道：「別提了，唉。」

白玉納悶地問：「什麼事啊？能讓妳這千年狐狸精唉聲嘆氣的。」

青萍連眼皮都不抬地說：「我完了！」

幾人面面相覷地看了看，冰珊問道：「究竟是什麼事啊？說出來聽聽，或許大家一起想辦法就可以解決呢！」

青萍嘆了口氣說：「妳們知道我現在這個老爹叫什麼嗎？」眾人都搖搖頭，她又續道：「叫棟鄂・七十。」

嬌蘭皺眉問：「他叫七十關妳屁事？就是叫二百五也與妳無關啊！」

青萍搖搖頭道：「妳們知道人妖九的福晉是誰嗎？」

冰珊想了想，又看了看其他人，恍然大悟道：「難道就是妳？」

青萍點點頭，可憐兮兮地說：「棟鄂老頭就我這麼一個女兒，我要怎麼辦啊？」

三人愣愣地看著她，一時也不知說什麼好了。半晌，冰珊才說：「妳不還說我是老四的『小』老婆嗎？妳好歹是個大房啊，再說，說不定我們哪天就回去了，妳就別擔心了。」

青萍苦笑道：「可萬一還沒回去，我就嫁了怎麼辦？我可不想嫁一個長得比我還漂亮的老公。再說，妳們知道老九的下場嗎？」看著幾人都搖頭，她瞪著冰珊說道：「是被妳家四四虐待死的，死時才四十三歲！嗚嗚……我不要做寡婦，這裡是不許再嫁的，嗚嗚……」

看著青萍唱作俱佳地表演，三個人都直翻白眼。嬌蘭嗤道：「想什麼呢妳！妳還真想一輩子待在這兒啊?!再說，如果真有那麼一天，妳就隨便找個情人好了，還守寡？妳還想讓珊珊她們家老四給妳立貞節牌坊啊？」

「美人蕉，妳說話注意點，誰家老四啊？憑他也配？還有那個老八，一臉的假笑，當他自己是彌勒佛？哼！」冰珊冷冷地哂道。

嬌蘭立刻阿諛地一笑道：「呵呵，口誤口誤。」然後又轉向青萍道：「妳可是隻千年狐狸，難道還怕這個？那老九的確長得漂亮些，那又怎樣？帶出去還有面子哪！」

「站著說話不腰疼，讓給妳好了。我看妳才像狐狸精呢，和人妖剛好配對。唉，對了，昨天那個小十四好像對妳很感興趣喔！」青萍一想起昨天的情形就忘了自己的處境了。

「我呸！就他?!哼，姑娘我還真看不上，跩得二五八萬的，要不是他老爹是皇帝，早打得他滿地找牙了，眼睛都快長腦袋後頭去了，還這個那個的，什麼玩意兒？」嬌蘭一提起十四就咬牙切齒的，恨不得馬上就把他揍一頓出出氣才好。

白玉笑嘻嘻地說道：「行了吧，杞人憂天。依我看，這幾個人還不錯，管他們以後什麼下場呢，就當談一次戀愛好了，喜歡呢就多玩玩，不喜歡就跟他莎喲娜拉好了，什麼事值得妳們如此大驚小怪？虧妳們還是社會主義制度下教育出來的新女性呢！忘了我們可都是生在紅旗下，長在——唉喲！」

嬌蘭一巴掌就把白玉打得趴在了桌上。「白骨精，妳說誰呢，啊？我知道了，一定是妳昨兒個被那個老十三電得找不著方向了，我看妳是想留在這兒的吧！嗯？」

白玉可憐兮兮地揉了揉額頭，強辯道：「什麼啊，我有那麼笨嗎？」

「有！」三人立刻大聲回答她，險些把她耳膜震破。

她委屈地說道：「我又沒說錯，撇開他們的身分不說，光那氣質也是少見的。妳們誰在現代看見過這樣的男人？沒有吧？談戀愛嘛，又沒說非得嫁給他。」

「嫁給誰啊？」青萍賊兮兮地問道。「是不是那個十三啊？」

白玉紅了臉。「別瞎說了，我怎會想要嫁他？我是說和他談戀愛！」

「喔～～」三人聞言立刻擺出一副「原來如此」的神情。

臊得白玉站起來嚷道：「再說我就不理妳們了！」可心裡卻有個小小的聲音說：嫁給他也不錯喔！

青萍忽然又嘆了口氣說：「唉，妳要是嫁給十三也不錯，至少他的下場還不錯。四四登基後，他就成了親王，是清朝最後一個鐵帽子王。唉，對了，玉，妳家老頭叫什麼？」

「叫兆佳・馬爾漢啊，怎麼了？」白玉疑惑地問道。

青萍微笑道：「沒事，就是問問。」妳就是老十三的大老婆，可我就是不告訴妳，嘿嘿，我果然很奸詐。

冰珊皺眉道：「別管以後了，過一天算一天吧。反正大不了就是一死，說不定還能回去也未可知。」

眾人都點點頭，青萍大聲說：「不想了，反正我堅決不嫁人妖九！」說得眾人都大笑起來。

冰珊也淺笑道：「嗯，我也不嫁冰山四！」

此刻，乾清宮內，四阿哥突然打了個噴嚏。這是怎麼了，昨天睡的時候沒蓋被？這個李氏，回去得好好說說她，敢讓爺凍著，哼！

老四這邊還沒想完，就聽身後的八阿哥「哈啾」一聲，嚇了他一跳，心裡暗自納悶，老八也沒睡好？

十四阿哥突然打了兩個噴嚏。一想二罵，誰罵爺呢？

皇上奇怪地看了看幾個兒子，心想，今兒這是怎麼了？全都不斷地打噴嚏，這可有點奇怪，哼，不好好學習著怎麼打理朝政，為朕分憂，竟琢磨著怎麼玩了？想到這兒，就不鹹不淡地說道：「天氣漸涼，有時間多在正事上下點工夫，別淨想著淘氣。」說得幾個阿哥都低了頭，心想這可真是無妄之災啊！怎麼這打噴嚏也說一塊兒了啊？

太子站在那兒暗暗思量，今兒是怎麼了？一個個的都打噴嚏了，連老四和老十三都打，莫不是他們在一起算計我吧？一會兒可得問問，哼，早知道你們看爺不順眼，不過老四和十三一直都是支持我的啊？唉，人心難測啊！還是索額圖最可靠了，回頭得和他商量商量。

這邊，四人的情緒已經好多了，青萍就提議到郊外騎馬，立刻就得到眾人贊同，於是幾人就約好在哪兒碰頭，回家牽馬去了。

晚上，天黑以後，四人終於又回到了城裡，百無聊賴之下就琢磨著還能去哪裡玩？商量了半天，最後以一票反對，三票贊成通過了一項決議：去妓院——既然穿著男裝，不去逛逛妓院，能對得起天下嗎？

因為四人都不喜歡穿女裝，而且在這時代女裝也不如男裝方便，所以她們的約會有了條不成文的規定：每次見面都必須著男裝，好方便幹壞事！

然後四人直奔城中最大的妓院——添香樓。到了門口，四人把馬交給門口的小廝，神氣活現地進了大門。

一進門，青萍就大聲喊道：「給爺兒們找幾個漂亮的姑娘！」

一個塗脂抹粉的老鴇立刻就黏了上來，抱住青萍的胳膊膩聲說道：「喲，我的爺，可是有些日子沒來了，姑娘們想您想得都瘦了！」

青萍看了老鴇一眼，傲慢地說道：「想爺想得都瘦了？哼，我看是想爺的銀子想得瘦了吧？」

老鴇馬上把手絹一甩，故意嬌滴滴地說：「喲，瞧爺說的，您就那麼明白？得了，是奴家的不是，我這就給幾位爺叫姑娘啊！唉呀，這幾位是爺的朋友吧？看看，一個個都長得那麼俊，姑娘們還不把頭打破了？呵呵呵～～」說完還故作嬌羞地捂著嘴，噁心得差點讓她們都吐了。

後邊的三人好笑地看著青萍和老鴇一唱一和地瞎掰，互相看了看。這小子要是男人，準是色狼！

就聽老鴇大聲招呼道：「紅菱、翠翹、胭脂、紫玉，快點下來接客嘍！」

「欸。」幾個穿紅戴綠的姑娘應聲而出，像蒼蠅似地撲向四人。只聽這個說：「爺，好久不來，想死奴家了！」那個道：「我的心肝可是來了，還以為您忘了奴家呢！」這邊說：「好俊俏的小爺呀，奴家一定把您侍候得舒舒服服的！」那邊說：「公子爺，咱們這就回房去吧！」弄得幾個人一身的不自在，她們哪兒見過這等陣勢啊？青萍大聲嚷道：「停！都給爺住嘴！」幾個姑娘馬上呆住了，只聽她皺眉道：「我說，妳們這兒淨是這些貨色啊？」

老鴇一聽馬上就陪笑道：「爺，這幾個可是咱們這兒最紅的姑娘了，爺還不滿意呀？」

青萍皺皺眉說：「花魁呢？」

老鴇的臉色變了變，馬上又堆笑道：「含香今兒個有客人，爺明兒……」

「廢話！要不是衝著花魁，爺還不來呢！」說得冰珊她們哭笑不得。什麼花魁啊，她們上哪兒知道去？

嬌蘭卻跟著冷笑道：「爺兒們就是衝著含香來的，要是今兒見不著……哼哼！」看來她也快晉身色狼行列了。

老鴇為難地看著驕傲的青萍、刺蝟似的嬌蘭、身後一臉看好戲的白玉，還有那個冷得嚇人的冰珊，嚥了口唾沫。老娘可不是好惹的，也不看看這是誰的地盤！她沈下臉道：「幾位莫不是來找碴的？哼哼，我這兒可不是隨便什麼人都能惹事的！」

嬌蘭冷笑道：「爺來這兒是開心的，妳別嘰嘰歪歪地廢話！」

老鴇立刻紅了臉，大聲道：「來人啊！唉喲——」原來是被冰珊一把攥住了胳膊，疼得老鴇的臉色馬上就由紅轉白了。

老鴇見幾人軟硬不吃，只好說道：「幾位稍待，我這就看看含香那兒的客人走了沒有。」

冰珊冷哼道：「別耍花樣，否則——」

「拆了妳的添香樓！」白玉淡淡地接道。

老鴇忙不迭地答應著跑到樓上去了。

這裡幾個姑娘早就一哄而散了，四人相視一笑，冰珊嘲諷地說道：「看不出啊，死狐狸和美人蕉竟還有這般『本事』！哼哼！」

兩人尷尬地一笑，青萍說：「嘿嘿，裝裝樣子嘛，何必當真？」

嬌蘭也笑道：「咱這叫演技一流，妳們看，我可有當明星的潛質啊？」

三人同時翻了個白眼。

再說樓上，老鴇來到含香的屋外，小心翼翼地說道：「九爺，外頭有幾個非要見含香。」

屋裡，一個陰惻惻的聲音道：「妳是死人嗎？不會打發了？竟掃爺的興！」

老鴇忙陪笑道：「那幾個大概有些功夫，尤其是那個穿白衣的，看著弱不禁風的，手上勁可大得很，估計這裡的護院不是他的對手……請爺拿個主意。」

屋裡靜了下，然後那個聲音又說：「讓他們進來，爺倒要看看，是什麼東西敢到爺的地盤上撒野？」老鴇鬆了口氣，心想老闆發話了，我就不用擔心了。

屋裡說話的正是九阿哥，不過，還有老八、老十和十四，他們正是借這裡商量「大事」呢，而老九就是添香樓的幕後老闆。

老鴇來到樓下，滿臉堆笑地說道：「幾位爺，含香正在樓上候著呢，幾位爺這就請吧！」心裡卻冷笑道：哼，不知死活的小子，等會兒有你們受的！

青萍四人邁步上了樓，老鴇殷勤地打開房門，對裡邊說道：「含香、含香？還不快出來？幾位爺兒們等著呢，好好侍候好幾位爺，嬤嬤一定疼妳。」

「是。」一個嬌柔的聲音傳了出來，緊接著就是一陣環珮叮咚的聲音，一個面目清麗、氣質高雅的女子婀婀娜娜地「飄」了出來，四人讚嘆地看著眼前這個清雅的女人，心裡都覺得如此人兒竟然淪落風塵，可惜啊！

那女子也是一呆，心想哪裡來的四個如此俊俏的小爺？青萍咳了一聲，壓低了嗓子說道：「含香姑娘，就讓我們站在外頭嗎？」

含香的臉一紅，柔聲道：「爺說笑了，幾位爺裡邊兒請。」說著就閃開身子讓四人進了屋。四人一進屋，就和劉姥姥進了大觀園似的，四下打量個沒完。

含香看他們一副土包子的樣子，暗自好笑。呵呵，原來是幾個雛兒啊，九爺他們還以為是什麼大人物呢！便輕啟朱唇道：「幾位爺，莫不是含香不合爺的意，怎麼光打量屋子呢？」青萍四人的臉一紅，暗暗唾棄自己少見多怪，可她們確實也沒見過啊，只能打著哈哈和含香周旋。

牆壁的另一邊，四個阿哥已經懵了。這裡可是他們的秘密聚會地點，裡頭看得到外頭，外頭可看不到裡頭，而且連聲音都聽不到。

十四啞聲問道：「我的眼沒花吧？」

老十也喃喃說道：「這幾個丫頭可真是膽大，連窯子都敢逛！」

老八怔怔地看著依舊冷漠的冰珊，心裡震驚得說不出話來。

九阿哥咬牙切齒地道：「死丫頭！搗亂都搗到爺家門口來了！」

這邊，含香笑問道：「爺想聽什麼曲子？」這可為難住了四人，她們哪兒知道這裡流行什麼曲子啊？看含香面帶嘲諷，青萍咬牙道：「『十八摸』！」含香聞言大吃一驚，心想這可是出了名的淫詞豔曲，看他們文質彬彬的，竟然要聽這個？可自己怎麼好意思唱這個呢？

隔壁的四人險些被茶水嗆死。老十結結巴巴地說道：「這、這幾個是、是女人嗎？」老八和十四都紅了臉，心想連爺都沒敢聽這個，這幾個女人竟敢點這個聽？老九咬著牙暗罵青萍，死丫頭，明兒犯到爺手裡，爺教妳聽個夠！

冰珊也氣得夠嗆，心想死狐狸，妳不懂就別瞎說，那個「十八摸」聽著就知道不是好東西！金庸大人的書裡都寫得語焉不詳的，她竟敢讓人家唱這個……人家有臉唱，我們還沒臉聽呢！

嬌蘭瞪著青萍暗暗咬牙。還十八摸呢，妳敢讓她摸嗎？

白玉則尷尬地低頭。死狐狸，還挺──內行的嘛！我也想聽聽耶！

青萍也覺得有些不好意思，就咳了幾聲說：「呵呵，說笑的，姑娘就揀拿手的唱幾曲吧！」含香點點頭，抱著琵琶輕聲唱了起來。「昨夜東風陣陣，吹下落花滿庭，獨倚欄杆輕嘆，紅顏似水飄零。君若天邊彎月，幾時才得相逢？妾若滿庭落花，何人憐妾多情？恨不能肋生雙翼，飛到九霄雲霆……」歌聲宛轉淒涼，聽得四人都是一陣唏噓──這萬惡的舊社會啊！

裡邊，幾個阿哥也終於鬆了口氣，對望了一眼，都有汗流浹背的感覺了。

話說，四人聽了一會兒小曲，漸漸覺得沒意思了。含香察言觀色地見他們有些意興闌珊的，也著急起來，心想九爺他們怎麼還不發話呢？這可如何是好？可她畢竟是見多識廣的，靈機一動就對四人笑說：「四位爺想是聽得膩了，不如咱們聯句作詩吧！」

冰珊四人對望了一眼，有些心驚。作詩？她們哪會作詩啊？做飯都不會，小時候倒是還做過「濕」，只是可惜得很，打從上了托兒所就再也不會了。

嬌蘭謹慎地說道：「呵呵，我們不會作詩！」說得含香一愣，心想看他們像是讀書人，竟然不會作詩？瞧著丰神俊朗的，竟是四個草包——一時倒不知該如何回答了。

隔壁，四個阿哥得意地一笑。哼哼，終於知道妳們也有不會的了！哈哈哈哈……

白玉見含香面上有些不屑，就咬牙道：「在下倒是有一首，只恐措詞欠佳，姑娘莫要見笑。」嘿嘿，果然有當古人的潛質，這詞用得多恰當啊！呵呵，我得意地笑……

冰珊看著白玉一臉陶醉就知道她準是在臭美。愛現——還作詩？她會嗎？要不要現在就劃清界線，免得待會兒丟人。

含香淺笑著說：「請這位公子不吝賜教。」

白玉咳了一聲，裝模作樣地晃了晃腦袋，說道：「北國風光，千里冰封……」一開口，差點把其他三人氣死。還以為妳變成林妹妹了呢，原來是剽竊大作，還真夠不要臉的！

「……數風流人物，還看今朝！」白玉得意洋洋地「作」完了詩，看著含香滿臉崇拜的樣子，虛榮心得到了極大的滿足，心裡嘿嘿一笑，俺還是很聰明的。

隔壁，四個阿哥由得意變成了欽佩，八阿哥讚道：「好詞！非胸中有大氣魄之人是無法作得出來的。」

十四阿哥疑惑地問道：「八哥，她能有什麼大氣魄啊？黃毛丫頭一個！」

老九也皺眉說：「是啊……可是，這首詞絕不是前人所作啊！」這不廢話嗎？那是「後人」所作！

老十不耐煩地說道：「怎麼著？咱們就這麼坐著聽啊？」

三人給他一個「廢話」的眼神，均想你還真是少根筋啊，要是讓人知道咱們在這兒，那還了得？

外邊，含香欣喜地看著白玉，滿眼的心，看得白玉差點暈倒。妳可別看上我啊，我可是個雌的！嬌蘭看她一臉的緊張，暗暗解氣。好妳個死丫頭，竟敢如此投機取巧，早知道我剛才就背了，還輪得到妳？

白玉戰戰兢兢地乾笑道：「嘿嘿，咱們划拳吧！」

一句話說得含香頓時傻了眼，噘著嘴說：「爺怎麼如此不解風情啊？人家……」

「打住！」看著她越來越近的身子，白玉斬釘截鐵地喝道：「在下家中已有妻子，不敢和姑娘……和姑娘……嘿嘿，就是那個，那個……太過親近。」說完她擦了擦冷汗，但其他三人憋笑憋得快內傷了。還妻子呢，敢惹老婆還到這兒來？這不是前後矛盾嗎？

隔壁，兄弟四人笑得直打跌。

十四阿哥捶著桌子唉喲道：「哈哈，笑死爺了！我倒要看看這幾個瘋丫頭怎麼辦！哈哈哈哈……」

九阿哥壞笑著想了想，就招呼外頭的人，告訴他如此如此、這般這般，吩咐完了，就邪笑著說：「爺讓人告訴他們，好、好地侍候這『幾位爺』！哼哼哼！」

這時，老鴇領著一個丫頭進來添酒，趁四人不備，朝含香使了個眼色後才陪笑道：「幾位爺，含香一人哪能侍候得了幾位啊？奴家已經挑了三個絕色的美人兒，一起侍候四位。」說完，也不等她們反駁就逕自招呼道：「紫玉、翠翹、紅菱快進來啊！」三隻「蝴蝶」嬌應著飛了進來，看得四人目瞪口呆，還沒開口，那老鴇已然關門去了，氣得四人直瞪眼。

只見含香巴住白玉，吐氣如蘭地低聲撒嬌，弄得白玉渾身僵硬，快暈過去了。

紫玉一屁股坐到嬌蘭的腿上，勾著她的脖子要親嘴，嬌蘭情急之下往後就倒，結果被紫玉壓在了身下。紫玉嬌聲埋怨道：「我的爺，您就這麼猴急啊？呵呵！」

紅菱膩在青萍懷裡柔聲說道：「爺，人家好難受啊，您抱抱人家嘛！」

青萍乾笑道：「那個、那個……男女授受不親，姑娘放尊重些。」

只有冰珊的情形好些，翠翹被她的冰眼凍得直要哆嗦，可是轉念一想，誰教上頭發了話，只好咬咬牙硬上了。只見她可憐兮兮地挪到冰珊的身邊，小聲說道：「爺，翠翹……」抬眼看了看冷冰冰的冰珊，心想不管了，死就死吧！她猛地撲到冰珊身上，抱著她就要親，嚇得冰珊騰地站了起來，怒聲道：「還不走?!」說著就扔下一張銀票，逃難似地竄了出去！

嬌蘭手忙腳亂地把紫玉推到了一邊，爬起來就往門口跑。

青萍也推開紅菱說道：「嘿嘿，下次吧、下次吧！」

白玉則站了起來，使得掛在她身上的含香呈自由落體狀地摔到了地上。

看著四人落荒而逃，四個阿哥在屋裡笑得天翻地覆的。十四邊笑邊說：「哈哈哈哈……逗死我了，不行了，海兒，過來給爺揉揉肚子，唉喲！」

十阿哥上氣不接下氣地笑道：「樂死我了，原來女人是這樣嫖妓的啊？哈哈哈哈……」

九阿哥邪笑道：「哼哼，看她們還敢這麼放肆嗎？」

八阿哥搖搖頭，笑著說：「可是服了，天底下竟有這樣的女人。」

冰珊一到外頭就咬牙切齒地看著三個心虛的死黨，一字一句地說道：「現在，我知道我們能玩什麼了！哼哼，走吧！」

三個人妳看看我、我看看妳，冷汗涔涔地站在那兒。

青萍乾笑道：「珊，是我們不對，您消消氣啊。」

白玉也忙說：「我們錯了，下次再也不敢了。」

「還有下次？」冰珊冷冷地問道。

嬌蘭忙說：「沒有、沒有，白骨精是口誤，是吧？」

那兩人忙不迭地點頭，可看看冰珊還是不言不語，青萍想了想，嗯，在劫難逃，死道友，不死貧道，溜吧！想到這兒，她就趁冰珊瞪著白玉的當兒飛身上了馬。「珊珊，別生氣啊，明兒再來領罪。」

氣得嬌蘭和白玉直跺腳。這個死狐狸，跑得還真快！

冰珊咬牙切齒地說：「別讓我再看見妳。」然後她轉頭瞪著嬌蘭和白玉，兩人早就魂飛魄散，心想狐狸跑了，我們可跑不了了！死狐狸，小心妳的狐狸皮！

白玉軟言道：「珊，我們真的知道錯了，要不妳打我們一頓得了？」

嬌蘭也軟下口氣說：「好珊珊，再也不敢了。我們保證，今後一定完全服從您的教誨，您讓我們往東，我們絕不往西，您讓我們打狗，我們絕不罵雞！」

「噗哧」一聲，冰珊忍不住笑了，看得兩人心花怒放，討好地挽著她的手臂撒嬌求饒。「這次就算了，明兒把狐狸抓出來，不教訓教訓她，她就不知道天高地厚。」

二人忙應「是是是」，心想死狐狸、蠢材，押錯寶了吧！哼哼哼哼！

樓上的隱蔽處，四個阿哥賊眉鼠眼地盯著樓下發生的事，看著冰珊身上彷彿冒著寒氣，幾人都覺得有些犯冷，看到青萍上馬飛奔而去，不禁暗嘆果然是隻狐狸；待見到白玉和嬌蘭哄得冰珊高興，又搖頭想，果然，女人都是善變的！

第四章　騎馬

兩天後，四人相約來到郊外賽馬。為什麼是兩天後呢？原因就是青萍二次負傷，被強制留在棟鄂府上養傷。可為什麼是二次呢？因為青萍在那回之後的另一次聚會中，不小心再次觸怒冰珊——說她的智慧和她的胸圍成正比。要是在以前也就罷了，可冰珊現在的身材還是少女，那胸部的發育狀況實在是太不盡如人意了，所以就……

棟鄂．七十暗自氣惱，這京城治安也太差了，竟讓自己的寶貝女兒兩次被打，還不知道是誰幹的？明兒上朝得向皇上稟報此事，太不像話了，天子腳下竟有如此膽大妄為之徒，這怎生了得？哼！

朝上，康熙皇帝沈著臉聽完棟鄂的申訴，將九門提督罵了個狗血淋頭，又對四阿哥說道：「老四，你查查，到底是哪兒來的混帳東西，竟然如此大膽，連朝廷命官的家眷都敢打？查明白了回朕！」

老四為難地答應著，心想準是那幾個小妖精自己內訌了，這可教我怎麼回？唉，傷腦筋啊，回頭得告訴年羹堯好好管管那死丫頭，別淨給爺惹事，要不，還沒等爺把她娶到手，就被她氣死了。他又冷冷地瞪了棟鄂一眼。你連自個兒的女兒每天幹了什麼都不知道，還覥著老臉上這兒告狀來？哼，連累爺跟著受罪！

棟鄂暗自心驚。完蛋了！惹怒了這個「冷面王」可是要倒楣的！我哪兒知道皇上派他查辦此事啊！嗚嗚……

老八他們對望了一眼，暗自偷笑。嘿嘿，這回一定是冷美人發了火，把小狐狸暴打了一——喔，不，是兩頓。

九阿哥聽見棟鄂說小狐狸被打得躺了好幾天，不禁有些後悔。要是上次不那麼過火就好了……但她們吵架，干我什麼事？我心疼個屁啊！

青萍的傷勢已經不礙事了，可她得到了一個深刻的教訓，那就是——冰山若是爆發了，比火山還恐怖！

四人騎馬來到郊外，白玉興奮地說：「好新鮮的空氣喔，純天然、無污染的空氣。」說完深深地吸了一口。

「白癡！」三人飛給她六個白眼。

嬌蘭嗤之以鼻道：「妳來了也有多久時間了，還要這麼神經嗎？」

白玉委屈地說道：「不知哪天就回去了，還不趁現在吸個夠本？這玩意兒又不能打包。」

「豬！」

話說，八阿哥四人下了朝，見了四阿哥，八阿哥「彬彬有禮」地說道：「四哥，這回皇阿瑪把如此『重任』交給四哥辦理，足可見皇阿瑪最信任的還是四哥，有勞四哥了。」哼哼，這回可讓我看你吃癟了！

四阿哥皮笑肉不笑地哼了兩聲，說道：「八弟哪裡話，你我兄弟皆是一體，為皇阿瑪分憂也是分內之事。再說皇阿瑪還是很重視八弟的，要不四哥這就回了皇阿瑪，讓八弟來辦此事？」

八阿哥聞言愣了一下，乾笑道：「呵呵，四哥說笑了，弟弟怎敢僭越？還是四哥辦理最是妥當。」

十三阿哥笑嘻嘻地說道：「反正也不急這一時，我們不如去騎馬吧，說不定還能找到那些『膽大包天』的小賊呢！」

眾人心領神會地點了點頭，各懷鬼胎地朝宮外走去。

太子一出大殿，就見遠處老四和老八談笑風生地說什麼，心裡不禁一驚，皺眉想，最近，老四和老八他們有點不對勁，難道……老四和十三要陣前倒戈？壞了！得趕快找人商量對策去——想到這兒，太子三步併作兩步地回了毓慶宮。

郊外，四個美人破天荒地沒穿男裝，各自穿了一件帥氣的騎裝。冰珊還是老樣子，一身純白，外罩銀色掐邊短襖，腳蹬白色短靴，就是頭髮有些作怪，只把後頭的長髮用銀色髮帶綁住了，此外無任何飾物。

青萍她們一見就笑說：「哪兒來的日本妞啊？」

白玉穿著一件淺綠騎裝，外頭是一件淺嬌黃色的短坎，同色短靴，頭髮倒是規規矩矩的旗人小姐樣式。

嬌蘭一身火紅，整個人就像是一團跳動的火焰，頭髮也打理得一絲不苟的，沒戴什麼首飾，只在髮髻上纏著幾條銀紅色的絲帶。

青萍一身水藍，外罩銀色馬甲，頭髮只是束了個馬尾辮，辮子上綴著幾串滾圓的珍珠。

嬌蘭笑呵呵地說道：「咱們比比看，誰要是輸了，今兒晚上請客。」

「好啊！」其他三人立刻大聲回應。

畫好起跑線，四人一起數：「三、二、一——」四匹馬像箭一樣飛了出去。先是青萍領先，繼而被冰珊超過，再後來就是嬌蘭一路領先直奔終點，青萍第二，冰珊第三，當然，還是白玉再一次落敗。

嬌蘭大聲笑道：「白骨精，今天晚上妳請客。」

白玉心有不甘地答應了聲，四人騎馬漫步在空氣新鮮的草地上。

嬌蘭大笑道：「好想唱歌啊！」

青萍扯起嗓子就唱：「我是一匹來自北方的狼……」（註一）

「走在無垠的曠野中，淒厲的北風吹過，漫漫的黃沙掠過。我只有咬著冷冷的牙……」四人放開嗓子高聲唱著，相視一笑，友誼在歌聲中越來越濃。

幾個阿哥就是聽見這陣聲震雲霄的歌聲，才準確地找到了她們的方位。

十三阿哥笑道：「你們聽聽，那幾個丫頭唱的是什麼？一匹來自北方的狼？哈哈哈哈……樂死我了！」

十四阿哥也大笑道：「可不是嘛，別說這幾個還真是如狼似虎的。」

九阿哥哼笑道：「四匹母狼！」說得眾人不禁莞爾一笑。

十阿哥呵呵笑道：「走，咱們去會會這幾匹母狼。」

六個阿哥和一大群隨從揚塵而去。

冰珊她們正唱得盡興，忽聽身後傳來一陣馬蹄聲，不禁對望了一眼。青萍皺眉道：「這附近有馬賊嗎？」

嬌蘭翻了個白眼。「妳傻啊？」

白玉嬌笑起來，冰珊卻調轉馬頭，勒住韁繩極目而望，冷哼道：「哼，一大群蒼蠅。」

聞言，三人立刻調轉馬頭看了過去，果然是好大一群啊！

「那不是幾個阿哥嗎？」白玉疑惑地問道：「他們來幹什麼？」

「哼哼，誰知道？」嬌蘭冷冰冰地說了一句。

青萍皺眉道：「八成是衝著我們來的。」

「來幹麼？」白玉莫名其妙。

「我哪兒知道，待會兒問妳家老十三。」青萍嘲笑道。

「死狐狸！」白玉氣呼呼地罵了一句。

很快，眾人就會合到了一起，幾十個人一起勒馬，那場面可夠壯觀的。

十阿哥大聲問道：「妳們剛才唱什麼呢？」

青萍淡淡地說：「『我是一匹來自北方的狼』。」

註一：此曲為〈狼〉，演唱人：齊秦

自己吧？」

「哈哈哈哈——」六個阿哥齊聲大笑起來，十四還欠揍地說道：「貼切啊，敢情妳們是在唱

嬌蘭冷笑道：「那又如何？」

十四嗤笑道：「還真有自知之明啊。」

嬌蘭呵呵一笑。「承蒙誇獎。」

八阿哥皺眉道：「怎麼把自己比作狼呢？」

青萍嘲諷地一笑道：「怎麼了？狼有什麼不好？狼是最忠誠的動物了！忠於群體，絕不會為一己之私自相殘殺，比某些人還強。再說狼可是終身一夫一妻的，對待配偶絕無三心二意，更是比人強百倍。」

幾個阿哥被說得目瞪口呆，暗自猜想這丫頭該不是諷刺他們吧？

還是四阿哥機警，聞言淡淡一笑道：「就是不知道怎麼有的狼還自己打自己呢？」

冰珊冷道：「那是增進感情，可不會你死我活的。」

十四反唇相稽道：「不知是哪頭小母狼挨了揍，讓她家老狼出頭呢？」

青萍的臉一紅，竟說不出話來了。

嬌蘭惡狠狠地說：「我呸！護崽兒有什麼稀奇？要是碰上不護崽兒的……哼哼，就不知該誰哭了！」

如此大逆不道之話說得十四暴跳如雷。「死丫頭！妳找死！」說著就跳下馬朝嬌蘭衝了過來。

嬌蘭不服氣，也要下馬，被一旁的青萍拽住了，只聽她質問道：「十四，你急什麼？咱們說的是狼，你這是替誰出頭？」

說得十四頓時停住了，呆愣愣地想了半天，才忿忿地重新上馬。

嬌蘭見十四蔫頭耷腦地上馬，也不再說話。白玉問道：「你們上這兒幹麼來了？」

十三阿哥看著她溫柔地一笑道：「自然是和妳們一樣了。」

白玉看了看一旁強忍著笑的死黨，心一硬，淡淡地說道：「既然如此，我們就不打擾了。珊，我們走。」說完就調轉馬頭，揚長而去，青萍她們同情地看了一眼目瞪口呆的十三，也跟著調頭跑了。

十三暗自納悶，爺哪裡說錯了？我沒惹她啊！不行，不能就這麼讓她跑了，要不爺晚上就睡不著了。想到這兒，他一拉韁繩尾隨而去，後面眾人也忙跟著追了上去。

十三一邊跑一邊大聲喊：「白玉！等等我！」

白玉回頭看看漸追漸近的十三，又看看旁邊似笑非笑的死黨，心想，可惡的傢伙，你非得逼著我挖坑把自己埋了是吧？手底更加使勁了，可惜到底比不過阿哥們的馬好，轉眼就被追上了。

十三阿哥小心地把馬控制在白玉的旁邊，氣急敗壞地問道：「爺怎麼惹妳了，啊？妳見著爺就和見鬼似的。」由於馬蹄聲太大了，所以十三阿哥的聲音也大得不得了。

白玉紅著臉說道：「與你無關，你別管了。」

十三心想，壞了，和我無關？那和誰有關？回頭瞅瞅，四哥？不會，八哥？難說，九哥？不一定，十哥？不可能，十四？嗯，八成就是他了，不行，我得加把勁了！

「白玉，妳和我說說，到底是怎麼了？」十三阿哥鍥而不捨地問道。

白玉氣得直罵。「死唐僧、臭唐僧！你囉哩叭嗦地廢什麼話？說了和你無關，還問?!」

十三納悶道：「我怎麼成了唐僧了？不行，今兒妳要是不說清楚，我和妳沒完，我纏妳一輩子。」

「哈哈哈哈……」眾人不禁大聲笑了起來。

嬌蘭大聲笑道：「白骨精，唐僧向妳示愛哪！哈哈哈哈……」

青萍也大笑道：「就是，唐僧肉可不是誰都吃得著的！快答應吧！」

十三阿哥的俊臉一紅，可還是得意地朝二人說道：「謝了啊！」

白玉羞惱地嚷道：「我呸！妳倆喜歡，拿走好了！」

十三哭笑不得地說：「爺又不是個東西，還拿走？誰敢拿啊？」

白玉見他纏夾不清地貧嘴，氣得只管打馬，誰知她的馬突然踉蹌了一下，眼見就要趴下，嚇得她大叫起來！

「玉！」

「白玉！」

「小心！」

無數呼喊隨著風聲飄進了白玉的耳朵，她心底苦笑道：這回完蛋了！

說時遲那時快，只見十三阿哥倏地騰空而起，如蒼鷹一般落到白玉的馬上，手腳麻利地掏出匕首，將左右的腳蹬割斷，一手執韁，一手將白玉抱在懷裡，鬆開韁繩，縱身一躍，回到了自己的馬上，這時，白玉的那匹馬才跪倒在地。

十三阿哥單手勒住韁繩，看著懷裡哆嗦的白玉，柔聲說道：「好了，沒事了。」白玉這才趴在他懷裡哭了起來。他看著在自己懷裡哭得梨花帶雨的美人，輕輕拍著她的後背說：「好了，好了，乖玉兒，不哭了啊？哭得都不漂亮了。」

白玉偎在他懷裡哭訴道：「都是你害的！都是你……嗚嗚……要你別問，你偏問，害我被人笑話，還差點連命都賠上，嗚嗚……都是你！嗚嗚……」

十三溫柔地給她擦眼淚，只覺得淚水一滴滴地都流進了自己的心裡，把心底最隱密最柔軟的角落淹得一塌糊塗，他知道，這輩子自己都不會放開懷裡這個嬌柔溫婉、俏皮可人的丫頭了。

身後，所有人都下了馬，目瞪口呆地看著他倆，十三雙手緊緊抱著懷裡的白玉，一併腿、帥氣地下了馬仍不放開，只是滿足地瞅著她，彷彿天地之間只有他們兩個似的。

冰珊微帶羨慕地看著眼前的這對璧人，又瞧了瞧四阿哥和八阿哥，心想，哼，要是我哪天遇險了，八成還得自救。

四阿哥見冰珊看自己，微微一笑。真後悔送了年羹堯那幾匹好馬，否則自己此時恐怕也能享受到英雄救美的感覺了。他不禁幻想著冷若冰霜的冰珊嬌柔地偎在自己懷裡的情形，可轉念一想，就爺這身手，要真出了事恐怕就得和她互換角色了，自己偎在冰珊懷裡？呃……

八阿哥瞧著冰珊，暗想要是冰珊落馬就好了，不過，萬一要是有個閃失，可就得不償失了。

青萍羨慕地看著十三和白玉，心裡嘆道，果然，歷史是不會因她們而改變的，轉頭看了看老九，心想，以後你要是比不過十三，老娘就把你休了！

九阿哥莫名其妙地看著青萍對自己先是無奈、繼而咬牙切齒的樣子，心想，爺又惹著妳了？十阿哥暗恨，好事都叫他小子佔上了！氣死爺了！

嬌蘭四下裡看了看，我的春天在哪兒呢？待和十四的眼睛對上後，心想，哼，只要不是他就行！

十四阿哥冷冷地看著依偎的兩人，心道，都怪自己非得和那小辣椒較勁，竟把這個最好搞定的丫頭給了十三……想到這兒，他就瞟了一眼嬌蘭，正巧和她對上了眼神，十四突然發現，這根小辣椒長得也滿漂亮的，就是性子太烈，瞧瞧這會兒還拿眼睛瞪爺呢，爺就不信收拾不了妳！

青萍見白玉的情緒已經平靜下來，就調侃道：「唐僧的懷裡是不是特別舒服啊？」

白玉脹紅了臉，低聲嗔道：「還不把我放下？」

十三阿哥盯著她，假意恐嚇道：「以後不許這麼嚇唬我了，爺的心都快從腔子裡跳出來了！」他滿意地看著白玉柔順地點了點頭，就樂呵呵地把她輕輕放在地上。

只見白玉跑到冰珊跟前，可憐兮兮地叫道：「珊！」

冰珊微笑著張開雙臂，將撲過來的白玉擁進懷裡，就聽白玉委屈地說：「珊，他們欺負我。」說著還指了指青萍、嬌蘭和十三阿哥。

青萍氣道：「得了吧妳！就會來這手，妳換個新鮮的行嗎？」

嬌蘭也撇嘴道：「白骨精，妳要是有本事，就別老是拿珊做擋箭牌。」

十三呆愣愣地說道：「我招誰惹誰了我？」

白玉跺腳撒嬌道：「珊珊，妳看嘛，他們還說我，我好可憐喔！嗚嗚……」

除了冰珊和白玉自己，所有人都暗自翻了個白眼。這個妖精！

冰珊推開白玉，活動了一下手腕和手指，陰森森地問道：「誰先來啊？」

嬌蘭大聲說：「妳偏心！」看著冰珊恍若未聞地繼續朝他們逼近，她看了看青萍，一起指著十三大聲說：「他！」

倒楣的十三心想，我怎麼這麼倒楣啊?!見冰珊越來越近，他嚥了口唾沫說道：「我救了她啊！」

冰珊冷笑道：「要不是你，玉怎會遇險？」說著抬腿就是一腳，被十三險險地躲過了，緊接著就是旋身側踢，被十三用手攔截，然後就是掌劈腳踏……一陣猛烈的攻勢下來，弄得十三很是狼狽。

十三阿哥薄怒道：「妳可真是個瘋婆子！」

冰珊陰陰地一笑。「既然你說我是瘋婆子——好，玉玉！」

那邊，白玉欣喜地順手抽出掛在冰珊馬鞍上、她們讓人打造的日本刀扔了過去，幾個阿哥面面相覷地看著白玉，心想這丫頭是不是個瘋子?!剛才還和十三卿卿我我的，怎一眨眼就全變了。

冰珊接過刀，淡淡地說：「我不和赤手空拳的人打架。」

十三氣得險些岔氣，又看了看一旁搖頭晃腦的白玉，咬牙切齒地想，敢和爺玩陰的？回頭再收拾妳！

十四阿哥拽出長劍扔了過來。「十三哥，接著！」

十三接過長劍，從容一笑道：「來吧，爺要是贏不了妳，就不是妳十三爺。」

白玉在旁邊大喊：「你當然不是她的十三爺了，你是我的！」

聞言，十三差點吐血。知道妳還玩我？

冰珊凝神屏氣，雙手握刀，高舉過頭，冷聲道：「小心了！」然後就「唰」地劈了下來，十三馬上往旁邊一閃。「來得好！」用劍一擋，避過了這凌厲的一刀。

可冰珊的刀鋒倏地一轉，朝著十三的臉就劃了過來。

只聽白玉嚷道：「珊珊，妳要是劃壞他的花容月貌，我和妳沒完！」

所有人都瞪了她一眼，青萍和嬌蘭異口同聲地罵道：「不想妳老公毀容，就閉上妳的鳥嘴！」

「喔。」白玉馬上用手把嘴巴緊緊捂住。

幾個阿哥忍不住同時翻了個白眼——這樣的女人也算是獨一無二的了。

那邊，十三和冰珊已經刀來劍往地打得飛沙走石，十三阿哥越打越上癮，心想這丫頭的功夫還真不賴，和爺打了這麼久也不見敗相，嗯，厲害！

冰珊卻暗自叫苦不迭，這小子還真厲害，看來我得見好就收了。想到這兒，就趁著雙方錯身的空檔，就勢往前一越，回頭道：「不打了，你過關了。」

十三阿哥狐疑地問道：「什麼過關了？」

青萍和嬌蘭走過來，一左一右地拍了拍他的肩膀。青萍微笑道：「恭喜你，可以晉級為我家玉玉的預備老公了——喔，就是預備丈夫！」

嬌蘭也呵呵笑道：「行啊，哥兒們，還挺能打的，和我們珊珊動手能打這麼久又全身而退的，你是第一個，加油啊。還有，要是你敢欺負我家玉玉，嘿嘿，我們三個會一起收拾你的。」

也不管十三阿哥聽沒聽懂，兩人跟機關槍似地說了一大堆。

十三阿哥的下巴都快要脫臼了，怔怔地問道：「妳們說，剛才的打鬥就是為了看我是否有資格娶白玉？」

「嗯嗯嗯。」兩個女人連連點頭。

十三又問：「如果碰上個不會武功的怎麼辦？」

青萍不懷好意地說道：「那就我或是美人蕉來。」

「不怕打死人嗎？」十三鍥而不捨地追問。

嬌蘭諷刺說：「連女人都打不過，還叫男人嗎？」

一旁的幾個阿哥翻白眼。這世上八成沒什麼人敢娶妳們──

白玉跑過來，笑咪咪地問道：「十三，你沒事吧？」

十三又好氣又好笑地看著她。「玩我是吧？」他又轉頭問冰珊。「就為了這個，妳就和我捨命相搏？」

冰珊淡淡地說：「她們就是我的命。」說罷，對白玉三人溫暖地一笑。

看得其他人在目眩神迷的同時，也震驚於她們這生死之交。

四阿哥暗嘆，好一個義薄雲天的奇女子，他日若能得她如此看重，不枉此生。唉，要是自己的兄弟也能和她們一樣就好了。

八阿哥著迷地看著冰珊，如此嬌娃，怎不教人牽腸掛肚？

九阿哥瞪著眼睛看著四個嬌弱的女人，心道，妙人啊妙人，不過，爺要是想娶她們中的誰誰誰，比如那個小狐狸，是不是也得被揍一頓啊？估計自己打不過她。

十三阿哥動情地說道：「妳們放心，我絕不會讓妳們再有打我的機會。」說完就溫柔地拉著白玉的手，走到馬前，大聲說：「走，今兒晚上我請客，好好樂呵樂呵。」

幾個阿哥不禁一起翻了個白眼。敢情你美人在抱了，飽漢子不知餓漢子饑！

青萍等人倒是十分開心地各自上馬。白玉的馬不能騎了，只好和十三共乘一騎，一路上，說不完的溫柔繾綣，道不盡的旖旎風情，眾阿哥咬牙切齒地看著懷抱白玉眉飛色舞的十三，心裡之氣啊！

這邊，冰珊欣慰地看著白玉一臉幸福地靠在十三阿哥的懷裡。這個最不會照顧自己的丫頭，終於找到一個可以真心呵護她的「傻子」了，不過，這裡可不是二十一世紀，這些阿哥哪個不是三妻四妾的，白玉受得了嗎？唉，回頭可得提醒提醒她，這丫頭別的都好，就是愛鑽牛角尖，如果她真的愛上十三，就得學會忍耐……哼，萬惡的舊社會，吃人的封建禮教！

青萍一路上沒給過老九好臉色，一直想著如果真的不幸嫁給他，該如何將其改造為N好丈夫——好脾氣、好風度、好聽話、好乖巧、好懂事、好孝順、好……

嬌蘭敏銳地發現十四一直在盯著自己看，心裡暗自發誓：要是你敢招惹我，就教你吃不了兜著走，教你找你媽哭去，教你後悔你爸爸生了你，教你後悔你是你自己，教你……

一行人回去之後，免不了還是要去吃一頓。只是眾人似乎都有些心不在焉，同時，四阿哥他們也把各自的身分說了——

第五章　情動

這日，四人湊在一起聚會，因嬌蘭一提起十四阿哥就咬牙切齒的反常舉動惹得青萍有些狐疑，她賊兮兮地看了看嬌蘭，這丫頭不對勁，以前，無論什麼樣的男人她都不放在眼裡，更別說如此「牽腸掛肚」了，很蹊蹺啊！難道……還有，她姓完顏耶……想到這兒，她就故作無意地問道：「小辣椒，妳爹叫啥？」

嬌蘭狐疑地說：「妳不知道嗎？」

青萍兩手一攤，撇了撇嘴。嬌蘭淡淡地說道：「完顏・羅察，怎麼了？」

「呵呵，沒事，沒事，我好奇。」青萍心底暗笑。嘿嘿，一對歡喜冤家。

白玉雙手托腮，望著窗外唉聲嘆氣。

嬌蘭「啪」地打了她一巴掌，戲謔道：「別思春了，回魂吧！」說完就和青萍大笑起來。

白玉氣急敗壞地罵道：「小辣椒，妳找死！」

嬌蘭不屑道：「妳打我啊、打啊！我怕妳啊?!」

白玉氣得直跺腳，冰珊剛要開口，就聽門外有人笑說：「誰欺負我家白玉啦？」十三阿哥人隨話走，推開門就進來了，身後還有四阿哥胤禛。

嬌蘭撇撇嘴，哂道：「喲，護花使者來啦！」

十三走到白玉跟前笑問：「誰招惹妳了？說出來，我替妳出氣。」

「唉喲喂，我好怕喲！就是我，你要怎樣？」嬌蘭挑釁似地揚起下巴。

十三阿哥摸摸鼻子，笑了笑說：「妳就算了，不過，妳以後可不可以不要老是欺負白玉？白玉那麼柔弱……」

「我還第一次聽見有人誇白骨精柔弱呢，哈！」嬌蘭滿臉不屑。

青萍微笑道：「我說十三，你忘了她以前是怎麼整你的了？就算真的忘了，相信你很快就會舊夢重溫啦！」

白玉氣道：「妳們兩個有完沒完？別在他面前說我的壞話！」

青萍和嬌蘭同時「哧」了一聲。

冰珊看了看幾人，對十三說：「你是不是有話和玉說？」

十三笑道：「可是遇見明白的了。」

青萍瞪眼道：「你是說我們倆不明白嘍？」

十三淡淡一笑，不置可否，氣得嬌蘭起身就要開罵，冰珊皺眉說：「好了，坐下。」看著嬌蘭不情願地坐了下來，她對十三阿哥說：「需要我們迴避嗎？」

十三笑嘻嘻地說道：「不需要妳們迴避，我們迴避就行了！」說完他就拉起白玉往外走去。

十三阿哥拉著白玉來到旁邊的一個雅座，一進門，他就問：「玉兒，妳想我了嗎？」

白玉的臉一紅，啐道：「我想你幹麼？」

十三微微一笑，將她拉至懷中，嘆息道：「唉，我還沒走就開始想妳了！」

白玉推開他，皺眉道：「你走去哪裡？」

十三阿哥笑嘻嘻地說道：「下個月皇阿瑪要去南巡，我也要隨駕。」

白玉不悅地說：「你家老爹可真是的，你不去行嗎？」

十三敲了她一記爆栗，佯罵道：「什麼老爹?!這麼大逆不道的話以後可別說了，讓人聽見了，不只妳，連妳阿瑪家人都會受連累的。」

「喔，知道啦，我不會和別人說的。那個……你要去多久？」白玉邊揉額頭邊問道。

十三阿哥想了想，說：「我也說不準，也許就個把月吧，或者兩、三個月也說不定。幹麼？捨不得我呀？」

「嗯。」白玉可憐兮兮地點著頭。「有一點吧，我們才戀愛，你就被你老——喔，不是，是皇上抓去出公差，就不怕回來後我都不認識你了嗎？」

十三阿哥嗤笑道：「就一點啊？呵呵，壞丫頭！不過，妳再抱怨也沒用，再說了，這可是恩典。」

「這就叫恩典啊，讓兒子陪著遊山玩水也叫恩典？」白玉不禁嗤之以鼻。

十三阿哥感慨地一嘆。「玉兒，皇家可和妳們尋常人家不同。妳想要什麼？回來我帶給妳。」

白玉哀怨地一嘆。「我不要。」

十三阿哥柔聲勸慰道：「好玉兒，乖玉兒，笑一個，別這麼愁眉苦臉的。妳喜歡什麼啊？比如——」

「我說了，我什麼也不要。好了，別理我，讓我自己待會兒。」白玉有些煩躁地打斷他。

十三阿哥無奈地嘆了口氣，忽然又笑道：「要不，妳和我一起去？」

白玉瞪著他說：「你當我傻啊？我能去嗎？再說我也離不開珊珊她們……算了，你要去就去吧，反正還是要回來的。」

十三阿哥摟著她低語道：「玉兒，玉兒……」

這邊，四阿哥目不轉睛地盯著冰珊，看得冰珊很不自在，起身說道：「我出去轉轉，妳們先坐。」說完就邁步出了房門。

青萍和嬌蘭暗暗好笑，看著四阿哥皺得越來越緊的眉頭，心道：別看你是阿哥，將來還是皇帝，遇見珊珊照樣碰壁！呵呵，還真有成就感啊！

四阿哥眼見冰珊在自己的注視下落荒而逃，心裡很是得意，只是面上還是一如既往地冷漠。嗯，看來氣勢還是可以，竟然能讓這個冷冰冰的丫頭驚慌失措……不過，可不能就這麼放過她。想到這兒，四阿哥一言不發地起身跟了出去。

他前腳一出門，就聽見屋裡兩個可惡的女人放聲大笑起來，四阿哥的臉上一陣發熱，心想死丫頭，爺現在沒工夫搭理妳們，以後再說！

冰珊出了太白樓的大門就犯嘀咕。都怪那傢伙，沒事死盯著她幹麼？害她很沒面子地逃了出來，現在倒好，讓她上哪兒去？她正在發呆，就聽見——

「妳上哪兒？」四阿哥清冷的聲音悠然響起。冰珊暗自翻了個白眼。你還真是陰魂不散啊！當下，她也不回頭，冷冷地說道：「要你管？」

四阿哥微微彎了彎嘴角。嘴硬的丫頭，我看妳能硬到幾時？他站到她身旁說道：「陪我走走。」淡淡的語氣裡蘊含著不容質疑的霸道，冰珊眉頭緊皺，心下暗惱。沙豬！偏不讓你如意！

四阿哥看了看她僵硬的身形，一把將她拉住——嗯，這綿軟柔嫩的觸感怎麼也不像是能拿刀握劍的。

冰珊目瞪口呆地任他拉著往前走了兩步。這可是她有生以來第一次被一個男人牽著，臉上一下就紅了。她頓住身形，迅速地甩了下，可惜毫無作用，這傢伙的力氣比她想像的要大得多，她羞惱地斥道：「你放開！」

四阿哥連眼皮都沒眨。「不放。」

「你——」冰珊心裡的怒火一下就燒了起來。「你要不放，可別怪我不客氣。」

四阿哥轉過臉，似笑非笑地說了句：「妳不會。」然後滿意地看著她眨眼之間就變成了烈焰嬌娃，火上澆油地說了句：「妳是我的，這輩子都別想逃。」他說得冷冷的、淡淡的，彷彿說的是「今天的天氣真好」一類的話。

冰珊渾身一震，一種不寒而慄的感覺迅速侵占了她的細胞。定了定心，讓自己的情緒很快穩定下來，她冷漠地說道：「我是我自己的。」說完就將手腕一翻，擺脫了他的箝制，還不忘掏出手帕使勁地擦了擦。

四阿哥不悅地看著她把自己的手擦了又擦，冷笑道：「我想要的從沒有得不到的！」

冰珊倒抽了一口氣，猛然意識到面前這個男人可不是普通人，他是大清歷史上最陰狠無情的一位帝王，活了二十多年，她第一次感到害怕，可她不願就此認輸——敵強我更強。她狠狠地瞪著他，咬牙切齒地說道：「也許，你很快就會知道有些東西是窮極一生也無法得到的。」

「哈哈哈……」不在乎路人的側目，他破天荒地大笑起來。「說得好！妳四爺還就喜歡這樣的性格，那咱們就看看，最後到底鹿死誰手。」說罷，他轉身大笑著揚長而去。

彷彿渾身的力氣都被抽乾了一般，冰珊失魂落魄地站在街上，神色恍惚地想著他剛才的話。這是一個可怕的男人——

晚上，冰珊坐在自己的房中發愣，想著年羹堯剛才的話。

「妹妹，四爺和福晉怕我出門辦差，留妳一個人在家不安全，想接妳過府去呢！」

「好妹妹了，妳就當幫二哥一個忙吧。二哥是四爺的奴才，主子發了話，做奴才的怎麼好說不呢？」

「妹妹，妳要不答應，二哥就給妳跪下了！好妹子，哥哥求妳了，妳就看在死去爹娘的分上答應了吧！」

最終，一時心軟的自己就這麼答應了，可是他一走，自己越想就越覺得不對勁。可如今該怎樣才能想一個兩全其美的法子呢？她苦想了半天，最終決定用一個最愚蠢的辦法，就是裝病。

她起身朝外走去。

因為家裡的條件不好，所以冰珊只有一個貼身的丫頭，這會兒早就睡去了。她小心翼翼地到院裡打了幾桶冷水提回屋中，倒進洗澡用的木桶裡，鎖好門，脫了衣服泡了進去。現在雖說還未入秋，可是就這麼泡在冷水裡還真是難受，畢竟這和游泳可不同，游泳好歹還會活動一下。而現在，她只能一動不動地坐在冷水裡，何況這井水還是很涼的。

冰珊咬緊牙關，心想，就是冷死也絕不如他的意。

就這樣泡了一個多時辰，她漸漸有些睏了，可又怕前功盡棄，也不敢起身，還是在水裡忍著，就這樣直到——

「小姐！」清早來服侍她梳洗的小菊一進門，就驚慌失措地發現自己的小姐倒在洗澡用的木桶裡，臉色蒼白，一動不動，嚇得她忙著大叫。

冰珊緩緩睜開眼睛，只覺得身上難受得很，想來這一宿的罪沒白受。看了看小菊，她冷靜地說道：「扶我出來。」

小菊手忙腳亂地將她扶了起來，嘴裡埋怨道：「小姐，您要沐浴也不叫我一聲，就這麼在水裡泡了一夜，要是病了可如何是好？剛才二少爺還吩咐奴婢趕緊侍候您梳洗打扮呢！」小菊一邊幫她穿衣，一邊嘮叨著。「小姐，我聽二少爺說一會兒小姐就要去四貝勒府上了，是嗎？」小丫頭興奮地問道。

冰珊暗自好笑。這回恐怕要讓人失望了。穿好衣服，她已經有些不支，這一夜的冷水澡可真夠受的。

才洗了臉，就見年羹堯笑咪咪地走了進來。「妹妹，怎麼還沒梳頭？快點，晚了就不好了。」

冰珊在心裡冷冷一笑，當奴才都當得如此沒自覺了。

她站起來剛要說話，就覺得一陣天旋地轉，兩眼一黑。在失去意識的瞬間，她不禁有些欣喜，暈得好……

四阿哥府。書房裡，四爺皺眉聽完年羹堯的話，心想，好倔強的丫頭，竟然不惜糟蹋自己的身體也不進府來，爺就這麼讓妳討厭？哼哼，妳越是這樣，爺就越不放手！

他淡淡一笑。「亮工，你也不必焦急，回頭我讓人請個大夫給她看看就是。你儘管安心辦差去。」

年羹堯忙說：「不敢有勞四爺，奴才已經請了大夫看過了，說是不礙事的。我這妹子身體一向很好，躺上幾天只怕也就好了。」

四阿哥笑著點了點頭。她這是心病，如今一聽不用進府了，只怕很快就生龍活虎了……忽然想起了什麼，他笑問道：「亮工，你妹妹也會武功嗎？」

年羹堯聞言笑說：「她那也叫武功？花拳繡腿而已，是奴才閒著的時候教的。」

四阿哥一聽也愣住了。花拳繡腿？爺怎麼看也不像是花拳繡腿，年羹堯教的？就是年羹堯也未必是她的對手，能和十三打得不相上下的只怕還沒有幾個……

這丫頭身上到處透著古怪……但女人是不能寵不能慣的，不然早晚倒楣的還是自己。他決定用他慣常對付女人的方法來對待年冰珊——冷著、拿著，高高俯視著。

冰珊已經燒了兩天，昏昏沈沈的也不知時辰，只是覺得好像有人餵她喝藥、喝水什麼的，想必是小菊吧。年羹堯昨天就應該走了，青萍她們現在恐怕還不知道……唉，自從上了中學，還是第一次這樣病懨懨的，記得小時候，有一次也是發燒，媽媽一直抱著她不放手，整整三天，醒來時，自己還問媽媽怎麼變成紅眼睛的小白兔了……

她心底裡一陣酸楚。莫名其妙地來了這裡，還不知家人會怎樣傷心呢……唉，眼淚，這個早就和她無緣的東西，竟然再次出現在她的臉上。

她哭了一會兒，意識也漸漸有些糊塗了……

沒能忍住的四阿哥最終還是來到了年家，而違背他意思的那個人，此刻正陷入昏迷。

胤禛皺眉看著躺在床上的冰珊——那個曾經在街上教訓色狼的丫頭，那個冷漠得讓老八碰釘子的丫頭，那個為了自己姊妹和十三拚命的丫頭，那個在街上和自己針鋒相對的丫頭……如今，就像個沒生命的瓷娃娃似的，靜靜地躺在那兒一動不動。

那雙時時用冷漠武裝的美目閉得緊緊的，眼角還依稀有著淚痕，原本柔嫩的臉頰如今蒼白得嚇人，連那張嫣紅的嘴此時也呈粉白。看著看著，四阿哥的心裡一陣發緊，似乎有一些莫名的、從未有過的情緒攪動著他一向波瀾不興的心湖，有些疼、有些酸，還有些甜，這樣的感受在他心中還是第一次出現，不過他並不擔心，因為重要的是眼前這個讓他放不下的人兒。

抬手撫上那張絕色的容顏，他喃喃低語。「無論如何，我都不會放手。快點好起來吧，雖然妳現在的樣子很乖巧，可我還是更喜歡那個讓老八無可奈何，讓十三心悅誠服，讓爺氣得牙癢癢的壞丫頭。冰兒，妳說，爺是不是也病了？嗯？」拇指輕輕摩挲著她柔嫩的唇瓣，他微微一笑，柔聲說道：「冰兒，總有一天，妳會心甘情願地來到我身邊的，到時候，我要妳一一地補償我。」說罷，他俯身在她的唇上輕輕一吻，就微笑著起身走了。

又過了兩天，冰珊終於清醒了，因為就算她想不清醒也不行，青萍、白玉和嬌蘭三人在她屋裡又是哭又是叫的，害她想多睡會兒都不行，唉，交友不慎啊！

忽然想起在夢中好像有人在她耳邊說話，什麼放手，什麼病了，似乎還有人叫她冰兒？一會兒得問問小菊，除了她還有誰來過。

睜開眼睛，冰珊啞聲說道：「連休個病假妳們都不放過我……」

「珊，妳醒了?嗚嗚……人家擔心死了！」白玉第一個撲了過來。

「白骨精，要死一邊死去！」嬌蘭一把推開白玉，將她扶起來問道：「珊珊，妳覺得怎樣?怎麼突然就病了?」

冰珊苦笑了下，不想告訴她們讓她們擔心，淡淡地說道：「沒怎麼，洗澡洗得睡著了。」

「什麼?」三人一聽就驚叫起來。

嬌蘭皺眉道：「洗澡洗得睡著了?妳還真幽默啊，妳能在水裡洗得睡到早上?」

冰珊點點頭。「那又怎樣?不行嗎?」

嬌蘭還要說話，就見青萍走過來說：「妳們兩個別在這兒婆婆媽媽的了，嬌蘭，妳去太白樓訂些飯菜，要清淡些的。白玉，妳再去請個大夫來看看。」兩人答應著出去了。

這邊，青萍笑吟吟地搬了把椅子坐到床前。「說吧，怎麼回事?」

冰珊苦笑了下，就知道瞞不過這隻狐狸。因此，她就把幾天前自己和四阿哥的過節，和他讓自己進府的事說了一遍。

青萍聽完後埋怨道：「妳也真是，找我們商量一下嘛，怎麼就想出這麼一個愚蠢的法子呢？若是有個閃失怎麼辦？」

冰珊心裡很是感動。有這樣的朋友真是三生有幸啊！

青萍又思索地說：「如果我們回不去，妳就躲不了他。妳我都無法，也不能改變歷史，珊，別太較勁了，妳越是這樣，只怕就越是讓他上心。看看白玉吧，還不是乖乖地投進了十三的懷抱？還有嬌蘭……對了，我忘了告訴妳，嬌蘭就是十四阿哥的原配福晉。」

「什麼？」冰珊聞言也呆住了。「妳說嬌蘭是十四的福晉？這、這……」

「是真的，十四阿哥的福晉就是侍郎完顏．羅察的女兒。不過妳也別急，別看嬌蘭一提起十四就咬牙切齒的，妳想想，以前她可曾把什麼男人放在心裡過？更別說是天天掛在嘴上了，我看，她早晚得栽在那小子手裡。」

冰珊已經震驚地無法言語了。是啊，嬌蘭曾幾何時如此「牽掛」一個男人了？雖然她牽掛的方式有些與眾不同……愣了半天，她才苦笑道：「那妳呢？」

青萍呵呵一笑。「我啊，早就想好了，要是真的嫁給了九阿哥，就努力把他改造成一個新好男人。」

冰珊沒好氣地白了她一眼。「那妳好好努力吧！」說完，兩人不覺大笑起來。她真有些羨慕青萍的灑脫，她是個很會照顧自己的女人，想必這世上沒有什麼事能難為她吧？再想想自己——是否也可以把那個四阿哥改造一下呢？她苦笑了下。這個想法可能實現嗎？難啊！

冰珊問起這幾天的情況，青萍輕描淡寫地說：「沒什麼的，除了白玉整天和那個十三在一起擰麻花外，一切如常。」

「擰麻花？那是什麼？」冰珊詫異地問道。

青萍賊笑道：「妳不知道，這兩人如今黏得很，十三下個月要隨皇上南巡，所以這兩天有空就和白玉黏在一起。前天，我和嬌蘭偷偷地跟著他倆，結果就看見兩人抱在一起在那兒接吻呢！妳是沒看見，十三把白玉吻得暈頭轉向的，那妮子都快化在十三的懷裡了，看得我和嬌蘭捂著嘴樂了半天，呵呵，現在想起來還忍不住哪！」說得冰珊也覺得好笑，兩人就在屋裡取笑了起來。

「什麼事讓妳們樂成這樣？」十三阿哥人隨聲到，轉眼就進了門。兩人一看更樂了，青萍大笑說：「哈哈，麻花來了！」說完兩人就笑得更厲害，冰珊看著被笑得莫名其妙的十三，剛要說話，他身後的四阿哥卻似笑非笑地瞧著自己，馬上就紅了臉，將頭轉向一邊。

十三阿哥看向青萍問道：「什麼麻花？誰要吃麻花？」

冰珊撲倒在床上大笑起來，青萍則捂著肚子直唉喲。

「到底是什麼事讓妳們樂成這樣？我還是第一次看見冰珊這麼高興呢！」十三阿哥疑惑地問道。

冰珊聞言瞪了他一眼，十三馬上就摸摸鼻子不再言語了。

青萍笑道：「十三爺，我們也沒笑什麼，不過就是說個笑話。」

「什麼笑話？」十三樂呵呵地問道。

青萍一本正經地說道：「就是一個關於麻花的笑話。」

「喔？那妳給我們講講。」十三阿哥感興趣地笑道。

青萍在心裡都快笑翻了，看了看一旁臉色憋得通紅的冰珊，正色道：「好，既然十三爺想聽，我就講啦。說的就是有那麼一男一女，因為男的有事要出門，兩人捨不得分開，就每天黏在一起擰呀擰的，還不住地用口水黏啊黏的。終於，就在那男的要走的前一天，兩人成功地擰成了一根麻花！」

十三的臉扭曲到不行，看著一旁輕咳的四哥和床上低頭忍笑的冰珊，他對青萍咬牙切齒地要說話，就聽見——

「狐狸精！我把大夫請來了！」白玉邊喊邊跑了進來。

「哈哈哈哈……」屋裡的人除了十三全都大笑起來，四阿哥邊笑邊看著床上同樣笑得開心的冰珊，心裡一陣溫暖。說到底還是個十幾歲的小丫頭，不知她平時那冷冷淡淡的樣子是如何維持的，難道也是為了保護自己嗎？唉，這個讓人心動又讓人心疼的丫頭……

白玉莫名其妙地看著屋裡的人，狐疑地問道：「笑什麼啊？我說錯話了？還是我臉上有東西？」說著還摸了摸自己的臉，轉身跑到梳妝檯前仔仔細細地看了半天，回頭問：「什麼也沒有啊，妳們到底笑什麼？」

「不行了，我要岔氣啦！哈哈哈哈……」青萍已經笑得快虛脫了。

這邊十三的臉色青白交錯，恨不得馬上就過去把這個狐狸精掐死。他氣呼呼地拉著不明所以的白玉往外走去，弄得白玉一頭霧水，邊走邊問：「你幹麼啊？把我拉去哪裡？」

「他呀，拉著妳去擰麻花！哈哈哈哈！」青萍火上澆油地大笑道。

「擰麻花？十三，你會擰麻花嗎？我怎麼都不知道？不管，我也要吃。」

十三氣急敗壞地說道：「閉嘴！一會兒就讓妳吃個夠！」

屋裡的三人已經笑得受不了了，眼看十三一陣風似地將白玉帶到了外頭，冰珊甚至笑得咳起來，四阿哥忙止住笑，走到桌前倒了杯水，來到床前示意青萍讓位。青萍趕忙忍住笑，朝冰珊擠了擠眼睛，起身走到一旁。

四阿哥坐到床上，把水杯遞到冰珊嘴邊，冰珊被他的舉動弄得手足無措，慌亂地要拿杯子，卻被四阿哥躲了一下，仍舊遞到她嘴邊。她紅著臉看了看他，又抬頭看了看青萍，示意她來解圍，就聽青萍要笑不笑地說道：「我去看看嬌蘭回來了沒有。」說完就一路小跑步地出了門，留下冰珊哭笑不得。

咳了一下，她低聲道：「我自己來就好。」說完又去拿杯子。

四阿哥微微一笑。「我餵妳。」說完一把將她攬在懷裡，杯子遞至她嘴邊。冰珊掙扎著，只聽他邪佞地笑道：「或者妳願意我『親自』餵妳？」說著就自己喝了一口含在嘴裡，逼近了過來。

「不用、不用！」她忙不迭地說道，然後迅速地扳過他的手喝了一大口，嗆得又咳嗽起來。

四阿哥把杯子放到旁邊的凳子上，讓她伏在自己的胳膊上，騰出原先抱著她那隻手，在她後背上輕拍起來。

「怎麼和個孩子似的？喝個水也能嗆著。」輕柔的動作加上寵溺的語氣，讓冰珊更加窘迫了。

「你、你放開我，男女授受不親，你怎麼能……」冰珊結結巴巴地質問。

四阿哥淡淡一笑。「妳們看得上什麼三從四德？」

冰珊一下傻了。這傢伙還……還真夠鬼的！

第六章 選秀

三天後，冰珊終於好得差不多了，四人又來到了太白樓。在聽濤坐好後，白玉氣呼呼地說道：「妳們好過分喔，沒事跟蹤人家，就不怕長針眼？」

嬌蘭一聽就樂了。「我們那是關心，關心妳懂不懂？怕妳被十三吃乾抹淨了，還不領情？」

白玉罵道：「小辣椒，妳當我傻啊？妳們根本就沒安好心，眼饞就去找妳的十四去！」

「我呸，妳再說我翻臉了！我的？白給都不要！」嬌蘭怒氣沖沖地說道。

青萍「噗哧」一笑，道：「行了，妳就別裝了，最近妳嘴裡除了他還說過別人嗎？」

嬌蘭站起來剛要說話，就看見樓下來了幾個人，便笑咪咪地說：「狐狸，妳家那幾對兒來了。」

青萍聞言一怔，看了看就笑道：「妳家小十四也在啊！」

「妳——」嬌蘭氣得滿臉通紅，抄起一個杯子就擲了過來，青萍機伶地閃身一躲……

「誰啊這是？」十四阿哥氣急敗壞地問道，手裡攥著那個杯子。「幸好是爺先進來的，要是換了別人……」

「哼！」身後傳來一陣高低不一的清嗓子的聲音。

十四阿哥尷尬地看了看身後三個哥哥，回過頭問：「是誰扔的？」

嬌蘭冷冰冰地說道：「是我。如何？」

十四阿哥皺眉道：「哪有女人像妳這樣的？這又是對著誰啊？」

嬌蘭冷笑道：「我就這樣。還有，你問是跟誰啊？哼哼，誰趕上算誰！」

「妳——」十四阿哥一聽，頓時脾氣就來了，陰著臉冷笑道：「沒教養的丫頭！也不知妳阿瑪額娘是怎麼管教妳的？」

嬌蘭的火一下就上來了，她最恨人家說她父母了，因為她的父母在她還很小的時候就離婚了，小時候，老有人拿這個嘲笑她，也因為如此，她的脾氣非常之大，第一次和人打架就是一個男孩說她是沒教養的野丫頭，結果被她打得頭破血流，那年，她才九歲。

她抓起眼前可以看見的所有東西全朝十四扔了過去，弄得十四左躲右閃狼狽不堪，連身後的三個阿哥也跟著遭了殃。

八阿哥他們趕快拽著十四閃了出去，十阿哥喘著氣說道：「我的天啊！這丫頭可真厲害，不就一句話嘛，她需要這麼折騰嗎？」

九阿哥也罵道：「死丫頭，險些砸到爺的臉上！」

八阿哥無奈地搖搖頭沒有說話。

十四卻怔怔地不言不語，其他三人看著奇怪，順著他的眼神一看——原來是嬌蘭趴在桌上哭呢！

八阿哥拍了拍他的肩膀說：「進去看看吧。」

十四阿哥愣愣地進了屋，白玉立刻嚷道：「你出去！」說著還推了他一把。十四隨手將白玉撥到一邊，徑直走向嬌蘭。

白玉還要說話，卻被冰珊和青萍一左一右地架了出去。

來到門外，八阿哥看著冰珊有些消瘦的身形，柔聲說道：「我們到旁邊去吧。」

冰珊不置可否地點了點頭，一行六人往旁邊的拘浪走去。

十四阿哥看著眼前這個平日驕縱、嘴巴刻薄的丫頭哭得肝腸寸斷的樣子，心底竟奇異地柔軟起來。坐到她身旁，他默默地看著她趴在胳膊上一抽一抽地嗚咽，好半天才小聲說：「我說錯了不行嗎？妳別哭了，哭得真難聽。」話一出口他就後悔了，哪有這麼勸別人的啊？

嬌蘭果然停住了哭泣，抬起頭瞪著這個一臉慶幸的阿哥，咬牙切齒地說道：「滾！」

十四阿哥見她不再哭了，本來還以為自己的話說得對了，可一聽嬌蘭那個滾字兒又立刻沈了臉，才要發作，待看見她淚眼婆娑的樣子，心裡一軟，壓住了脾氣說：「我不是有意說的，妳也知道我就這脾氣。行了，爺長這麼大還沒哄過人呢！」

「你是誰爺啊？出去！」她大聲嚷道。

「妳──」十四阿哥的火再也壓不住了。「我今兒就讓妳知道，我是誰的爺！」說完，他竟將嬌蘭扯到懷裡，狠狠地吻了下去。

嬌蘭沒料到他竟然如此大膽，慌亂之下沒能躲開。

十四吻住她的同時也意識到了不妥，卻又不願放開，柔軟芬芳的唇瓣猶如早春綻放的鮮花一般，香甜柔潤，使他原本狂暴的動作漸漸變得溫柔了。

嬌蘭呆愣愣地看著他漆黑的眼裡閃爍柔和的光芒，不禁暗想，怎麼會這樣？

「傻丫頭，閉上眼。」十四柔聲說道。誰知這句話卻將原本有些迷糊的嬌蘭給弄明白了。

她猛地推開他，抬手就是一巴掌，可惜被早有準備的十四緊緊捉住了。

「爺就知道妳會來這手，呵呵，妳還真是枝小辣椒啊。」十四賊兮兮地笑道。

「你——」嬌蘭氣急敗壞地瞪著他，卻見他收了嘻笑之色，正色道：「嬌蘭，剛才是我不對，妳別氣了，我保證以後都不說了。」

嬌蘭一肚子的氣全被他這認真的模樣趕走了，難得有些羞澀地低下頭。十四阿哥見狀大喜，輕柔叫她的名字，將她完全納入懷中，宛如抱著世上最珍貴的寶物，那樣虔誠，那樣小心翼翼……

拘浪裡，八阿哥心疼地看著冰珊，柔聲問道：「冰珊，聽說妳前幾天病了，可好些了？」

冰珊淡淡地說道：「多謝關心，我好了。」

八阿哥有些尷尬地看了看冷冰冰的她，又笑說：「我和妳大哥相識，如今妳兩個哥哥都不在家，若妳有什麼需要，盡可告訴我。」

「謝謝，我什麼也不需要。」冰珊還是一副不鹹不淡的樣子，語氣也波瀾不興的。

這下，八阿哥有點為難了，這丫頭可真是水潑不進啊！

那邊，九阿哥對老十使了個眼色，十阿哥一臉嫌惡地坐到青萍身邊，說：「狐狸，二十七是九哥的生日。」

青萍瞥他一眼。「喔，與我何干？」

十阿哥瞪著眼睛看了看老九，回過頭又說：「妳是不是送點兒東西啊？」

「沒錢。」青萍意興闌珊地說。

「妳——」十阿哥氣得馬上站了起來，就聽九阿哥「嗯哼」地咳嗽了一聲，只好又氣呼呼地坐了下來。「九哥說了，回頭他把錢給妳。」說完了，心裡真氣啊，九哥瘋了吧，想要什麼自己買就是了，何必讓這狐狸精轉一手，還要爺來傳話？

「那好，你叫他拿銀子來吧！」青萍笑咪咪地說道。

十阿哥說：「妳可真是財奴啊，還真要？」

青萍白了他一眼說：「廢話，我幹麼不要？他能向我討禮物，我為什麼不能跟他要錢？」

十阿哥恨恨地問道：「多少？」

「你給我多少，我就買多少錢的東西送去。」青萍把玩著手裡的杯子，閒閒地說道。

十阿哥從袖筒裡掏出一張五百兩的銀票扔到桌上，轉身回到九阿哥身邊。

青萍拿起銀票，看了看那邊笑咪咪的九阿哥，心想，我一定送你一件最好的禮物！想到這兒，她就朝他嫣然一笑，笑得老九有些飄然，心裡暗自得意。爺就說嘛，哪有女人不喜歡錢的？呵呵！

八月二十七，九阿哥滿面春風地在自己的貝子府上招待一干兄弟，心裡想著小狐狸一會兒會送什麼禮物來。

十四阿哥賊笑著問道：「九哥，您這左顧右盼的找什麼呢？」因為那天偷腥成功且沒被打，他心裡可是樂著呢，看來小辣椒也好哄得很，只可惜這幾天一直找不到她，八成是害臊了，呵呵。

九阿哥淡淡一笑，沒說話。他早就吩咐了，只要是棟鄂家的小姐差來的人，就馬上帶到這兒來，可都這會兒了，怎麼還不到呢？

「爺，棟鄂大人的小姐差人送禮來了。」下人恭恭敬敬地回道。

「快帶來。」九阿哥的聲音裡透著一絲興奮，那邊看戲的大阿哥、三阿哥、四阿哥、五阿哥、七阿哥等等都轉過頭看著他。

只見一個僕人打扮的男子捧一個長長的盒子走了過來，來到跟前，恭恭敬敬地跪下說道：「奴才給各位爺請安，各位爺吉祥！這是敝府小姐送給九爺的生日禮物，祝九爺年年有今日，歲歲有今朝！」

九阿哥樂呵呵地要接，就聽那僕人說：「敝主人說了，還請九爺對上一句詩，方可將禮物呈上。」

九阿哥微一皺眉，不耐地問道：「什麼詩？」掃了一眼目不轉睛兼竊竊私語的兄弟們，心裡得意地一笑，看看吧，這不是就有佳人送禮來了嗎？

那僕人道：「寶劍送英雄。」

九阿哥哈哈大笑，道：「就這個啊？行了，回去告訴你家小姐，脂粉贈佳人！」那僕人點點頭，忙把禮物呈上，九阿哥隨手賞了他一錠銀子，那人千恩萬謝地走了。

這邊，所有人都好奇這個棟鄂家的小姐到底送了老九什麼，就你一言我一語地起鬨，非得讓他當眾打開。九阿哥掂了掂盒子，又想了想，那丫頭說什麼寶劍送英雄，嗯，大概是把劍，看看這盒子的長度，應該沒錯。

他淡淡一笑，將盒子打開——嗯？九阿哥的眉頭皺了起來。還是一個盒子，同樣的檀香木，同樣的花色。旁邊的十四「噗哧」一笑。「呵呵，九哥，怎麼還是個盒子啊？」九阿哥瞥了他一眼，又打開第二個盒子，裡面還是一個同樣木質、同樣花色的盒子。

「哈哈哈……這小狐狸還真有意思啊！」十四朝九阿哥擠了擠眼睛笑道，老十也禁不住呵呵一笑。

九阿哥耐著性子又打開了這個盒子——快發狂啦！還是盒子，一樣的質地，一樣的花色。

九阿哥心裡暗恨。鬼丫頭，妳要爺玩啊！

他再打開——依然是盒子。

這回，九阿哥心裡開始敲鼓了。這盒子的尺寸越來越小，難不成寶劍改匕首了？不行，還是別看了，爺心裡有點發毛。

隨即，他朗聲一笑道：「得了，什麼稀奇玩意兒，別擾了大家看戲。」說著就要把盒子收起來。

十四阿哥和十阿哥不懷好意地湊過來。「九哥，您也太小氣了吧？讓我們看看有什麼要緊？」其他阿哥也嚷嚷著非要看不可，九阿哥無奈之下，只好把盒子又打開了，心想，死丫頭，妳要是敢捉弄妳九爺，明兒爺就扒了妳的狐狸皮。

他打開第四個盒子，裡面還是個盒子，不過這盒子上有一張紙，上面龍飛鳳舞地寫著幾個字：自己看，否則別後悔！

左右眾人都有些發愣，九阿哥呼了口氣。看來這裡頭沒什麼好東西，死狐狸倒知道提醒我，哼，那也饒不了妳！

十阿哥皺眉道：「搞什麼鬼啊？九哥，快打開看看！」

九阿哥瞪了他一眼。八阿哥見老九臉色不太好看，站起來說道：「行了，老十，別起鬨了，沒見人家姑娘讓九弟自己看嗎？咱們還是安心看戲吧！」

九阿哥感激地看了看老八，心想還是八哥最好了，眾人見八阿哥開了口，也不好再鬧，只好各自琢磨，到底棟鄂家的丫頭送了老九什麼呢？

散了戲，一眾阿哥紛紛起身告辭，無一例外地都對九阿哥所收的禮物表示濃厚的興趣，弄得九阿哥又好氣又好笑。

終於，除了八爺黨的四個人外，所有阿哥都走了，九阿哥長長地吁了一口氣，卻聽十四笑嘻嘻地說道：「九哥，都走了，就剩咱們幾個了，您就讓我們開開眼吧！」

八阿哥也笑道：「九弟，我們到書房去吧。」

九阿哥無奈地笑了笑，心想，小狐狸啊小狐狸，妳可別讓爺下不了台啊！

書房裡，九阿哥冷汗涔涔地打開了最後一個盒子，往裡一看——是一個精緻的水晶鎮紙，一只栩栩如生的小狐狸正笑咪咪地看著他，他心裡突然覺得暖洋洋的，不覺微笑起來。好個心思玲瓏的丫頭！

十阿哥和十四阿哥見了不覺有些失望，說什麼「寶劍送英雄，脂粉贈佳人」，還以為小狐狸送的是脂粉哩！

十四見九阿哥拿起鎮紙笑著把玩，無聊地低頭一看——

「咦？九哥，這是什麼？」

九阿哥放下鎮紙一看，盒子底部還有一張疊得端端正正的紙，難道是寫給我的？可還沒等他動手，就被十四眼急手快地搶了過去，氣得他直翻白眼。

十四阿哥壞笑著打開一看。「水晶鎮紙——三百四十兩；檀香木盒五個一百五十兩；餐費九兩；跑腿費二兩；紙墨費五十錢。閣下已付五百兩，故尚欠一兩零五十錢。哈哈哈哈……」

十四阿哥邊唸邊笑，到後來唸完了，已經笑得說不出話來了。十阿哥也不禁大笑起來。「哈哈，爺說這丫頭玩的什麼玄虛呢，原來是這個！哈哈，九哥，明兒您還得再給她一兩多銀子！哈哈哈哈……」

八阿哥搖頭笑道：「老九啊，你也真是，哪有過生日收禮還付錢的？如今倒好，你這收禮的倒欠送禮的一兩多銀子。」

九阿哥咬牙切齒地罵道：「死狐狸，爺要是不把妳皮扒了才怪！」

本來，九阿哥是很想教訓一下那隻死狐狸的，因為在那之後的幾天，他的兄弟們一反常態地「關心」起他來了。

大阿哥說：「九弟，聽說你欠人家錢啦？趕快還上吧，要不人家還當我們這些阿哥都是欠錢不還的無賴哪！」

你們還不是借了國庫的錢都不還？

三阿哥道：「九弟，你要是手頭緊，三哥先借你好了！」

可惡！爺比你有錢好不好？

四阿哥問：「老九，我聽說你最近好像有點困難啊？沒關係，四哥這兒有。」

就你手裡那點錢，爺還真看不上！

五阿哥說：「九弟，昨兒額娘問起你欠人家錢的事了，放心，五哥替你圓過去了。」

額娘？暈！

皇上道：「老九，朕聽說你欠帳了？」

吐血了！連皇上都知道了？是誰說的？老十還是十四？死狐狸，都是妳害的！爺一會兒就去找妳算帳！

可皇上又說：「老九，過兩天朕南巡，你也同去吧！」

就這樣，九阿哥還沒來得及去扒狐狸皮，就鬱悶無比地跟著康熙南巡去了。

十月，原本南巡的隊伍因為太子病了而中途折回，九爺很想找青萍來教訓一頓，可惜那個丫頭早有準備，跟著死黨溜之大吉了，九阿哥氣得捶胸頓足又無可奈何，加之朝裡事多，也就顧不上了。

康熙四十二年三月，萬壽節，一干阿哥跟著皇上去皇太后那兒朝賀，之後就是秀女大選了。

太白樓，四人相對無語。好半天，青萍才嘆道：「這回完了，要進宮受苦了。」

嬌蘭冷哼道：「進宮怕什麼？這世上還有讓我們比回到這裡更可怕的事嗎？」

白玉苦兮兮地說：「我不要進宮啦，聽說那裡很可怕，見人就跪，還要自稱『奴婢』，那些所謂的主子動不動就打人……」說得四人都沈默了。

靜了一會兒，嬌蘭不耐地說道：「反正也沒法子了，死就死吧！說不定就回去了也未可知。」

其他三人也無奈地點了點頭，青萍緩緩說道：「進宮後，我們不一定就能在一起，大家還是小心些好。雖然未必會有性命之憂，可是一不留神就會挨打倒是真的，我們還是改一改以前的脾氣，低調些好。」

「唉……」四人同時嘆了口氣。

不管四人如何不爽、如何不願，時間終於還是到了秀女大選的那一天。

來到紫禁城，四人從各自的馬車上下來，走到一起。嬌蘭四下看了看。「還真夠壯觀的啊，這麼多女人，燕瘦環肥的，還不把皇上的眼挑花了？」

青萍翻了個白眼。「妳還真白哪！妳以為皇上會挨個地『親自』挑啊？是管事的姑姑和太監先看，刷下一些特差的，再由娘娘們挑，選中的再獻給皇上。」

「呵呵，那要是被皇上看中了，是不是就成了阿哥們的娘了？」嬌蘭興奮地問道。

「白癡！」三人同時罵道。

青萍嗤笑。「妳想著讓十四叫妳娘啊？想得美咧妳！剛被選上頂多是個貴人，比阿哥們的品級要小得多，妳見了還得給他行禮。」

「喔……」嬌蘭的興奮馬上就變成了沮喪。「那就算了，我還不想嫁給一個老頭子呢！」

弱智。這回，三人連話都懶得說了。

由順貞門來到秀女們住的地方，管事太監尖著嗓子嚷道：「各位姑娘，打今兒起妳們就住在這裡了，平日不許隨意出門，要是惹了宮裡的主子們可有妳們受的……」囉哩囉嗦地說了有半個時辰，這太監才意猶未盡地住了嘴。接下來就是一些管事的姑姑將秀女們分別帶到各人的屋子裡，還好冰珊四人被分到了同一個院子，只是白玉和嬌蘭在一屋，冰珊和一個叫那拉・春秀的分到了一起，青萍則與一個叫胡爾佳・子寒的住到了一起。

青萍和胡爾佳氏商量著換屋子，說妥後就去找冰珊，誰知那個那拉氏根本就不買面子，她和四福晉有些遠親的關係，所以跩得很，還言三語四地諷刺冰珊出身低微，青萍有些氣急，卻被冰珊勸住了，無奈之下只好就這麼彆扭地住下了。

第二天，眾秀女開始禮儀訓練。說是訓練，還真夠嚴格的，走路、抬手、請安、微笑乃至吃飯睡覺都有各種規定，弄得一干小姐叫苦不迭，冰珊四人更是有苦難言，她們哪裡穿過那個花盆底？頭一天穿，白玉就摔了好幾跤，青萍和嬌蘭也險些跌倒，冰珊則是根本就站不起來。

這和高跟鞋可不一樣，高跟鞋的重心在前，這個倒好，在中間，稍不留神就會摔倒。看著四人狼狽不堪的樣子，幾個出身極好的小姐樂到不行，原本對她們四個就充滿敵意，尤其是冰珊，長得那麼出眾，就更是眾矢之的了，不過，她們豈是好欺負的？沒幾天就把那些丫頭收拾得服服貼貼的。

就這樣訓練了一個月，終於輪到複選了。

儲秀宮，以皇貴妃佟佳氏為首，旁邊坐著德妃烏雅氏、榮妃馬佳氏、惠妃納喇氏、宜妃郭洛羅氏、定妃萬琉哈氏等等。

宜妃嬌笑著說：「姊妹們，這回的秀女可不太好啊，看了這麼多，也沒幾個可心的。」佟佳氏笑了笑說：「宜妹妹，聽說這回秀女裡有妳的妹妹，那可是個美人兒啊！」

宜妃得意地一笑。「瞧姊姊說的，我那妹妹算什麼美人啊！」

「得了吧妳！」德妃捂著嘴笑道。「知道妳們郭洛羅家盡出美女，妹妹還這般謙虛，呵呵，可是要我們多誇妳幾句不成？」

眾嬪妃不禁輕笑起來，宜妃聞言也笑個不停。「德姊姊，妹妹可沒惹著姊姊啊，姊姊就這麼欺負我？」

德妃溫文一笑道：「我這是欺負妳？我呀，這是在誇妳哪！」

十幾位妃嬪邊說邊笑，等著太監將秀女領進來。

等了有三、四個時辰，才輪到白玉和嬌蘭她們。一進門，宜妃就笑道：「可是見著美人了。」她微笑問白玉。「妳是誰家的啊？」

白玉緊張地說道：「回主子的話，奴婢是尚書兆佳・馬爾漢的女兒兆佳・白玉。」

「嗯，是個美人。」又看向嬌蘭問道：「妳呢？」

嬌蘭淡淡地說：「侍郎完顏・羅察的女兒完顏・嬌蘭。」心裡罵道：他妹的，這叫什麼，怎麼看都像是買牲口！

宜妃樂呵呵地看向佟佳氏，剛要開口就聽德妃說：「宜妹妹，這兩個丫頭給了姊姊吧，妳也知道，姊姊那裡的春蘭和秋月馬上就要出去了，其他丫頭都不頂事，看這兩個倒還機伶，就當妹妹妳疼姊姊了。」

宜妃似笑非笑地看了看她，沒出聲，於是就聽太監唱道：「兆佳・白玉、完顏・嬌蘭留！」又看了一會兒，青萍和其他三個秀女進來了。聽見太監唱名，宜妃的眼睛一閃，說道：「妳是棟鄂家的？」

青萍微笑道：「回娘娘，是。」

「嗯。」果然是個靈透的丫頭，難怪老九來說呢。

「佟佳姊姊，這個丫頭給了我可好？」宜妃笑咪咪地問道。

佟佳氏看了她一眼，心想妳都說了，我還能說不嗎？便點了點頭。

「棟鄂・青萍留！」那太監尖銳的聲音再一次響了起來。

下午，大概是三、四點左右，終於輪到了冰珊，和她一起的還有和她同屋的那拉氏，宜妃的妹妹郭洛羅氏和那個與青萍同屋的胡爾佳氏，真是冤家路窄。

四人一進門就覺得屋裡一下子靜了下，十幾個嬪妃目不轉睛地盯著四人。半晌，佟佳氏才嘆道：「這四人水蔥兒似的，也不知人家是怎麼養……妳們看呢？」

德妃仔細看著冰珊，心想老四看上的就是這個丫頭，倒真是國色天香，可惜就是樣子冷冰冰的，看著有些桀驁不馴，不過倒和四阿哥像是一個模子刻出來一般。可自己已經要了兩個了，這回怎麼開口？若不說——唉，好不容易這個冷冰冰的兒子開一回口，怎麼也得試試吧！

想到這兒，她就笑了笑說：「佟佳姊姊，這個年冰珊也給了妹妹吧。」

佟佳氏皺了皺眉，還沒說話，就聽那邊惠妃笑道：「喲，德姊姊，您都要了兩個了，怎麼著也得給妹妹我留一個吧？」

德妃的臉色一變，心裡有些不自在，卻隱忍著沒開口，只是看著佟佳氏，其他嬪妃也看好戲似地瞅著佟佳貴妃。

佟佳氏不覺有些為難，心裡暗恨兩人，但眼睛一轉，就微笑道：「我說姊妹們，咱們可別把好的都挑了，給萬歲爺留幾個吧。嗯，這丫頭模樣好，就是出身太低，這麼著，乾清宮還缺個奉茶的女官，不如就讓她去吧！」此話一出，殿裡的人都有些不自在。

乾清宮奉茶？那可是個美差，憑這丫頭，難保不會飛上枝頭。德妃和惠妃也有些著惱，德妃想，老四那兒，可不好交代了，都是惠妃鬧的。

惠妃則皺眉想到，這丫頭是八阿哥求我要的，如今倒好，被德妃一攪，竟分到乾清宮了，就這模樣……可惡！

就這樣，冰珊被莫名其妙地分到了乾清宮，青萍分在宜妃的宜蘭院，白玉和嬌蘭則去了德妃的長春宮，四個現代美女開始了她們的宮廷生涯——

第七章　宮廷

宜蘭院內，青萍仔細地看著宜妃貼身宮女翠喜的每一個動作，在心裡暗自揣摩著如何侍候人。

想她一個新時代女性居然要倒退回沒人權的清朝侍候別人，可真是鬱悶，不過，保命比面子更重要，看著這兩天宜妃的樣子就知道她是個很挑剔的人，換句話說，她是個完美主義者，要是合了她的心，她自然事事都照顧妳，可如果拂了她的意——恐怕就很難過關了，再加上她是九阿哥的額娘，哼，用腳趾頭想都知道自己能來這裡準是他搞的鬼，想來是要報那「送禮」之仇哩！

宜妃滿意地看著青萍小心翼翼的態度，心想這丫頭倒是乖巧，門第也說得過去，要是老九真的看上她了，也是件好事。想到這兒，她就溫和地問道：「青萍……嗯，以後就叫妳萍兒吧！萍兒，妳多大了？」

還萍兒哩，怎麼和《紅樓夢》裡賈璉的那個妾同名啊？

「回娘娘，青萍十四了。」

「嗯，以後說話之前要加上『奴婢』二字，記住了嗎？我可不想讓人說我的丫頭沒規矩。」

宜妃淡淡地說道。

「是，奴婢記住了。」倒楣的身分！可惡的制度！

看著青萍一副受教的樣子，宜妃微笑著點了點頭。「是個明白孩子。」

「主子，五爺和九爺來了，正在外頭候著呢！」月桂進來笑嘻嘻地回道。

「喔？快讓他們進來，這會兒雖然不是很熱，可日頭到底還有些毒，別曬壞了。」宜妃欣喜地嘮叨著。

青萍暗嘆一聲。這就來了！

簾子一挑，五阿哥胤祺和九阿哥胤禟施施然地走了進來。一進門，兩人就笑著揖禮道：「兒子給額娘請安，額娘吉祥。」

宜妃樂呵呵地說道：「行了，就這嘴兒甜。」二人笑咪咪地坐到了宜妃下首的凳子上，宜妃看著青萍笑說：「萍兒，快給爺兒們見禮。」然後又向兄弟二人說：「這就是額娘前兒才得來的丫頭。」

九阿哥似笑非笑地看著青萍道：「看起來倒是個機伶的，就是不知道懂不懂禮。」

青萍心裡暗暗咬牙。你個死人妖！等姑奶奶成了你老婆的時候，一定讓你知道本姑娘到底懂不懂禮！面上卻淡然一笑，規規矩矩地蹲了蹲身，嘴裡甜甜地說道：「萍兒給二位爺請安，爺吉祥。」

五阿哥看了看九阿哥，心裡詫異弟弟的行為透著古怪，難道還因為禮物的事？呵呵，這個丫頭倒是有趣，竟敢戲弄自己這個陰沈的九弟。當下他微微一笑道：「姑娘請起。妳是額娘身邊的人，不用如此多禮。」

青萍又福了福身，朝五阿哥嫣然一笑。「五爺的話奴婢可不敢當，能侍候娘娘是奴婢的福分，娘娘待奴婢好得不得了，奴婢唯有盡心侍候方可報答娘娘的深恩，只恐奴婢粗手笨腳的惹娘娘生氣。」

宜妃聞言不禁輕笑起來。「好個伶牙俐齒的丫頭，讓妳這麼一說，我不疼妳都不成了，呵呵。」

五阿哥被青萍的笑容晃得有些暈，心想真是個伶俐乖巧的俏丫頭，他看了看一旁陰沈著臉的老九，看來九弟是看上她了，否則又怎會求了額娘？唉，想到這兒，心裡有點遺憾。

九阿哥一言不發地看著青萍巧笑倩兮地回答五阿哥的話，心裡彆扭極了。妳個死丫頭，除了爺，和誰說話都笑咪咪的，爺就這麼招妳討厭？

又陪著宜妃說笑了一會兒，兩人便要告辭，宜妃看了看一旁規規矩矩的青萍，笑了一下。「萍兒，妳去送送爺兒們。」

「是。」青萍恭恭敬敬地應了一聲，跟在兩個阿哥身後出了門。

到了宜蘭院的門口，五阿哥回頭看了看九阿哥和青萍，似笑非笑地說道：「九弟，我還有事，先走一步了。」

九阿哥拱了拱手道：「五哥慢走。」

五阿哥點了點頭，又看了青萍一眼，轉身走了。

青萍站在九阿哥身後，靜靜地等著他有所反應。果不其然，他看著老五走出了視線，就回過頭沈聲問道：「為什麼一直躲著我？」

青萍微笑道：「九爺說笑了，『奴婢』哪敢躲著您哪？」

「妳——好，我問妳，妳剛才幹麼對五哥笑成那樣？」他的語氣愈加不悅。

青萍心裡暗自好笑，哼，就不怕你不上鈎，因而更加淡漠地說道：「奴婢怎麼笑了？奴婢一直就這麼笑的，九爺難道不知道？」

九阿哥氣得直翻白眼。廢話，妳就沒對爺這麼笑過！哼了聲，他冷冷地說道：「打今兒起，妳就不許再這麼笑了。」

呵呵，發狂了。青萍故作為難地問道：「那奴婢要怎麼笑？請九爺明示。」

問得九阿哥一愣。是啊，讓她怎麼笑？我管她怎麼笑呢！「哼，反正就是不許這麼笑，尤其是對我五哥！」說完，他就大踏步地走了。

青萍火上澆油地說道：「恭送九爺！」

長春宮裡，德妃仔細地打量著白玉和嬌蘭，心裡對兒子的眼光很滿意。瞧瞧白玉，一看就知道是個溫柔乖巧的孩子，嬌蘭呢，人長得漂亮，就是眉宇間有一股傲氣，沒關係，明兒好好調教調教，定能是個懂事的丫頭。唉，就是那個年冰珊，好不容易自己這個冷冰冰的兒子開口，還沒辦成，都是惠妃鬧的。等會兒還得好好地勸勸老四別死腦筋，雖說去了乾清宮，可也不是沒有機會啊！

想到這兒，德妃笑著說道：「嬌蘭、白玉，以後就跟著春蘭和秋月好好學著點。嗯，就這麼著，福全兒，領她們下去吧。」一旁侍立的太監答應著領二人出了門，來到長春宮後頭的小屋前，福全兒皮笑肉不笑地說道：「娘娘吩咐妳們倆住一屋，這裡不比外頭，事事都要小心，可別給咱主子惹禍。待會兒換了衣裳就到前頭來侍候吧！」說完也不等她們回答，就扭身走了。

嬌蘭衝著他的背影吐了吐舌頭，低聲道：「我呸，什麼東西！還『別給咱主子惹禍』，你就知道姑娘會惹禍啊？死變態！」

白玉聞言「噗哧」一笑。「行了吧，那是他的職責所在，妳就別罵了。再說這裡比不得外頭，咱們倒真要小心才好。」

嬌蘭點了點頭，拉著白玉進了門，皺眉道：「也不知道珊和死狐狸怎麼樣了，珊被分去了乾清宮，就她那冷冰冰的性格，可真讓人擔心。」

白玉也覺得有點發愁，兩人就這麼愣愣地站了半天，嬌蘭才呼了口氣笑道：「好了，咱倆就別在這兒杞人憂天了，說不定珊珊過得很好呢。」白玉跟著彎了彎嘴角，就拿出衣服換了起來。

下午，兩人站在德妃跟前，目不轉睛地看著春蘭和秋月的一舉一動，用心地學習這個她們從來都沒接觸過的工作。侍候人也是門大學問，尤其要侍候的是個對自己來說擁有生殺大權的人，舉凡是吃飯、喝水、穿衣、梳頭、化妝等等，每一樣都有著特定的規矩，譬如吃飯時碗筷的擺放，喝水時茶杯的樣式、水的溫度，梳頭時鏡子的角度、梳頭的力道。化妝的技巧就更多了，既不能化得太淡，淡了顯不出來，也不能化得太妖，畢竟是個娘娘，無論如何也不能把她化成個狐狸精吧？好在白玉和嬌蘭在穿衣打扮上很有心得，因此這兩項倒難不住她們。

第二天，兩人找了個機會，故意對著已經化妝完畢的德妃微皺眉頭，引得德妃心裡奇怪，就詢問二人，二人自然是連阿諛帶奉承地誇了她一頓，卻在最後說德妃若是換一種裝扮會更美麗，說得德妃心癢，就讓她們來試試。這一試，果然令德妃比之前漂亮了許多，也年輕了不少，德妃心裡高興，就更加喜歡二人了，二人這就算是在長春宮站穩腳步了。

乾清宮中，冰珊皺眉聽完管事姑姑的訓話，心裡不禁好笑。以前都是自己給別人訓話，這下倒好，輪到別人來訓自己了。原以為來了就可以當差呢，誰知還要培訓，自己做的是奉茶工作，自然就要對茶葉有所了解，還要了解皇上的喜好等等。

一連幾天，冰珊都在茶葉的種類和特點上下工夫，可惜對於她這個在現代從不喝茶的人來說，這些知識無異於天書，像綠茶便有什麼太平猴魁、信陽毛尖、洞庭碧螺春、黃山毛峰、廬山雲霧、六安瓜片、君山銀針、顧渚紫筍、華頂雲霧、靜亭綠雪、峨眉峨蕊、雁蕩毛峰、恩施雨露、龍井等等。紅茶主要是祈紅、滇紅，黑茶主要就是雲南普洱，還有烏龍茶，也叫青茶，有鐵觀音、鳳凰單欉、武夷岩茶。此外還有白茶，也就是白毫銀針和白牡丹，這些夠讓冰珊頭昏腦脹的了，再加上什麼水啊、器皿啊，還有奉茶的禮儀等等，弄得她快瘋了，她的才智都用在如何賺錢和練武上了，哪裡接觸過這些？簡直就是災難。

終於，在第七天，她好歹記住了幾種茶葉的名稱和泡茶的方法，那個叫雲雁的管事姑姑就叫她去大殿侍候。上帝！冰珊不覺呻吟了一聲，就這麼個半吊子還敢去大殿？可雲雁彷彿看透了她的想法似的，笑著說道：「妳別緊張，今兒萬歲爺心情不錯，妳只要不出錯就行了，進去把茶端到跟前，等皇上喝了妳就下來，不要緊的，我和李諳達瞧著妳呢！」

深深吸了口氣，冰珊穩穩地端著茶杯進了乾清宮的大門，好在康熙正在看書，隨手接了杯子喝了一口就擺手讓她下去了。

出了大殿，冰珊才發現自己的後背都濕透了。

因為白天的表現尚可，所以，晚上李德全又讓她去了乾清宮。

在康熙身後站了一會兒，冰珊暗暗佩服這位帝王的敬業精神，都凌晨了，還在伏案疾書。

康熙抬手將桌上的茶杯端起來喝了一口，放下後隨意一瞥，看到身後的冰珊，便隨口問道：「新來的？」

「是。」

「多大了？」

「十五。」

「嗯，叫什麼？」

「年冰珊。」

簡單的一問一答忽然引起了皇上的注意，這丫頭不太一樣，說話簡單得很，語氣波瀾不興，有意思。他往後一靠，微笑著說：「年？嗯，年遐齡是妳什麼人？」

「家父。」她還是淡淡的。

「喔，妳是年羹堯的妹妹？」康熙溫和說道。

「是。」

這丫頭說話沒有超過三個字的，呵呵，倒有趣得很。

面無表情地看了看她，皇上又說：「管事姑姑沒教妳說話時候的規矩嗎？」

冰珊暗自咬牙，奈何人在屋簷下，不得不低頭，只好皺眉說道：「回皇上，教過。」

呵呵，五個字了。

「喔？」

「奴婢一時不能習慣，還望皇上恕罪。」咬牙把自己鄙視了一番，又狠狠地把這該死的制度罵了一遍。

康熙含笑看著她微挑的眉毛和不甘的眼睛，配合著她故作謙卑的語氣，可真是好笑。

「妳讀過書？」

「是。」又恢復啦？

「可會寫字？」康熙越問越覺得有意思，不知不覺地竟將剛才批的奏章給忘了。

「不會。」冰珊心裡想著，自己是讀過書，可是寫那個字……算了吧！

「喔？這倒奇了，那妳說說，妳為什麼讀過書卻不會寫字呢？」康熙疑惑地問道。

「筆劃太多。」冰珊無奈地回答。

「呵呵，這麼說，妳是記不住嘍？」皇上笑呵呵地說道。

「是。」我忍。

康熙仔細地看著冰珊又微微挑起的眉，心裡覺得愉快。呵呵，這回居然給朕身邊安排了這麼一個有趣的丫頭，以後可有得樂了。不過，這丫頭的神情怎麼和老四像是一個模子刻出來的？

「妳先下去吧。」皇上淡然地道。

「是。」多一個字都沒有。

於是，冰珊在以後的幾天裡，莫名其妙地經常被安排到大殿值夜，害得她都快成夜貓子了，尤其讓她難受的是，康熙經常問一些讓她發狂的問題。

比如，可會女紅？

「不會！」見鬼，她會那玩意兒幹麼？

比如，可會下廚？

「不會。」抱歉，只會吃。

康熙皇帝似乎很享受她無比不耐卻又強自克制的態度，越玩越上癮。

這天，康熙心血來潮地要去看看阿哥們打布庫，可憐冰珊昨天晚上一直陪著這個老皇帝哈拉到子夜才回去草草睡了一覺，今兒一大早又被挖出來了，她心情不爽地跟在康熙的身後，臉色冷得和南極有得拚。

來到皇子們練功的地方，看著一大堆皇子、阿哥和太監侍衛嘩啦啦跪倒一片，她心裡才覺得平衡一點。哼，雖然你們不是向我下跪，不過我也沾光了。

康熙笑著讓他們起身，說道：「行了，你們繼續。」

於是，幾個阿哥開始更加賣力地練了起來。冰珊無聊地看著他們練功，這個布庫應該就是後來的摔角吧？就是姿勢看起來有些奇怪，大概是從蒙古摔角演變而來的。左右沒事，她索性認真地看了起來，看了一會兒，忽然發現有人在盯著自己，四下一找——果然是他們！

四阿哥皺著眉，不時地瞟她。想起上次自己得病時和他之間的曖昧，她臉上不覺一熱。

八阿哥也在盯著她看，眼睛裡溢滿了溫柔和憐愛……天！冰珊趕快低下頭，心裡有些煩躁。按照青萍的說法，自己早晚都是四阿哥的人，可別和這個老八扯上什麼關係，她可不習慣在兩個或兩個以上的男人之間搖擺。

「十三哥，加油！」一個稍嫌稚嫩的聲音引起她的注意，抬頭一看，原來是一個十來歲的小阿哥在給十三加油。

場上，十三正和九阿哥比試，顯然九阿哥的身手比不過十三，對於十三阿哥的本領，冰珊是早已領教了，這小子天生就是個練武的材料，加之腦子靈活，反應敏捷，上次要不是自己的招式和武器對他來說過於陌生，自己早就落敗了。

康熙微笑地看著場上的情形，眼角餘光一瞟，發現身旁這個冷冰冰的丫頭有些不大一樣，眼睛裡竟隱約閃爍著狂熱的光芒，這可有趣了，這幾天他一直在閒暇時逗弄她，可無論如何氣急，她的神色都冷冷淡淡的，可今兒個……難道……

「冰珊。」

「啊？啊，在！」冰珊回過神答應著。

「妳會武功？」康熙和緩地問道。

「嗯？會一點。」好像說謊是行不通的，這裡有六個阿哥都見過她動手，十三還和她打過。

「下去試試。」康熙微笑著說道。

「喔。啊？什麼？」冰珊臉上冷淡的面具立時就裂開了。

「呵呵，朕說讓妳下去試試。」這丫頭終於有了不一樣的反應了。

冰珊皺眉看了看康熙，又低頭看了看自己的裝束，平靜地說道：「衣著不便。」心想你總不能讓我穿著裙子、踩著花盆底上去吧？

「嗯，是不太方便。」康熙看著她明顯鬆了口氣的樣子，好笑道：「去換換，朕要看看年遐齡的女兒、年羹堯的妹妹到底有多厲害。」

你妹的！冰珊不禁在心裡把康熙的祖宗八代問候了一遍，可嘴裡不能不答應。

一旁的阿哥們都一頭霧水，納悶皇上今兒怎麼想讓一個宮女下場了？可是奇了啊！

四阿哥和八阿哥等人心裡倒是有些忐忑。

四阿哥已經知道了冰珊去了乾清宮，德妃也隱晦地勸了他，可還沒等他想好對策，就發現皇上對冰珊的態度很不一般，到底是怎麼回事，他也不大明白，一時竟很是煩躁。

八阿哥的心裡也直打鼓。難道……皇阿瑪看上她了？

冰珊氣呼呼地換了一套侍衛的服裝，蹬了一雙皂靴就來到了演武場，冷冷地站在場邊，心裡恨不得把這些倒楣的傢伙全都扔出去。

康熙笑咪咪地看著渾身散發著寒意的冰珊，笑問道：「妳會什麼？」

冰珊皺眉道：「說不好。」

康熙微一挑眉。「喔？這是什麼意思？」

她面無表情道：「武之一道，平時很少用到，防身而已，並未多加鑽研，所以說不好。」

康熙笑了笑，道：「那就打趟拳吧。」

冰珊看了他一眼，淡淡地說道：「沒對手。」她是打定主意要發發火了，再說打從進了宮，她就一直沒練功，一是沒時間，二還是沒時間，對她來說還真難受。

「哈哈哈哈……」康熙不禁仰頭大笑起來。「好，那妳看看，誰是妳的對手？」

冰珊的眼睛一一掃過眾人，大阿哥和三阿哥、五阿哥等人對她並不了解，可被她的眼睛一掃，還是有點發毛，均想這丫頭長得倒漂亮，怎麼這眼睛冷得和老四似的？不覺看向四阿哥暗自比較著。

四阿哥皺眉看著明顯瀕臨失控的冰珊，幾不可見地朝她使了個眼色，叫她稍安勿躁，冰珊看了以後，臉色稍有緩和。

八阿哥看著冰珊和老四之間的交流，心裡「咯噔」了下。莫非四哥已經捷足先登了？

九阿哥垂下眼皮，心道，可別找爺啊，爺最近身體不適。

十阿哥心裡說道，爺可不和妳打，妳要敢指著我，我就跟妳沒完！

十三和十四倒是面色坦然地看著她。十三是自上次打過後，心裡有了底，十四則是不服氣罷了。不過兩人對望了一眼，顯然也看出冰珊的怒氣正在飛速膨脹，有點兒麻煩哪……

康熙瞇著眼睛看著幾個兒子的表情，心裡也覺得有些詫異，怎麼今兒都這麼低調？不屑一顧？不像，老九和老十明顯就是心虛，呵呵，這可太有趣了！

「老十，你來。」

「啊？皇阿瑪，兒子……兒子……兒子不和女人打架！」憋了半天，十阿哥可算是找到一個冠冕堂皇的理由了。旁邊幾個知情的阿哥不禁暗自偷笑，十阿哥悻悻地哼了一聲，心想你們笑個屁啊?!有本事你們來啊！還不照樣怕那瘋丫頭。

康熙似笑非笑地看了看十阿哥，朝九阿哥喊道：「胤禟！」

九阿哥忙躬身說道：「回皇阿瑪，兒臣剛才和十三弟動手的時候把腰閃了，所以……」嘿嘿，還是他聰明。

康熙哼了一聲，有些不悅，十三阿哥上前說道：「皇阿瑪，兒子願意試試。」

「嗯，去吧。」皇上的臉色緩了下來。還是十三懂事。

十三阿哥走到冰珊面前，笑咪咪地說道：「妳今兒可沒帶刀啊，去挑一件吧！」

冰珊嘲諷地一笑道：「誰說我就會使刀了？」說完便走到兵器架前看了起來，看了一遍，才拿起一副三節棍在手上掂了掂，回頭看了看十三阿哥——

十三阿哥疑惑地問道：「妳會使三節棍？」

「不會。」

「那妳還……」十三阿哥一頭霧水地問道。

冰珊微微一笑，拿起旁邊的刀，手起刀落，三兩下就把三節棍斬成了雙截棍。

所有人大吃一驚，心裡都在奇怪這個丫頭的行為，連皇上都不禁有些錯愕，心想這丫頭要幹什麼？

冰珊將雙截棍在手中花稍地耍了兩下，嗯，還行，就朝十三說道：「我不和赤手空拳的人打架。」

「噗哧」幾聲竊笑傳了出來，連皇上都輕笑起來。這丫頭倒是有趣。

十三阿哥可沒這個閒情逸致，雖然心裡對冰珊的這句話很感冒，不過倒也不敢大意，上次就在她手上險些吃虧，這回當著皇上可別下不了臺啊！

「呵呵，好，我還是用劍。」十三阿哥拿起一把寶劍閒散地說道，一點也看不出心中的緊張。

冰珊讚賞地看著他，彎了彎嘴角，道：「好定力。」

「哈哈哈哈……承蒙誇獎。」十三阿哥大笑。

冰珊正色凝神，將手中雙截棍一擺，叫了一聲「小心」就搶步上前猛攻。十三阿哥不覺往後一撤，皺眉看著冰珊的招式。老實說，他也弄不明白這奇奇怪怪的棍子到底是什麼路數，明明是要砸下的，可卻被她突然攥在手中，然後又從另外一隻手裡出其不意地揮了過來。

二十多個回合下來，十三阿哥才漸漸地明白了一點，心中不覺一振，清嘯一聲擺劍相迎，冰珊立刻覺得有了壓力，心裡對十三的領悟能力頗為讚賞，只是手下卻不留情，將雙截棍使得虎虎生風。

兩人打得難分難解，場外看得如醉如癡。

康熙越看越心驚。這丫頭的功夫還真是不賴，自己看過年羹堯的功夫，恐怕也沒她這麼詭異，她是和誰學的？

冰珊眼看著十三阿哥越戰越勇，心裡也有些為難，再這麼下去可就輸了，於是將手中的雙截棍一收，乘勢旋身一踢，讓十三阿哥猝不及防地往後一撤，冰珊乘機收勢，往後一躍，淡淡地笑道：「十三爺，承讓了。」

十三阿哥愣在當場。好妳個鬼丫頭，爺眼看就要贏了，妳倒好，得了便宜還賣乖！當下就嗤笑道：「是嗎？」

冰珊的臉一紅，嘴角也微微翹起。這小子，倒是機伶得很。

她這一笑，看得眾人不覺怦然心動，嫣紅的雙頰，明亮的鳳眼，微微上翹的嘴角……好一個活力四射的冷美人啊！

康熙大笑道：「好！想不到朕身邊還藏著一個武林高手，連老十三都輸了？哈哈哈哈……」

冰珊紅著臉走到康熙面前，心裡雖然怦怦跳，可語氣倒還是淡淡的。「是我輸了。十三爺的功夫很棒，我甘拜下風。」

康熙點點頭微笑道：「還算誠實，朕還以為妳不會承認呢。」

她淡然道：「這沒什麼，人外有人，天外有天，沒有什麼人能說自己是最棒的。」一口氣說了這麼多，都有點兒口乾舌燥了。

「嗯，是個明白人。你們聽見了嗎？連一個女人都明白的道理，你們更應該明白了。」康熙面帶嚴肅地說道，眾阿哥無奈地恭聲答是，看得冰珊心裡暗自好笑。這回，我倒是借著皇帝的嘴給這些自大狂上了課。

康熙起身要走，冰珊忙要把手中的雙截棍扔下，卻聽康熙笑呵呵地說道：「妳留著，在這兒玩一會兒吧，朕知道習武之人最怕手生。」說完又戲謔地瞧了她一眼。「從今天起，朕特許妳在不當值的時候到這兒來。」看得出這丫頭對自己的這些兒子根本就沒放在心上，她的功夫不錯，倒是別浪費了才好。幾個小的剛才就盯著她手裡的棍子兩眼放光哪……想到這兒，他就似笑非笑地看著冰珊的臉色由白轉青。

「喔，對了，妳這個叫什麼？」康熙指著冰珊手裡的雙截棍問道。

「雙截棍！」冰珊從牙縫裡擠出三個字。

見鬼！這個皇帝根本就是故意的！

第八章　情愫

自從康熙皇帝發了話後，冰珊就沒一天是清閒的，好不容易逮了個空在屋裡補覺，就聽見外頭有人敲門。

掀開被子，她氣勢洶洶地「砸」到門口，嘩啦一下把門打開，大聲問道：「幹麼？」

門外的四阿哥和十三阿哥被她嚇了一跳，張口結舌地看著她半天都說不出話來，「噗哧」一聲，十三阿哥笑了起來。「呵呵，我說冰珊，這一大早的妳發什麼火啊？」

冰珊的臉些微一紅，可馬上沈了下來。「你管？找我有事？」

十三摸摸鼻子看了看一旁呆愣愣的四哥，順著他的眼神一看，俊臉一紅——這丫頭還穿著內衣呢！

「嗯哼，那個……妳能不能先穿上衣服？」十三阿哥低下頭忍笑道。

冰珊愣了一下，低頭看看——少見多怪！自己包得和粽子似的，比起在現代穿的性感內衣差得遠了。可這裡畢竟是清朝，算了，原諒他們沒見過世面，所以才小鼻子小眼睛的！

她冷哼一聲，「啪」地甩上了門進去。

門外，十三阿哥好笑地看著四哥一臉黑線的樣子，心裡笑得快翻了。呵呵，四哥還是頭一次吃人家的閉門羹呢，而且還是女人的！

四阿哥心裡也暗自咬牙。死丫頭，穿成這樣出來還理直氣壯的，好像爺兒們才是那個做錯了的，還給爺閉門羹吃?!可惡！不過，她的身材倒是比之前好了許多……

好久，久得十三阿哥還以為那丫頭又睡去了——其實，冰珊還真是回屋又睡去了。終於，四阿哥忍不住了，示意十三再次敲門。又過了一會兒，冰珊才懶洋洋地開了門，這回倒是穿了外衣，可頭髮還散著呢！兄弟二人對望了一眼，覺得有些好笑。

冰珊掃了他們一眼，也沒等這兩位阿哥進門，轉身自顧著進去了，氣得兩人在後頭直翻白眼。

進了屋，十三就笑嘻嘻地說道：「走，和我們打布庫去。」

「不去。」冰珊冷冷地說道。

「為什麼？皇阿瑪不是准了妳的嗎？」十三阿哥皺眉問道。

「不高興。」她依舊冷冷的。

這回，十三沒話了，看了看四阿哥，就笑了笑說：「那我去了啊！」

「請便。」這次就兩個字兒了。

十三阿哥無奈地轉身走了。

冰珊坐在鏡子前煩躁地梳頭髮，心裡有些緊張。不知自何時起，她面對四阿哥的時候就會不自覺地緊張起來，他的眼神、他的氣勢總在無形間給她莫大的壓力，彷彿她的一切都在他的掌握之中，又彷彿在暗地嘲笑她的不自量力。

「唉喲！」想得出神，竟將頭髮弄得糾纏在一起。

四阿哥眼角含笑地看著她的一舉一動，心裡知道這個冷冰冰的丫頭心亂了，聽她唉喲一聲，才發覺她的頭髮都纏在一起，無奈地搖搖頭，他起身，一言不發地捋過她的頭髮，小心又輕柔地給她梳了起來。

冰珊的臉一下就紅了。這、這太過曖昧了，就是在現代，一個男人也不能這麼給女人梳頭啊……

「我、我自己、我自己來！」結結巴巴地說了三遍才說清楚，她抬手就要去奪梳子，可惜——

「別動，妳不想變成禿頭吧？」

她狠狠地瞪了他一眼。這人一句好聽的也不會說。

看著她的神態有了變化，四阿哥輕笑起來。「這回我知道為什麼皇阿瑪對妳與眾不同了。」

「為什麼？」冰珊詫異地問道。

「因為看見妳的冷淡臉色粉碎是一件很有成就感的事情，呵，想來皇阿瑪也是這麼想的。」他好笑地說道，專注地看著這一頭黑亮柔滑的髮絲在自己的指間纏繞，像清泉一樣將他冷硬的心也融化了，絲絲縷縷的柔情在心底慢慢流淌著、滋潤著……

我呸，還成就感？純屬變態！還有，眼前這個傢伙和他老子一樣變態，是不是做皇帝的都是變態啊？

「冰兒……」四阿哥後頭的話，她都聽不見了，她已經完全震驚於他對自己的稱呼。冰兒？記得上次生病時，恍惚覺得有人這樣叫她，難道是他……

她果斷地抽出被握在他手裡的青絲，皺眉問道：「我生病時你來過？」

四阿哥微笑道：「是啊。」

「那……那，你以後別這麼叫我，肉麻死了。」冰珊紅著臉嗔道，卻沒發覺自己的語氣就像是在撒嬌一般。

「妳這是在和我撒嬌？」四阿哥好笑地輕聲問道。

「你——」冰珊猛然意識到自己的語氣不對，不禁有些惱羞成怒，甩開他的手，起身斥道：「出去！」

四阿哥的眼睛微微眯了一下，繼而了然地一笑。「我說過，妳是我的，逃不掉的。」說完就轉身走了，留下冰珊癱坐在椅子上，愣愣地出著神……

長春宮內，嬌蘭和白玉一左一右地陪著德妃閒聊，聊的無非就是什麼化妝啦、穿衣啦、宮外的風情啦等等一些很沒營養的話題。

簾子一掀，秋月笑著進來說：「主子，四爺、十三爺和十四爺在外頭候著哪。」

德妃喜得馬上就坐了起來，笑逐顏開地說道：「快讓他們進來。」

秋月跑去門口打了簾子，讓三位阿哥進了門。

三人走到德妃跟前拱著手，一齊說道：「兒子給額娘請安。」

德妃笑咪咪地讓他們站了起來，十三和十四一左一右地坐在德妃身旁，十四阿哥則膩在德妃身上嬉笑道：「額娘今兒可真漂亮。」

德妃聽了，笑得合不攏嘴。「這孩子就會拿你額娘打趣。」

一旁的十三阿哥也笑道：「十四弟的話可不是打趣額娘，兒子瞧著額娘今天也是格外地漂亮呢！」

「呵呵，你們兄弟就是一對小油嘴兒，沒事就哄我。」

春蘭在一旁陪笑道：「主子這幾天是更加漂亮了啊，想不到白玉和嬌蘭那兩個妮子的手倒真是巧。」

她這一說，屋裡人的目光都轉向了白玉和嬌蘭。德妃笑著說道：「妳不說我還忘了，嬌蘭、白玉，過來給爺兒們見禮！」

嬌蘭心想，我們巴不得您老人家把我們忘了哪！

白玉瞟了一眼十三，臉上一紅，就和嬌蘭走到中間，齊聲說道：「給三位爺見禮，爺吉祥！」

四阿哥面無表情地想到冰珊似乎也是很少自稱奴婢，這幾個丫頭還真夠倔的，便嗯了一聲就算完了。

十三阿哥的一雙眼睛像黏在白玉身上似的，心裡暗想，鬼丫頭，打自爺陪皇上南巡回來後就沒怎麼見過妳，也不知妳躲著爺幹麼？但嘴裡倒是淡淡地應了一句。

可十四阿哥顯然沒那麼好說話。「喲，這是打哪兒來的姑娘啊？額娘，您跟前兒幾時多了這麼守理懂事的丫頭啊？」說得二人一怔，這才反應過來，她們倆忘了加上自己「尊稱」了。她們不禁對望了一眼，均在對方眼底看到三分不耐和七分憤怒。

白玉心裡有些委屈，自己和十三情投意合，如今倒好，平白地低了身分，回頭得想辦法補回去！

嬌蘭暗自咬牙，死小子！人家四四和十三都沒說話，就你多事！奴婢?!哼，我就當是在「努」力地「甃」了你好了！

無奈的兩人只好又蹲身說道：「奴婢給三位阿哥請安，三位阿哥吉祥！」兩人的聲音出奇地洪亮整齊，把屋裡的人都嚇了一跳。

四阿哥暗暗覺得好笑，就捂著嘴輕咳了一聲，十三阿哥張著嘴愣了一下，「噗哧」一聲笑了起來。

十四阿哥看著嬌蘭怒火中燒的眼睛，呵呵笑道：「額娘，您是打哪兒弄來的這兩個寶貝啊？」

德妃又好氣又好笑地看著他，心想還不是你們吵著讓我討來的，這會兒倒會裝蒜！她笑了笑，轉向底下站著的二人說：「行了，妳們下去吧，沒的嚇了我一跳，就會淘氣。」兩人忙答應著出去了。

屋裡，十三阿哥和十四阿哥就一長一短地說起了冰珊的事，聽得德妃笑了半天，瞥了四阿哥一眼，發現這個剛才還沒什麼表情的兒子，如今聽兩個弟弟說起冰珊的時候，竟然微微地彎了彎嘴角，越發心疼起來。這個兒子打小就和自己不親，打自皇后死了以後，就更加沈默寡言了，這回好不容易跟自己開口，被惠妃一攪還沒辦成！看著他的樣子，想是對年家的那個丫頭上了心了，最近宮中也傳皇上對那個丫頭很寵愛，可不像是要收在身邊的樣子，這一點也讓所有人都很奇怪，想是自己這個冷冰冰兒子也知道了，心裡不自在呢！

見德妃看著四阿哥出神，十三阿哥和十四阿哥就擠了擠眼睛，對德妃笑道：「額娘，我和十四弟出去溜溜。」

德妃要笑不笑地說道：「去吧，別和我裝神弄鬼兒的，當我不知道呢！」說得兩人都有點不好意思，訕笑著辭了出去，德妃又示意左右侍候的人也出去了。

她看著四阿哥，柔聲說道：「胤禛，額娘知道你的心思，不過，現在她在你皇阿瑪身邊，等過一陣子額娘再替你想辦法。」

四阿哥猛地抬起頭看著德妃慈祥的面孔，不禁有些哽咽，這是他盼望多年的親情啊！自從皇額娘走了，就沒有人再這麼和他說過話了，有時候，他真的很羨慕也很嫉妒十三弟和十四弟可以偎在額娘的懷裡撒嬌耍賴，自己卻只能故作不在意地坐在凳子上發呆，任嫉妒和羨慕嘶咬著早已麻木的心。

「額娘……」他激動地看著德妃，可也只是一瞬，他又恢復到以往冷漠的樣子，恭敬地說道：「多謝額娘！」

德妃心裡一陣淒涼。佟佳姊姊，我真的盡力了，可他……唉，我到底比不上妳啊！

看著德妃難過的樣子，四阿哥有些後悔。為什麼自己就不能像弟弟們那樣和額娘好好說話呢？唉，皇額娘，您走了，兒子就不會說笑了……

長春宮的拐角上，嬌蘭滿臉不屑地瞪著十四，心裡不免想起那次在太白樓被他強吻的事，臉上一熱，強橫地問道：「你巴巴地拉我到這裡來幹麼？」

十四阿哥抱著肩，儫賴地笑道：「妳沒見十三哥要和那小妖精說話嗎？我怕妳在那裡礙事。」

嬌蘭哼了一聲，說道：「那好，你現在可以走了。」

「我還要等十三哥和四哥一起走。」十四還是懶洋洋地說著。

「你——好，你不走，我走。」她說完就轉身要走。

十四阿哥一把將她拉至懷裡，邪笑著問道：「爺讓妳走了嗎？」

「那好，請十四爺現在就讓我走。」嬌蘭一本正經地說道。

「哈哈哈……妳還真逗！」十四不禁放聲大笑起來。

「你到底讓不讓我走？」嬌蘭不耐地問道。

「不讓。」十四說著更束緊了手臂。

氣得嬌蘭無可奈何，自己的手還被他箍在懷裡哪，只能使勁瞪著他。

看著懷裡佳人因憤怒而燒得明亮的眼睛，十四阿哥柔聲說道：「蘭兒，乖，就這麼讓我抱一會兒好嗎？就一會兒。」

溫柔的聲音、深情的語氣使得嬌蘭整個人如同被施了咒一般，定定地看著他，這樣的十四是她完全不熟悉，她覺得自己的心有點麻，還有點甜。

「再看，我就親妳了——」十四阿哥低啞著嗓子道。

驚得嬌蘭渾身一震，忙不迭地掙開他，跺了跺腳，氣惱地說道：「你討厭！」說完就轉身跑了。

身後，十四阿哥得意地高聲大笑起來。

冰珊沈著臉來到乾清宮外，一言不發地接過宮女手裡的托盤，滿身寒氣地進了大殿。

原以為今天不用上這兒站崗了，誰知怎麼又把自己給叫來了，害她連個美容覺都睡不成。

康熙看了她一眼，暗暗覺得有些好笑。這丫頭性子冷，脾氣也大，好在很知道進退。

冰珊拉著臉把杯子放到御案上，站到皇帝的身後，垂著眼皮用康熙的後背練「眼刀」，耳朵裡聽著他們說什麼賜誰誰進士及第，哪哪哪兒又受災了云云，閒著無趣就微抬眼皮掃著下邊的阿哥臣子，忽然想起第一次與那幾個阿哥相識的時候，八阿哥給自己改姓的事，便開始給阿哥們逐個改名——

大阿哥黃禔，黃氏響聲丸。

太子爺黃礽，怪異。

三阿哥黃祉，還白紙呢！

四阿哥黃禛，他倒佔了便宜。

五阿哥黃祺，嗯……好像有一種草藥叫黃耆，主治排膿生肌、利尿消腫……好東西！

七阿哥黃祐，和臭鼬大概有關係。

八阿哥黃禩……黃四，他倒和他四哥比肩了。

九阿哥，不用說就是黃禟了。

十阿哥黃䄉。

十二阿哥黃褟，呵呵，黃桃……還蛋塔哩！

「丫頭，想什麼呢？朕叫妳都沒聽見！」

「黃桃蛋塔……」冰珊想都沒想就說了出來。

「黃桃蛋塔？是什麼？」康熙疑惑地問。

「啊？我說了嗎？」冰珊狐疑地問道。

「嗯。」這丫頭可真逗。

「喔，那個……那個……」看了看十二阿哥，心想，那是我給你兒子取的外號！

「回皇上，是吃的東西。」呼，完蛋了！

「呵呵，妳這丫頭，敢情是饞了，黃桃蛋塔？好，一會兒妳就去做來給我們大家嚐嚐。」他毫不意外地看到冰珊臉上的冷淡全碎了。

「是！」

康熙似乎聽見她磨牙的聲音。

她狠狠地瞪了十二一眼。都是你，沒事叫什麼黃桃！

議完事，大家都出了大殿。八阿哥似笑非笑地看了看十二阿哥，心想，黃桃，呵呵，有意思！

九阿哥嘲諷地看著十二。蛋塔？哼，聽著就知道不是什麼好東西。

十阿哥拍了拍十二的肩膀。「十二弟，哈哈哈哈……」

十四阿哥朝十二拱了拱手，笑嘻嘻地說道：「十二哥。」

十二阿哥愣愣地看著他們，心想今兒這是怎麼了，幹麼一個個都陰陽怪氣的？

十三阿哥笑咪咪地說道：「十二哥，明兒弟弟請您喝酒啊，呵呵！」

四阿哥看了看呆若木雞的十二，想著冰珊的話，就彎了彎嘴角，道：「十二弟，沒事上四哥府裡玩啊。」

十二阿哥瞠目結舌地看著四阿哥，心想完了，連四哥都不正常了，是因為我嗎？可是我什麼也沒幹啊，到底怎麼了我？誰來告訴我？

宜蘭院。

青萍無奈地看著前頭那兩個嘰嘰喳喳的小丫頭，心裡真是又恨又怕。這兩個丫頭不是別人，一個是八阿哥未來的嫡福晉郭洛羅・蘭馨格格，一個是老十的老婆梓月格格，紫禁城裡最有名的兩個搗蛋鬼，如今自己正被她們強行拉著去找冰珊，不知道一會兒自己會不會被冰珊給掐死。這兩丫頭聽說冰珊武功高強，非要去認識認識。唉，可憐的我啊，怎麼遇上這樣的傢伙？無語問蒼天啊……

青萍故意磨磨蹭蹭地溜達，等到了乾清宮一問才知道，冰珊隨皇上去布庫房了。三個人只好又繞到布庫房找。果然，皇上正看阿哥們摔角呢！冰珊冷冷地瞪著十二阿哥，琢磨著一會兒怎麼出氣，可憐的十二阿哥還不知道自己就快倒楣了，還兀自在那兒看著人家叫好哩！

「皇上。」蘭馨沒大沒小地跑到皇上身邊。「蘭馨來啦！」

康熙笑呵呵地摟著她說：「馨丫頭，才來也不陪妳姑姑說說話，就跑出來玩了？」
蘭馨笑道：「皇上，人家是想您啦，才特地跑來看您的！」
「呵呵，小丫頭，妳的好話就是多。行了，在這兒待著吧！」
「皇上，您這兒有個丫頭叫年冰珊是嗎？蘭馨聽說她很厲害，她在哪兒呢？」
康熙笑道：「妳打哪兒聽的？」
蘭馨說道：「是十阿哥說的，他說這個年冰珊很厲害，連十三阿哥都打不過她。」此言一出，就見十三斜了老十一眼，你竟敢說爺打不過她？
康熙看了看冰珊，朝蘭馨笑道：「就是她。」說著就指了指旁邊的冰珊。
蘭馨驚異地看著冰珊。「就是她？看著也沒什麼啊！皇上，您叫她和他們比劃比劃，讓馨兒看看。」
皇上點了點頭，朝冰珊道：「丫頭，下去試試吧！」
冰珊暗自翻了個白眼，心想，妳當我賣藝的啊？她轉頭看見青萍，就挑了挑眉，青萍做了個無奈的神情，心想，打死我也不能承認是我出賣妳的！
冰珊一言不發地走到中間，看了看旁邊的阿哥——這兩天，只要她一出現，就只剩下小貓兩、三隻了，難得今兒來得齊全。
看著十二阿哥，她心想：就拿你練習吧！誰讓你叫黃桃來著？
「十二爺，請。」
十二阿哥的心早在被冰珊盯著時就撲通撲通地跳個沒完，直想往邊上躲，可惜，一看冰珊盯著這邊，兩旁的阿哥早就悄然而閃。

十二心想，我最近犯太歲了，怎麼這詭異的事老是圍著我啊？他走到場中，看了看冷氣森然的冰珊，乾笑了一聲道：「嘿嘿，年姑娘，那個……」左右看了看，他低聲道：「手下留情啊！」

冰珊冷笑道：「十二爺莫不是怕了？」

「嘿嘿。」廢話，爺要不怕何必讓妳手下留情？

冰珊再不說話，抬腳就踹。

好在十二阿哥也是個練家子，本能一閃，作勢出拳反擊，兩人便開始比試。

場下的蘭馨和梓月看得目眩神迷，康熙也暗自點頭，心想這個丫頭是個人才，功夫好，人也沈著，又很聰明，可惜是個女兒身，不然倒可以好好讓她把這身本事用在正處。不過，留在朕身邊解悶也不錯，明兒把她指給自己的兒子倒是好的，只是出身不高，恐怕不能做福晉了——

場邊上，四阿哥皺眉看著冰珊把十二打得節節敗退，心裡愈加堅定地想要把她留在身邊了。

八阿哥依舊認真地看著場上的佳人。該如何向皇上開口要人呢？

九阿哥幸災樂禍地看著十二狼狽不堪的樣子，心想，只要不是打我，打誰我看著都樂！

終於，冰珊的火氣降了不少，停手看著不住喘氣的十二，心想，你最好讓菩薩保佑姑娘再也想不起來你叫黃桃了！

十二阿哥可憐兮兮地站在那兒順氣。下回就是皇上下旨，爺也不和她打了！

「好厲害啊！皇上，我要她教我武功！」蘭馨跳下皇上的膝蓋，走到場上指著冰珊大聲叫道。

冰珊不耐地看著眼前這個小丫頭，說道：「我不收徒弟。」

「妳騙人，她不就是嗎？」蘭馨指著已經快要溜到門口的青萍大聲說道。

青萍乾笑了兩聲。「珊，那個……我是不得已的！」然後又看著蘭馨說道：「格格，您身分嬌貴，冰珊哪敢教您啊？」

「怎麼不敢了？既然她是師父，我聽她的話就是了。」蘭馨果然上了當。

「這……」青萍故意看著皇上，心想，你是老大，你來背這黑鍋吧！

冰珊咬牙切齒地看著青萍。死狐狸！幾天沒修理，妳就不知道天高地厚了。

皇上一頭霧水地問道：「怎麼回事？誰來給朕說說？」看著冰珊恨不得要把那個叫什麼「死狐狸」的給生吞活剝的樣子，便轉向青萍道：「妳是哪個宮裡的？叫什麼？給朕說說是怎麼回事。」

青萍走上前，回道：「回皇上，奴婢和德妃娘娘宮裡的兆佳・白玉、完顏・嬌蘭都是和冰珊學的武藝。今天，兩位格格說要學武，奴婢沒出師，怎敢應承？再說了，格格身子嬌貴，奴婢也不敢擅專。」

康熙上下打量了一番，心想，還真是狡猾如狐。他又看向冰珊。

冰珊冷道：「不教。」大不了就死吧！

誰料，康熙卻大笑道：「哈哈！冰珊，打今兒起，妳就教蘭馨格格和梓月格格習武吧！」

無奈之下，她深吸了口氣說道：「教也行，不過，醜話說到前邊。第一，妳要聽我的話，不許擺格格的譜，第二，不許恃技凌人，要是我聽到有誰說格格以武技壓人，我們就只論師徒，不管妳是不是格格，一樣門規伺候。」哪有什麼門規啊，不過我都這麼說了，皇上應該會改變主意了吧？

好酷！所有人都覺得冰珊的話太值得表揚了，因為他們——包括康熙本人，都沒少受蘭馨的捉弄，現在終於有個更霸道的要管她了！

「好，我答應，不過，妳要保證我能和妳一樣厲害。」蘭馨揚著臉說道。

「那就看妳有沒有這個本事了。」冰珊嗤之以鼻。

「妳——」蘭馨的脾氣馬上就上來了，可一看冰珊那冷漠得和四阿哥一樣的臉，就嚥了嚥口水。「我一定行！」

就這樣，郭洛羅家的兩個格格莫名其妙地成了冰珊的徒弟，青萍則被她「師父」暴打了一頓，好在沒留下傷痕，就是渾身痠痛罷了。

第九章 懲罰

自打被安排教授兩個格格武功之後，冰珊就更加煩躁了，因為白天被蘭馨她們煩得要死，晚上還要陪著老康哈拉，弄得她快發狂了。

這天，康熙皇帝又讓她去乾清宮。冰珊拉著臉進了大殿。「皇上吉祥。」反正她就是有辦法盡可能地把奴婢二字給省略。

「嗯，冰珊啊，蘭馨她們的功夫學得怎樣了？」康熙將手中的筆擱到硯臺上，閒閒問道。

「還好。」冰珊想起蘭馨和梓月在她的淫威之下，每天乖乖地紮馬、打拳，還兼練瑜伽，弄得兩個小丫頭叫苦不迭，可一看冰珊的冷臉和嘲笑的眼神，就又咬牙繼續堅持，一來二去的，冰珊倒真的有點喜歡她們了。

「嗯，既然如此，朕就放心了。」康熙點了點頭微笑道，然後又看著冰珊問道：「妳的武功是和誰學的？據朕所知，妳哥哥的功夫可和妳的不大一樣。」

冰珊微一皺眉，思索著皇上的問題，心裡想著該如何回答。

「回皇上，是和師父學的。」

「咳、咳、咳！」康熙被茶嗆了一下。鬼丫頭，朕還不知道妳是跟師父學的嗎？

「妳師父姓啥名誰？」不愧是千古一帝，恢復得滿快的。

「不知道，他沒說。」簡單明瞭，說得康熙啞口無言，心裡暗罵道，死丫頭，和朕打太極了。

「喔？這倒奇了，為什麼呢？」鍥而不捨地追問。

「不知道。」就三字。

康熙有些傻眼。這丫頭怎麼這麼難對付？「那妳總該見過他吧？他長得什麼樣？」我看妳還怎麼編！

「他蒙面。」

康熙的鬍子差點翹起來，心裡氣著。好妳個死丫頭，鬼靈精怪的，明明把人氣得要死，卻偏偏挑不出錯來，明兒再和那些老頑固糾纏的時候就叫妳去！

哼哼，有了！

「冰珊啊，朕的十公主素來體弱，朕看妳也教教她吧。不用像妳那麼厲害，身體結實些就行。」呵呵，這回朕可贏了一局了！

不在沈默中爆發，就是在沈默中死亡，偏偏此時冰珊兩者都不能選，只好把「冷氣」開到最大，希望可以把康熙的這個念頭凍死在他的大腦中。可惜——

「今天大殿裡倒是涼爽了許多啊。」某人得意地大放厥詞，算準了這座冰庫不敢怎樣。

忍了！冰珊在心裡暗暗咬牙。壓榨勞工的手段真狠，欠扁的模樣真令人厭惡，捉弄她的意志頑強得連賓拉登都自嘆弗如。

於是，自第二天起，冰珊即便在不當值的時候也不能睡懶覺了。理所當然地，這「紫禁城七匹狼」成了宮裡最熱門的話題——這七匹狼的來歷還是老十開玩笑時說冰珊四人是四匹母狼，所以……

最近，宮裡的氣氛低沈，原因是康熙把已死的輔政大臣索尼的兒子、孝誠仁皇后赫舍里氏的叔父、太子胤礽的外叔公——內大臣索額圖給拘禁了，罪名就是叫唆皇太子欲行不軌，康熙給他的「評價」是——「本朝第一罪人」！

也因為如此，「七匹狼」最近都低調得很，連冰珊在乾清宮值班時都很謹慎，因為老康破天荒地不再找她鬥嘴了，她自然也就乖乖地謹守本分。

她可不想成為「城門失火，殃及池魚」裡的那個池魚。

長春宮後面的小屋成了十三阿哥和十四阿哥最愛去的地方了，沒事就去那裡坐坐，為的就是和自己心愛的姑娘多接觸。在二人不懈的努力下，白玉就不必說了，連嬌蘭都覺得十四阿哥比以前順眼了許多，雖然有時候還是有些霸道傲氣，可更多的時候是溫柔和體貼。

嬌蘭總覺得自己的心就快要守不住了，可難道真的可以把心交給他嗎？

宜蘭院內，青萍看著蘭馨和梓月在那兒練功，心思卻飛到了九霄雲外——好幾天了，九阿哥他們都沒來，雖然知道是因為索額圖的事，近來宮裡安靜了許多，可是自己還是會有些想他……

這是從什麼時候開始的？是在郊外騎馬時，看著十三和白玉相愛，心生羡慕？還是有感於歷史的不可逆轉？或者是在他明目張膽地向自己要禮物的時候？或是初進宜蘭院時，他滿懷妒火地警告自己不許再向五阿哥笑的時候？她真的不知道。

或許，在很久以前，這個長得比自己還美的傢伙就引起了她的興趣，呵呵，想起他每次被自己氣得跳腳的樣子，她就忍不住想笑，一個高高在上的皇子阿哥竟被自己這個來自未來的人氣得七竅生煙，還真有成就感啊！唉，死人妖，你把姑奶奶害慘啦，要是我真的嫁給你，一定會努力使你的生活變得「多姿多彩」，否則就太對不起我自己了。

乾清宮裡，冰珊看著康熙緊皺的眉頭，心裡忽然同情起來。作為一個領導者，沒有什麼比自己最信任的屬下背叛了自己，更讓人傷心了。何況這個屬下之所以背叛，竟是因為他最心愛的兒子。

冰珊自己也是個老闆，當然知道這種背叛就意味著被出賣了。看來，就算是帝王，就算是手握生殺大權的人，也有無奈和憤恨。

想著，她不覺輕嘆了一聲。

「丫頭，好端端的嘆什麼氣啊？」康熙波瀾不興地問道。

冰珊愣了一下，暗自後悔不該隨便出聲，這可是個人精中的人精啊！簡直就是個妖精！

「沒什麼，就是想起小時候的事了。」

「喔？說說看。」康熙感興趣地問道，眉頭也展開了些。

「小的時候，鄰居家有兩個人都得了一種怪病，莫名其妙地長了個大瘤子，看了大夫，被告知必須切掉，否則會危害到其他器官，只是切的時候會很疼。一個怕疼就死活不肯，另一個卻怕這瘤子長大了會危及生命，就果斷地讓大夫把瘤子切了……」

「後來呢？」康熙思索著問道。

「後來……後來就是，切瘤子的人活了下來，雖然他當時疼得死去活來的，而那個沒切的……終因瘤子越長越大，病也越來越嚴重，不治而亡了。我想，為了活著，有時候疼一下是必須的，總不能因為怕疼就任那毒瘤越來越大，待到它將身上的其他器官也傳染了，再後悔就晚了。」冰珊平淡地敘述著自己瞎編的故事，看也不看康熙一眼。

康熙直直地盯著她，心裡百味雜陳。這個丫頭倒是心思玲瓏，知道自己是為了索額圖的事煩躁，竟編出這麼一個故事來勸朕。唉，朕的身邊恐怕就這麼一個敢說話的人了，想起自己初登大寶的時候，還有皇祖母給自己鼓勵和關懷，有赫舍里的溫柔開解，有索尼等人的忠心輔佐……可是，皇祖母自他親政、擒鼇拜、平三藩、定臺灣後就不再過問朝裡的事，赫舍里為了太子死於難產，索尼也死了，可他的兒子索額圖——自己原以為他是皇后的叔父，太子的叔公，必定會忠心耿耿，可他還是辜負了自己信任。

一路走來，到底誰才是自己的知己？誰才是自己可以信賴的人呢？看了看身邊的冰珊，這個丫頭倒是個可人兒，可惜——自己對她的感覺倒更像是對待晚輩。

輕嘆一聲，康熙微笑道：「丫頭，妳的故事講得不錯，朕要賞妳。妳說說，妳想讓朕賞妳什麼？」

冰珊抬眼掃了他一下，淡淡地說道：「皇上要是真的想賞我，就請皇上賞我不再自稱奴婢了吧！」

「喔？」康熙換了個姿勢，靠在椅子上，心想，妳早就很少說那兩個字了！他微微一笑，問道：「為什麼？朕還以為妳會向朕討些別的呢！」

「哼，討什麼？金銀財寶？呵呵，我還真看不上，我倒想讓皇上賞我個官做做來著，可惜大清律令不准。」

「哈哈哈……妳這丫頭，心氣倒是挺高，不過妳連字都不會寫，怎麼做官？」康熙鬱悶的心情一掃而光。

「誰說不會寫字就不能做官了？做官用的是腦子，是心，是權謀手段，光會寫字有什麼用？還不就是個讀死書的祿蠹？」冰珊嗤之以鼻地說道。

康熙驚訝地看著這個冷冰冰的丫頭，心裡很是詫異。這個丫頭倒是不能小看了，這樣的見識倒真的比有些混帳官吏明白得多，生就女兒之身真是糟蹋了她，可惜了。

「丫頭，朕收妳做義女可好？」康熙真的開始喜歡這個言辭犀利、頭腦冷靜、身手不凡的丫頭了。

「不好。」

「為什麼？」康熙有些不悅，這可是天大的恩典了！

「我做不來那些小兒女之態，也不習慣被三從四德的禮儀規範束縛。」她完全沒有緊張和不安，就像和青萍她們聊天一般自然地回答。

康熙震驚於她的大膽和坦白，也有些欣賞她的傲氣和渾然天成的氣勢，若她是男子，必定是一個卓然於天地之間的人物吧？這樣的人又怎會甘心在人前低頭呢？年遐齡竟能養出這麼一個出色的女兒——可惜了，是個女兒啊！

「好，朕就准妳不再自稱奴婢了。」看著冰珊一瞬間浮出燦爛的笑，康熙竟然短暫地失神。好一個笑顏如花的俏嬌娃啊，想想朕的兒子裡，有誰配得上這麼一個冰雪聰明、如花似玉的丫頭？

冰珊的美容覺又被人打擾了，她忿忿不平地瞪著眼前的六人——青萍、白玉、嬌蘭、蘭馨、梓月和十公主琦敏，這幾個傢伙一無所覺地大聲討論即將而來的塞外之旅。

蘭馨高興地說道：「呵呵，這回我們可以好好玩玩了！老是悶在宮裡，我都快瘋了！」

嬌蘭閒閒地說道：「是啊，我也快長毛了。」

蘭馨奇怪地看著她。「長毛？怎麼長？」

「噗！哈哈哈哈……」嬌蘭和青萍大笑起來。

白玉淺笑道：「小師妹，讓師姊來告訴妳吧，長毛就是形容一個人在一個環境下待得久了，無聊得想發瘋的意思。妳看，妳辣椒師姊現在就長毛了，她臉上的毛都綠了。」

「噗！」嬌蘭嘴裡的水一下子噴了出來。「死人骨頭！再胡說我就廢了妳！」

白玉撇了撇嘴，沒說話，一旁的琦敏和梓月早就笑得動不了了。

琦敏大笑道：「哈哈，皇阿瑪讓我和冰珊學武可真的太英明了。要不，我上哪兒認識妳們幾個？」

梓月也點頭笑道：「是啊，妳們的花樣比我和姊姊還多呢。妳們不知道，上次我把青萍教我的法子用到十阿哥的身上了，氣得他直跳腳。」

嬌蘭笑問：「什麼法子？快說來聽聽。」

梓月笑道：「還不是因為十阿哥老是諷刺我，說我沒教養、不守禮、太淘氣、反應太差還學人家練武，我就和青萍說了，青萍就教我試試十阿哥的靈敏度。哈哈，我在他的書房門上放了一盆加了好多顏色和一大堆菜葉、雞蛋殼的水，十阿哥一進門就被潑了一身，五顏六色的跟花瓶似的，腦袋上頂著雞蛋殼，鼻子上還掛著一片兒菜葉，哈哈，樂死我了！後來，表哥告訴我們，自那以後，十阿哥每逢進門都先用腳踹，生怕再變成個花瓶！哈哈哈哈……」

幾人聞言大笑起來，琦敏擦著眼淚笑說：「妳的膽子可真大，連十哥都敢捉弄。哈哈，雞蛋殼、菜葉……這個法子好。明兒我看誰不順眼了，就給他來這麼一回。」

冰珊無奈地看著一屋子「瘋子」，心想完了，這回我可有罪受了！都是死狐狸，當這是二十一世紀？還雞蛋殼……小心哪天被人把妳的雞蛋殼敲碎了！想到這兒，她就冷笑道：「妳們就瘋吧，一會兒都給我到外頭紮馬去。要是讓我聽見有誰又這麼倒楣了，那個罪魁禍首就給我掃御花園去。」說得眾人都傻眼，蘭馨不覺嚥了口唾沫，心想完了……

兩天後，宮裡的人驚奇地發現宜妃娘娘的姪女蘭馨格格，和娘娘跟前的女官青萍在御花園裡掃地。

原因是兩天前蘭馨的惡作劇被太子遇上了。據說，當時高貴的太子頭頂銅盆，渾身掛彩，下巴沾著一片菜葉，腳邊一堆的雞蛋殼，看得南書房的阿哥們是目瞪口呆外加捧腹大笑，一旁侍立的宮女太監個個滿臉通紅，渾身顫抖。

得知是蘭馨搞的鬼，太子的怒氣才勉強壓了下去，可是冰珊和蘭馨卻被康老大狠狠地訓斥了一頓。雖然蘭馨沒有供出青萍，可青萍還是一起被懲罰了。

幾個阿哥好笑地看著那個自小嬌生慣養、脾氣驕縱的蘭馨格格，和那個古靈精怪的小狐狸在冰珊惡狠狠的注視之下，認認真真地打掃御花園，都樂得很。

四阿哥冷笑道：「這回可有人管了。」

五阿哥也笑道：「可不是。我還從沒見過表妹服過誰呢，想不到竟被冰珊馴得服服貼貼的，還真是一物降一物啊！」

八阿哥微笑著說：「這丫頭倒是有辦法啊。呵呵，讓格格掃御花園？她是怎麼想出來的？」

九阿哥哼了一聲，說道：「還有那個死狐狸，沒事竟出餿主意，這回可是治了她了！」

十三阿哥也輕笑道：「就數那個小狐狸鬼主意最多了，這回可是自討苦吃了，呵呵！」

十四阿哥抱著肩笑道：「解氣啊！想想每回都是被她們氣得牙癢癢的卻沒辦法，這回可是報了仇了，一會兒我就去問問冰美人想要什麼，爺這回一定要送給她。」

四阿哥瞥了他一眼，沒說話，八阿哥卻微微地一笑道：「行了，十四弟，你就別火上澆油了，回頭小心蘭丫頭又整你。」

「呿，那我就上她師父那兒告狀去。哈，這回可有地方說理去了。皇阿瑪簡直太英明了！是吧，十哥？」十四阿哥得意地說道。

十阿哥不解氣地說道：「怎麼不讓梓月那丫頭一起掃？她也該罰！」

「哈哈哈哈……」幾人都大聲笑了起來。十阿哥現如今得了開門恐懼症，只要是一見到門就想抬腳，昨天要不是小太監先一步打開了乾清宮的大門，這小子差點就踹了上去。

聽見有人大笑，三人同時轉過頭來，蘭馨噘著嘴說：「我不掃了，他們笑話我，以後都沒臉見人了。」

青萍哂道：「得了吧妳，我這個被連累的都沒說，妳還抱怨？」

「可、可我是個格格啊，有誰見過格格掃地的？我不掃了。」

「嗯哼。」一聲冷哼，她才要扔掃把的手又定住了。

「妳們不想挨揍就繼續。蘭馨，我說過的，如果妳受不了就不要再來找我。還有，妳這回捉弄的是太子，雖然皇上很疼妳，可畢竟妳的身分和太子不同，罰妳是為了妳好，妳若不服，現在就走。」

蘭馨生氣地跺了跺腳，拿起掃把邊掃邊罵。「死太子、爛太子！誰讓你這時候來的？可惡！」好像她掃的不是地，而是太子的臉。

冰珊不覺微笑起來。還是個孩子呢。她抬眼看了看青萍，哼了一聲道：「死狐狸，下回再捅婁子，我就罰妳把整個皇宮打掃一遍。」說完就沈著臉往看熱鬧的阿哥們走去。

青萍笑嘻嘻地答道：「是，遵命，師父大人，嘻嘻。」她心裡知道冰珊這次嚇得夠嗆，蘭馨是格格，自然不會怎樣，可她如今只是個宮女，幸好蘭馨夠義氣，否則她就是有十個腦袋也不夠砍。

這邊，幾個阿哥看著冰珊踱了過來，十阿哥馬上就說：「我還有事，先走了！」

九阿哥一把拽住他。「她又不是老虎。」

「呸，她當然不是老虎啦，她是母老虎！」十阿哥恨恨地說道，幾人被他的話引得又是一陣大笑。

「幾位阿哥吉祥。」冰珊皮笑肉不笑地說道。

「見了爺兒們就這麼請安嗎？」十四阿哥冷冷說道。

「哼哼，不好意思，我被皇上特許不必再自稱『奴婢』了！」冰珊冷笑道。

「什麼?!」聞言，所有人都大吃一驚。

四阿哥皺眉道：「這是什麼時候的事？」

「幾天前。」冰珊冷冷看著他，只見他眉頭緊縮地思量。

「為什麼？」十三阿哥問出了所有人都想知道的問題。

「因為我會講故事。」冰珊嘲諷地說道。

「講故事？什麼故事？」十四阿哥奇怪地問道。

「去問皇上。」她淡淡地說。

看著幾人眼神複雜地瞧自己，冰珊又冷冷地開了口。「我在教訓徒弟，不希望有人打擾，請各位阿哥該幹麼就幹麼去吧。」說完就轉身回去繼續「監工」去了。

幾人面面相覷地站了一會兒，就心思各異地散了。

下午，冰珊在屋裡睡午覺，恍惚間聽見有人敲門，有心不開，可那人就是不走，她跳下床，拉開門，怒氣沖天地問道：「幹麼？」

八阿哥呆愣愣地站在門口，驚愕地看著眼前這個穿著內衣的噴火美女，一時竟不知該說什麼了。

「有事？」冰珊不耐地問道，最討厭睡覺時被人打擾了。

「喔……打擾妳了。」八阿哥緩過神，溫和地說道：「不知姑娘現在可方便？」

「不方便。」冰珊靠著門冷冷地說。不是看不出他的心意，可自己若真是那個冰山四的小老婆——聽聽，還是小老婆——就不能跟別人攪和在一起，何況，自己一看老八那面具一般的笑臉，就有股想把它打碎的慾望。

「喔，那個……」八阿哥心裡暗自苦笑。這丫頭刀槍不入、水火不侵，還真難對付，難道她真的看上四哥了？哼，老四那不解風情的冰塊有什麼好的？放著爺這現成的玉面郎君不要，竟看上那個了？爺就不信，像爺這麼瀟灑英俊、風流倜儻的男子比不過一個冷冰冰的木頭！

皺眉看著八阿哥忽而皺眉、忽而咬牙的樣子，冰珊心裡暗自詫異。這個老八中邪了？

八阿哥抬起頭微笑道：「冰珊，我們進去聊好嗎？」爺就不信，化不開妳。

冰珊看了看他，轉身進了屋，讓留在外頭的八阿哥又一次苦笑起來。

進了屋，冰珊坐在凳子上，一眨不眨地盯著八阿哥，盯得八阿哥面紅耳赤，心想這丫頭怎麼如此無禮？竟敢就這麼直勾勾地盯著男人看，也不怕……

「到底有什麼事？」冰珊還是皺著眉問道，似乎從剛才到現在，她的眉頭就沒展開過，但面對他可比面對另一個簡單得多了，看看，被自己盯了一會兒，他居然紅了臉簡直就是不——可——思——議！

「嗯哼。」八阿哥輕咳了一聲。

冰珊瞥了他一眼。你就哼吧你，一緊張或者沒詞了就「嗯哼」。

「冰珊，妳到底給皇阿瑪講了什麼，竟能讓皇阿瑪准妳不再自稱奴婢了。」八阿哥謹慎地問道，心裡琢磨著皇上的心意。

「無可奉告。」看了看他瞬間青白的面孔，又補充道：「皇上不讓我說。」就不信你還敢問！連被看一會兒都臉紅，哪裡還敢問下去？

果然，八阿哥沈默了。她站起來說道：「同處一室多有不便，請八爺移駕。」

八阿哥就這樣邊思索、邊莫名其妙地被請了出去。直到出了宮門，八阿哥才發現自己被掃地出門了，饒是他涵養極好，也禁不住要仰天長嘯了。

第十章　桃花

終於來到了塞外——這個讓無數穿越回來的現代美女魂牽夢縈的地方。

青萍看著白玉微微一笑，想起她們「七匹狼」為了這趟塞外之行所做的準備，先是青萍出了主意，讓蘭馨和琦敏出面做了七人的服裝、靴子和配飾——騎裝、禮服，還有打架用的，每人三套，款式是白玉設計的，絕對震撼。顏色嘛，人家是紅橙黃綠青藍紫，她們倒好，冰珊不用說是白色的，青萍是淺綠的，嬌蘭是銀紅的，白玉是嬌黃的，蘭馨是火紅的，梓月是淡紫的，琦敏是天藍的，七個人曾在宮中試過，真是靚，青萍還笑說：「可別把那些沒見過世面的土包子迷暈了！」說得幾人都笑了。

然後，嬌蘭慫恿白玉讓十三去她們各自的家中取兵器，冰珊的是一套東洋刀，外加好幾副手套，嬌蘭的是一根長約兩米的鞭子，青萍的是一把西洋劍，白玉的是一套共三十六支改良的飛鏢。

十三阿哥拿著手裡的東西琢磨了一個晚上，也沒弄明白這些武器的使用方法，害他一大早就跑進來問，結果還沒人告訴他，氣得他直跳腳。

塞外中軍大帳，皇帝宴請滿蒙親貴。蘭馨三個坐在一起喝酒聊天好不熱鬧，卻苦了四個美女，只能站在各自的主子身後侍候著。冰珊冷著臉站在康熙的身後，端著酒壺，暗想，可惡，這可真是人家坐著我站著，人家吃著我看著，還兼給下面的諸位數牙齒！

青萍則和白玉、嬌蘭互相遞眼色。看，這個傻帽兒又喝多了，那個笨蛋快滑下去了等等……

好不容易快要結束了，只見一個不知道叫什麼嘰哩咕嚕的蒙古王爺站起來，說他的女兒要給皇帝唱歌跳舞，氣得四人直朝他翻白眼，忽然聽見那個蒙古公主的名字，幾人差點就笑了出來。

她、她、她居然叫華箏——

白玉朝青萍擠了擠眼睛。她是華箏耶！

青萍一撇嘴。此華箏非彼華箏。

白玉又朝旁邊的嬌蘭眨了眨眼。可是她也是蒙古的耶！

嬌蘭兩眼一翻。白癡，那個是宋朝的，這是清朝的，和十三待久了，越來越傻。

白玉嘛嘛嘴。

忽然，青萍朝她們使了個眼色，看向華箏。挺漂亮啊！

嬌蘭傲慢地揚頭。比我差遠了。

青萍和白玉嘴角一扯。耶，不要臉！

三人同時看向冰珊。老大……

冰珊冷冷地掃了她們一眼。無聊！

這邊，四阿哥好笑地看著她們眉來眼去，到了冰珊那兒，便全都敗下陣來，他嘴角一彎，看向冰珊。冰珊。冰兒……

誰放電呢？冰珊疑惑地四下張望——果然，又是他。她狠狠地一瞪。

八阿哥冷眼看著老四被瞪得直了眼，心下一喜，也看向冰珊。

又誰啊?她掃了掃——是他?還不死心?她更加凶惡地一瞪——哼,他呆了!

四阿哥和八阿哥不禁對望了一眼,兩人均在對方臉上看到了自己的狼狽,唉……馬上又故作無事地各自聊天喝酒去了。

白玉津津有味地看著這個公主又唱又跳的,忽然——這該死的狐狸精,正給她家十三拋媚眼哩!白玉怒火中燒地打定主意,要是那狐狸精敢覬覦她家帥帥的十三,她就衝上去把她的狐狸皮扒下來!

十三阿哥面無表情地看著眼前的蒙古公主,心底暗自冷笑。哼哼,爺的玉玉比妳漂亮多了,忽然覺得不太對勁,定睛一看,果然他的玉玉兩眼噴火地企圖燒死這個蒙古公主。哈哈,這可有趣了,以前老是她們合夥讓爺吃癟,這回爺也享受一回戲弄人的樂趣吧!想到這兒,他就朝那個華箏綻放出迷人一笑,起身和她一起跳了起來。

白玉目瞪口呆地看著十三和那狐狸精在中間翩翩起舞,視線一下子模糊了,委屈地想,臭十三!壞十三!王八蛋!臭雞蛋!竟敢當著我的面和那狐狸精勾搭上了,再也不要你了!一會兒就讓珊珊把你的眼睛挖出來!想著想著,就看了看上邊的冰珊——

珊,他欺負我,妳得給我作主!

冰珊皺眉看了看白玉又看向十三,心想這小子不像是個陳世美啊,怎麼竟然在玉玉眼皮子底下和人跳舞?她看向青萍,只見青萍正深思地盯著十三。

半晌,青萍微微一笑。死小子,學會氣人了哈?回頭好好地給你上上課,讓你知道鹽為什麼是鹹的!哼!她看向嬌蘭,示意她注意白玉,又轉頭看向冰珊。

放心，那小子作不了怪！

冰珊點點頭，冷冷地看著十三。好小子，好樣啊！等著瞧！

十三越跳越心驚，看著白玉越來越黯淡的臉色，心裡後悔。完了，玩過頭了，玉玉當真了！本來還挺享受美人吃醋的十三阿哥，看見一旁青萍似笑非笑的狐狸臉，這邊嬌蘭咬牙切齒，還有上頭，冒著涼氣的冷美人，心想，大概爺連明兒早上的日出都看不到了……

胡思亂想的結果就是華箏被無端地踩了很多腳。華箏心裡納悶，這是怎麼了？剛才還挺好的啊？喔，大概是見我長得漂亮，所以失神了？哼，本公主的長相可是草原第一的，不過，看在你也是玉樹臨風、英俊瀟灑，又是個阿哥的分上，本公主就讓你追好了！

回到座位上的胤祥酒也不會喝了，肉也不會吃了，光悶著頭後悔。

晚宴散了後，白玉進了帳就撲在毯子上嚎啕大哭起來，嬌蘭無奈地看著哭得肝腸寸斷的白玉，對那個罪魁禍首更加恨之入骨。可惜，青萍今天當值，冰珊還得侍候著康老大睡覺——聽聽，跟哄孩子似的——嬌蘭在心裡翻了個白眼，否則一定在今天晚上就把那小子打得吐血！

十三阿哥小心翼翼地進了帳篷，四下一看——還好，只有小辣椒一個人，看來明早的日出，爺還是看得見的啊！

嬌蘭發現十三阿哥進了帳篷，大聲罵道：「滾出去！否則敲斷你的門牙！」

十三阿哥瞠目結舌地聽著嬌蘭的話，嚥了嚥口水，朝後頭招了招手——十四阿哥懶洋洋地進來了。

嬌蘭瞪著從天而降的十四，咬牙切齒地說道：「無恥！」

十三陪著笑臉走到嬌蘭跟前，笑咪咪地說道：「那個……嬌蘭，妳能不能先出去一下？我和玉兒說會兒話。」

「休想！」嬌蘭雙手環胸，冷冷地說道。

十三阿哥看了看身後的十四，你倒是過來啊，哥哥我找你來，是讓你來看熱鬧的嗎？

十四不屑地撇嘴。要不是為了小辣椒，他才不來呢！想是這麼想，可腳還是動了下。「嬌蘭，和我出去走走。」

「不去！」哼，沒一個好東西！

「妳──」十四阿哥的眼睛一瞇，可又淡淡地說道：「妳不想讓那個小妖精哭死吧？」

嬌蘭為難地看了看哭得暗無天日的白玉，無奈地哼了一聲，和十四走出了大帳。

帳中，十三阿哥走到毯子邊，蹲下身子柔聲說道：「玉兒，別哭了。」

「你走，嗚嗚……不要你管！找你的……嗚嗚……狐狸精去！嗚嗚嗚嗚……」

「我和妳逗著玩呢，我哪裡看得上那個丫頭？好玉兒，別哭了。」十三阿哥邊說邊把她扶起來攬在懷裡。「玉玉，我這一輩子就要妳一個，任她是個天仙，我也不看她一眼。」

「你剛才就看了，而且還和她跳舞呢！嗚嗚……我不管，明天我就讓珊珊修理你，嗚嗚……」

十三阿哥暗自翻了個白眼。爺明天還得挨打？

「好玉兒，我保證再也不這樣了。看見妳剛才的樣子，我恨不得抽自己兩巴掌……」

「那你抽啊。」白玉咄咄逼人地說道。

「我不是怕打得狠了妳心疼嗎？」十三阿哥心想，還真當爺是傻子啊？

「反正，明天你逃不過去。」白玉抽抽搭搭地說。

「玉兒，我真的不喜歡她，妳看，她皮膚沒妳白，眼睛沒妳大，嘴巴比妳小，沒妳高，比妳胖……」十三阿哥越說越順，滔滔不絕地把那個華箏批評得體無完膚，末了還補充。「最主要的是我不喜歡她，在我眼裡，只有玉兒最好了。」

白玉的心裡一陣得意。不給你個教訓，你還當我是個軟柿子呢！可嘴裡還不依不撓地說道：「看看，還說沒瞧她呢？要是沒瞧，這會兒能說得這麼仔細嗎？」

這回，十三阿哥徹底傻眼了。

第二天，好不容易等到康熙皇帝訓完了，所有人都跟著皇上狩獵去了。冰珊打了個哈欠，轉身回去自己的帳子補覺，可還沒等她倒在床上，就聽——

「冰珊，和我們出去玩啊！」蘭馨興奮的聲音把冰珊的美夢瞬間打了個粉碎。上帝啊，求祢賜個天雷把這些擾人清夢的傢伙劈死吧！

看著站在自己面前穿得整整齊齊的六個磨人精，冰珊暗自呻吟了一聲。昨天，康老大和幾個王爺哈拉到半夜，之後再服侍著他老人家洗漱更衣，完了還鬥了會兒嘴，今天一大早就被提了起來侍候他穿衣吃飯，然後又更衣——真不知道他沒事幹麼不一次穿好了，非得勞動她大小姐更了兩次？還有，明明還有幾個宮女跟著的，為什麼只壓榨她一個人？

「珊，快去換衣服，我把妳的刀也帶來了。」白玉笑咪咪地說道。

「怎麼，又不用我替妳出氣了？」冰珊嘲諷地說道。

「珊！」白玉的臉一下子就紅了，想起昨天十三對她那樣溫柔纏綿，呵呵，想起來就得意啊！

「唉喲！死狐狸，妳幹麼打我？」白玉橫眉豎目地問道。

「哼，我是怕妳栽到十三的陷阱裡爬不出來！笨蛋，被人耍了都不知道！活該妳受罪！」青萍嗤之以鼻。

「妳說什麼？誰耍我了？」白玉狐疑地問道。

「哈！我說死人骨頭，妳還真白啊！那個小十三根本就是在試探妳，妳以為他真的看上了那個華箏啊？豬頭！」嬌蘭毫不留情地斥責白玉，說得白玉愣了半天都沒回過神來。

「嗯。」這算是回答了。

這邊，蘭馨抓住了重點，悄聲問冰珊：「珊珊，白玉和十三阿哥……」

「那昨天十三阿哥還和那個華箏跳舞？」梓月小聲說道。

「是啊，所以有人哭得死去活來的，讓我們擔心了一宿，結果——哼，被人家兩句好話就哄得找不著東南西北了。」青萍涼涼地說道。

「臭十三，敢耍我？我饒不了他！珊！」白玉委屈地搖著冰珊的胳膊晃著。

一旁，蘭馨仗義地說道：「白玉，放心，還有我們呢！十三阿哥交給珊珊，那個華箏就交給我們了！看我們紫禁城七匹狼來收拾——嗚嗚！」一邊的嬌蘭忙不迭地捂住了蘭馨格格的嘴。

「得了，我的小師妹，妳想全草原的人都知道啊？」

冰珊百無聊賴地說道：「妳們去吧，我要睡了。」

「那怎麼行啊？雖然妳是老大，可也不能脫離組織啊。」青萍大驚小怪地說道。

冰珊無奈地被她們拉進了帳篷。「呵，妳這兒真不錯，比我們的強多了，皇上還真疼妳啊！」嬌蘭邊看邊嘖嘖有聲地說道。

「妳要是羨慕，咱倆就換換。」冰珊有氣無力地說道。

「算了吧，看妳現在這副德行就知道鐵定過得很淒慘。」嬌蘭敬謝不敏。

琦敏看著她們鬥嘴鬥得不亦樂乎，心裡一陣羨慕，輕聲說道：「若不是這回皇阿瑪讓我跟著妳們學武，我一輩子也看不到妳們這樣活得自由自在的人。」

聽見琦敏的話，她們一陣唏噓，古代的女子真命苦啊！

冰珊拍了拍琦敏的肩膀。「只要妳想活得瀟灑就可以活得瀟灑，妳若執意讓自己難受，妳就會過得很難受。」

「哇，珊，妳很少這麼感性，還一口氣說了那麼多。」白玉陶醉地撲向冰珊。

「要死了妳！」冰珊往旁邊一閃，好笑地看著白玉撲倒在毯子上齜牙咧嘴的怪相。

「哈哈哈哈……」眾人都大笑起來。

冰珊被她們一笑一鬧得倒不睏了，微笑道：「等我換了衣服，咱們出去玩。」

「耶！」琦敏和蘭馨她們徹底被青萍給同化了——還舉著兩根手指比劃著V呢！

而後，青萍七人坐在草地上笑鬧著，正開心時，就見遠處揚起一片灰塵，幾人起身察看——

是昨天的那個華箏！

冰珊皺眉道：「別惹事。」

她的話卻惹來蘭馨的不滿。「有什麼了不起啊！我還是格格呢！再說了，琦敏可是個固倫公主，還怕她騎到我們頭上不成?!」

華箏終於明白為什麼十三阿哥對自己不理不睬的，就是為了一個叫白玉的丫頭！哼，自己一個公主，難道還不如一個丫頭？所以今天一早，華箏就四處尋找白玉的蹤影，可惜，她被告知白玉和格格出去玩了，於是華箏立刻帶人追了過來。

傲然地坐在馬背上，她冷冷地問道：「妳們誰是白玉？」

蘭馨的臉一沈，剛要說話，就見白玉笑道：「我就是。」

「妳？」華箏上下打量著她。「哼，我還以為是個美人兒呢！竟是妳這麼一個小丫頭，十三阿哥一定會選擇我的！」

冰珊四人對望了一眼，心想，這台詞怎麼這麼耳熟啊？白玉笑咪咪地問道：「妳怎麼知道？」

「哼，瞧妳的樣子還沒長大呢，十三阿哥怎會看上妳？」華箏挺了挺胸說道。

「妳還真傻，這是找老婆，又不是找奶媽，妳以為妳尺寸大了佔便宜啊？呵呵，我家十三早斷奶啦！」白玉刻薄地說道。

華箏氣得抬手就是一鞭，一旁的嬌蘭早在她們氣勢洶洶過來時就抽出了鞭子，見華箏揮手，迅速地揚起鞭子捲住她的馬鞭，冷笑道：「要打架啊，找我呀，姑娘好久都沒揍人哩！」

華箏扯了一下沒扯動，氣道：「白玉，有本事妳來啊！別躲在別人身後！」

白玉搖搖頭淺笑道：「呵呵，那是我師妹，妳打贏了她再說吧！」

冰珊沈聲說道：「都住手。嬌蘭，鬆開。」

嬌蘭哼了一聲，收回了鞭子，華箏也氣呼呼地撤回了手。「要是妳們有膽量，明天就和我們比比，看看到底誰厲害，輸了的不許再纏著十三阿哥！」

「嘿，妳當我們和妳一樣傻？打架可以，輸贏與十三無關。」白玉寸步不讓地說道。

「好！讓妳看看，誰才是這草原的雄鷹！」華箏氣呼呼地打馬而去。

七人面面相覷地站了半天，青萍忽然醒悟道：「都是十三那個死小子惹的桃花，走，我們找他去！媽的，姑奶奶為了個男人和人家打起來了！」而且這個男人還不是自己的，她越想越鬱悶，就上了馬不管不顧地往回跑。

六人一看，知道攔不住她，只好也上馬追了過去。

這邊，皇上已經回了大營，正和一眾阿哥在帳中喝茶聊天，就見蘭馨氣喘吁吁地跑進來。

「皇、皇上，我有事找十三阿哥！」

康熙皺眉道：「這丫頭，瘋瘋癲癲地跑進來就喊，妳師父呢？」

蘭馨噘嘴道：「皇上，您就會拿師父壓我，上次害得我掃了一天的御花園，您也不心疼？」

康熙呵呵笑道：「行了，妳到底找十三幹什麼？」

蘭馨撒嬌道：「蘭兒是想請十三阿哥教我們射箭。」

「嗯，這倒是，今兒早上問起，冰珊還說她不會騎射呢！既然如此，十三，你就去教教她們。」

十三阿哥只覺得直冒冷汗，嘴裡笑道：「皇阿瑪，論騎射，十四弟更好，還是讓十四弟去吧！」

十四阿哥冷冷一笑。想就這麼躲過去？可不成！「回皇阿瑪，兒子的騎射哪裡比得過十三哥呢！剛才，十三哥打獵還得了頭名呢！」

康熙畢竟年歲不輕了，昨天抵達就和蒙古王公喝酒聊天，今兒一大早又出去行圍，早就疲憊不堪了，聽他們吵吵鬧鬧的有些心煩，因而擺了擺手。「去吧，朕累了，你們外頭玩吧！」眾人連忙都跪安了。

到了帳外，十三阿哥跟著蘭馨七拐八繞地走到了大營的後頭，只見一排美人橫眉豎目地看著自己，心想，這是要幹麼啊？

身後，眾阿哥尾隨而來，見了這個場面也是一愣。七個同樣裝束的美人站成一排，還真養眼。

青萍氣呼呼地往前邁了一步。「十三爺，還記得當初我們和您說過什麼嗎？如果你欺負玉玉，我們三個就一起收拾你！本來，玉玉已經原諒你了，可是，你招的那朵桃花明天要和我們比武招親，十三爺，想不到您還真有魅力啊，讓我們這麼多的女人為了你打架！」

十三阿哥納悶地說道：「我沒招她啊！昨天晚上她來找我，被我轟走了。」

青萍看著他委屈的樣子，就說：「要不是你昨天和她跳舞，會惹上她嗎？」

十三阿哥皺眉問白玉。「玉兒，妳也認為我招惹她了嗎？」

白玉搖搖頭。「我知道你不喜歡她，今天的事也不是因為你喜歡她不喜歡她的問題，而是因為這件事，青萍和珊珊她們都被捲了進來。華箏說要和我們比個高低，輸了的就不許再理你了！」

「什麼？」十三阿哥的臉色沈了下來，那氣勢把所有人都嚇了一跳，連四阿哥也沒見過十三這樣。

冰珊淡淡地說道：「行了，玉沒答應她。不過，我們還是要教訓她一下，她敢對玉玉揮鞭子，就要承擔後果。」

十三阿哥立刻跑到白玉跟前仔細地看了又看，焦急問道：「玉兒，傷著沒有？」

白玉搖搖頭，拉下他的手說道：「我決定明天和她決鬥，你想辦法讓皇上答應就成。」身後，青萍沈聲說道：「不管你們用什麼方法，我們一定要讓這場比試光明正大地進行，我們要堂堂正正地贏了她！」

九阿哥嗤笑道：「為了個蒙古公主，值得這麼大動干戈的嗎？」

十四阿哥也好笑道：「還決鬥？妳們啊，可真是能折騰！」

嫣蘭聞言冷笑道：「你懂什麼？難道只許你們為了女人打架就不許我們了？我們這叫捍衛愛情！」說得幾個阿哥頓時啞口無言，不明白那是什麼東西。

晚上，冰珊終於可以早睡一次了，可剛把外衣脫下，就見四阿哥掀開簾子走進來。

上帝啊！為什麼就不能讓我睡個安穩覺呢？冰珊怨氣沖天地瞪著這個不速之客。

四阿哥好笑地看著她像個普通的小女人一般瞪著自己的樣子，微笑道：「不歡迎？」

「對。」冰珊大聲說道，然後又小聲嘟囔。「和你爹一樣，就會折磨我。」

「妳說什麼？」他挑了挑眉。

「你來幹麼？」她答非所問。

「來看看妳，順便告訴妳一聲，皇上答應了。」四阿哥不甚在意地說，早就習慣了她偶爾的任性，因為他知道，只有面對自己的時候，這冷冰冰的丫頭才會有點女人樣。

「真的？你們是怎麼辦到的？」冰珊的臉色亮了，亮得四阿哥的心裡一顫。

「蘭馨說要來個比武大會，皇上原是不准的，不過禁不住她死磨硬泡的，再加上我們幾個極力遊說，總算是答應了。」瞟了冰珊一眼，他似笑非笑地問道：「妳要怎麼謝我？」

謝？冰珊愣了一下。「你要我怎麼謝？」

「嗯，我要妳自己說。」現在這樣有點迷糊的她，格外可愛。

「我不知道。」冰珊老老實實地說。

「喔，那就我來說。」他盯著她的眼睛。「我要妳嫁給我。」

「啊？什麼?!」冰珊大驚失色。

「我說，要妳嫁給我。」他氣定神閒地看著她驚慌失措的樣子，享受她難得一見的窘迫。

「不行！」冰珊被他盯得更加慌亂了，手足無措地往後退了兩步——他的眼神就像是盯著一隻栽到他陷阱裡的獵物一般。

往前邁了幾步，他成功地把兩人之間的距離縮到了最小。「冰兒。」如絲綢一般的聲音震動了冰珊雪藏了二十多年的心，她彷彿聽見碎裂的聲音，讓她害怕、緊張，卻又期待。

撫上那張因緊張而有些驚慌的絕色容顏，四阿哥溫柔地說道：「冰兒，別再逃了，妳心裡有我的。」

躲開他的撫摸，她調過頭，冷冷地說道：「不明白你說什麼，我心裡誰也沒有。」為什麼自己會這麼害怕呢？

「呵呵，傻丫頭，妳不承認沒關係，我知道就好。」將她拉入懷中，感覺到她的僵硬與不自在，可是她並沒有掙扎。如果，她反抗的話──他自嘲地一笑，憑自己的功夫，可不是她的對手。

冰珊不是不想掙扎，只是她的內心掙扎得更厲害，這個懷抱並不像想像中的那樣冰涼，反倒溫暖得讓她想要沈溺其中，就像他說的，自己的心裡是有他的吧！

她推開他，深吸了一口氣，淡淡地說道：「我要想想。」

「好，我等妳。」有些欣喜地看著她，他拉起她的手放在嘴邊輕輕一吻。「不過，妳要快點想。」

抽回手，冰珊的臉熱了。「你、你怎麼能……」

「早點睡吧！」四阿哥淡淡一笑，轉身就往外走。到了門口，他停住腳說道：「妳要的，或許我能給妳。」

她愣愣地回想著他的話──我能給妳……我能給妳……

他能給嗎？

第十一章 比武

第二天，冰珊面色不善地來到了皇上的大帳，順便把寒氣也一同帶了進來。

可惡！她狠狠地瞪了四阿哥一眼。今天早上才琢磨明白，昨天他說是「他們幾個」一起遊說的，可自己竟沒明白，白白給他佔了便宜。

四阿哥低垂著眼皮，把美人的冰刀擋在了外頭，心裡暗笑。可是想明白了，呵呵，還以為她昨天就能明白呢！

康熙詫異地看著冰珊惡狠狠地盯著老四，老四怎麼惹著這個丫頭了？

八阿哥皺著眉看著冰珊的臉色，心裡知道必是昨天晚上，老四和她之間發生了什麼，可會是什麼呢？難道老四對她用強了？不會，如果那樣，這會兒他的四哥八成早就躺在自己的帳子裡昏迷不醒了。那是什麼呢？莫非……他看了看冰珊的眼神，冷冰冰的是沒錯，可是那冰層的後面似乎藏著別的什麼……

康熙覺得自從冰珊端著茶進了大帳，帳裡的氣氛就有些走樣，老四雖然照舊坐在那裡一動不動，可是能感覺到他似乎很愉快；再看看冰珊——嗯，有意思，莫非……

「冰珊，下去把阿哥們的茶換了。」

她冷冷地答應了，出去倒茶。看著手裡的茶杯，她嘴角泛起一絲冷笑。

先給皇上，再是太子，然後就是——四阿哥。她平淡地把杯子放到了四阿哥身旁的桌子上，嘴角微微一彎，然後接著給老八他們上茶去了。

八阿哥看著冰珊的舉動，更加篤定自己的猜測。她的心裡果然裝著四哥！

四阿哥抬眼看了看冰珊那幸災樂禍的樣子，明白這茶杯裡必有文章，就故意不喝，暗自好笑。爺就是不喝，妳能如何？

可惜——

「胤禛，怎麼不喝？」皇上含笑問道，心裡可樂著呢！一看那丫頭悻悻的樣子，就知道這茶裡必有緣故。

「喔，喝，兒子是覺得有些燙，所以想放會兒涼了再喝。」四阿哥急忙說道。

「喔？朕覺得正好啊！胤礽、胤禩，你們覺得呢？」

太子溫文爾雅地笑道：「兒臣覺得甚好。」

八阿哥也溫和地笑道：「兒臣也覺得還好。」四哥啊四哥，若那杯茶是給我的，就是毒藥我也喝！

四阿哥無奈之下只好端起杯子抿了一口，沒什麼感覺，難道是猜錯了？他瞟了一眼，那丫頭的臉色已然恢復如常了。

康熙眼見沒看到什麼，只好開始說後天比武的事了，可心裡還是很好奇冰珊和老四之間的暗湧。晚上，他終於滿足了好奇心，因為太醫回說：「四阿哥中午突然開始拉肚子了，雖然不嚴重，但是也不敢大意……」

皇上點了點頭，回頭看了看面無表情的冰珊。妳好大膽子啊，竟敢這麼捉弄阿哥！

打發了太醫，皇上看著冰珊似笑非笑地說道：「四阿哥拉肚子了。」
「嗯，太醫說了。」反正她就是不承認。
康熙看著她淡然樣子，心裡明白這是在耍賴呢！微微一笑道：「去替朕看看。」
「是。」她只好去了，雖然根本就不想去，可如果皇上較起真來，自己會更倒楣，畢竟他是個阿哥。
來到四阿哥的帳子外，冰珊與前來探視的德妃打了個照面。德妃看了看她，溫和地笑道：「是皇上讓妳來的？」這丫頭還真是好看。
「是。」冰珊謹慎地說。要是她知道是自己下的藥……
「進去吧。」德妃轉身走了。
冰珊吸了口氣，掀開帳子進去了。四阿哥正躺在床上呢，看見她進來，心想，死丫頭，敢給爺下藥?!爺今兒要不治治妳，妳就反了呢！
「四爺，皇上讓我來看看您好了沒有。」她儘量恭謹地說道。
「妳回皇阿瑪，我好多了。」四阿哥好笑地看著這個天不怕地不怕的丫頭小心翼翼的樣子，真和早上那張牙舞爪的神態有著天壤之別。
「既然如此，我就回去了。」冰珊鬆了口氣，轉身就走——
「站住，爺讓妳走了嗎？」他冷淡的聲音把冰珊的腳步定了下來。
「過來，我膀子有些疼，妳給我捏捏。」

冰珊咬著牙走到榻前，生怕自己磨牙的聲音太大，把他嚇死。

愜意地享受美人的服務——儘管偶爾有點疼——四阿哥閉上眼睛感受著身後柔軟香馥的身子。他是故意靠在她身上，算準了她身後只有床架，根本無路可退。

冰珊咬牙切齒地使勁捏了一下，不意外地聽到了一聲吸氣——活該，誰教你佔我便宜！

四阿哥暗自咧了咧嘴，心裡知道她是不得已才過來的，皇上必定是看出來了，否則這丫頭不會如此聽話地任他擺布。

「四爺，晚了，您也該安置了，我還要回去向皇上回話呢。」冰珊邊說邊猛地閃了出來，只見——四阿哥冷不防地後仰了過去！

「唉喲！」

看著一本正經的四阿哥手腳朝天地仰倒在了榻上，冰珊忍不住笑了起來。

四阿哥用最快的速度爬了起來，氣急敗壞地瞪著蹲在地上笑的小魔女。「過來！」他咬牙切齒地說道。

冰珊忍住笑，站起來走到他跟前說道：「我不是……不是故意的。」心裡還在笑。

「不是故意的？」四阿哥冷冷地哼了一聲。「那就是誠心的了？」

她沈默。

他一把將她拽倒懷裡，讓她半躺在自己身上，危險地眯了眯眼睛。「妳要為此付出代價。」

然後，他如鷹掠雲雀一般攫住了她的嘴唇。

冰珊完全僵住了，腦子裡亂糟糟的什麼也想不起來了。怎麼會這樣？

「閉上眼睛……」他低沈的聲音帶著無邊的魔力。

冰珊知道，自己的心淪陷了，這樣一個強勢的男人是她對付不了的。自己平時強悍得很，看不上那些比自己軟弱的男人，可這個人不一樣，以前，她就知道了——他天生就帶著其他人沒有的霸氣，他與康熙不同，康熙給人的壓力是暗中施放的，讓人在不經意之間從心裡生出懼怕，而他……只要與他面對面，就能清楚感覺到他周身散發的氣勢，像洪水一樣迅速地將人淹沒其中。

認了吧，否則，恐怕窮此一生再也找不到這樣令人心折的男人了……

她順從地閉上眼睛，將雙臂搭在他的頸項上，回應他火一般的熱吻。

感覺到她的變化，胤禛的心也跟著柔軟了。「冰兒。」

冰珊嬌慵地睜開眼睛，水一樣的眸中蕩漾著令人心醉神迷的波光。

他低啞地吼了一聲，再次狠狠地吻住了她。這回，冰珊沒有退縮，反而試著將香舌滑入了他的口中，與他彼此糾纏著、吸吮著。

胤禛的手開始不老實了，大掌緩緩地從腰際往上。

「喔！」他負痛地騰出手捂住嘴。這丫頭，居然敢咬我的舌頭?!

冰珊起身斜了他一眼，微笑道：「給你個教訓。」說完就頭也不回地出了帳子。

四阿哥喘息著回味剛才的情景，得意地笑了笑。死丫頭，勁兒可真大……

兩天後，比武大會如火如荼地拉開了序幕。

冰珊等人坐在臺下，看著上頭九阿哥和一個蒙古武士拳來腳往地打鬥，各自聊著天。

梓月興奮地嚷道：「快看啊，那個蒙古人不行了，表哥好厲害啊！」

青萍嗤笑道：「有什麼了不起？遇見我家珊還不是照樣抱頭鼠竄。」

蘭馨一噘嘴。「誰說的？我表哥可厲害了！」

「哼哼。」除了冰珊，其他三人都哼笑起來。

臺上，九阿哥贏了，朝皇上那邊的看臺施完了禮就跳下來，走到她們跟前說道：「怎麼樣？我還不錯吧？」

「呿！」青萍、白玉和嬌蘭同時翻了個白眼，氣得老九直倒氣。

蘭馨和梓月倒是很捧場地拍手叫好，琦敏也誇九阿哥厲害，不過，蘭馨的一句話又把九阿哥打入了地獄。

「表哥，你打得過珊珊嗎？」

他沈默了。不能說，死也不能說！

「要不，一會兒你們上去比試比試？」梓月火上澆油地說道。「我看表哥一定能贏，是吧表哥？」

「懶得和妳們這些小丫頭廢話，爺走了！」說完就急匆匆地往自己的位子上走。死丫頭，想害死妳表哥啊？

不屑地瞟了一眼，冰珊又專注地看起臺上的打鬥來了。

幾場下來，雙方勢均力敵，幾乎是平手。這時，十三阿哥上了臺，和他對陣的是個膀大腰圓的蒙古大漢，手裡提著兩把大錘，像座鐵塔似地逼近十三。

白玉緊張地捉住了嬌蘭的手。「小心啊，胤祥，你可別輸啊，要不回來後我讓你跪算盤！」幾人都白了她一眼，嬌蘭抽出自己的手罵道：「死人骨頭！妳想把我的纖纖玉手弄成和妳一樣的骨頭架子啊？」

青萍也嘲笑道：「還跪算盤呢，一會兒人家一個媚眼就讓妳的魂兒飛得沒了，說得和真的似的。」

六人輕笑起來，現在連琦敏三人都知道白玉和十三在一起那纏綿悱惻的模樣有多誇張了，兩人只要一有機會就膩在一塊兒卿卿我我，本來蘭馨她們是不知道的，可被嬌蘭和青萍拐去看過之後，三人羞得滿臉通紅，哪裡見過這個啊？

冰珊掃了她們一眼，淡淡地說道：「行了，別鬧了。好生看著吧。」幾人就吐了吐舌頭，壓低了聲音繼續說笑。

十三阿哥漂漂亮亮地贏了這一局，下了臺子朝她們過來了。「玉兒！」

「欸。」

兩人一個叫得親一個答得熱，周圍幾人都暗自好笑。蘭馨笑道：「十三阿哥，你好厲害啊！」

「那當然了。」十三阿哥得意地說道。

「我是說，你的媚眼功好厲害！哈哈哈哈……」

十三阿哥的臉立刻紅了。「死丫頭，回頭再找妳算帳！」

又一個落荒而逃的，六人相視一笑，白玉則氣呼呼地不言語了。

看了幾場，就見那個華箏公主上臺了。她衝著白玉大聲叫道：「白玉，妳上來！」

白玉兩手一攤，聳了聳肩說道：「各位失陪，奶媽召喚，去去就來，我走也！」邁著四方步就上了臺，引得底下的人不住地笑。

皇上的臺子離得遠，看著白玉滑稽地上了臺，問道：「這是誰啊？」

旁邊德妃說道：「回皇上，是臣妾宮裡的女官兆佳・白玉，也是那個年冰珊的徒弟。」

康熙微笑道：「凡是和這個丫頭沾上邊的都有趣得很，妳看看她那樣子，不知說了什麼，氣得華箏直跳腳，呵呵，有意思！」

德妃斟酌著笑道：「皇上，這個丫頭倒是個聰明的，人才也好，家世也說得過去，臣妾想著十三也該有個人來管管了，否則整日像野馬似的。敏妃姊姊去得早，臣妾……」

康熙點了點頭。「德妃，難為妳事事都想著他，他在妳跟前兒，朕放心得很。」

說得德妃心花怒放，忙笑道：「皇上說得臣妾都無地自容了，胤祥這孩子，人厚道又孝順懂事，臣妾確是把他和老四、十四他們一般看待呢！」康熙欣慰地點了點頭，拍了拍德妃的手，把一旁的宜妃氣得俏臉通紅，心想，妳倒會賣好，連我都知道那個白玉和十三的事，皇上會不知道？哼！

白玉到底說了什麼把華箏公主氣得跳腳？其實也沒什麼，就是華箏諷刺她像個奶娃，白玉則說她是個奶媽。華箏說她瘦得像猴兒，白玉就說華箏像豬，還是標準的母豬。華箏諷刺她是一根竹竿，白玉就反唇相稽，說她是個矮冬瓜……

兩人在臺上說得不亦樂乎，底下的人笑得前仰後合。

五阿哥忍著笑對十三說道：「恭喜十三弟竟能得到如此伶牙俐齒之女的青睞！」說得眾人哈哈大笑，說得十三咬牙切齒。臭丫頭，和她廢什麼話啊？讓爺在這兒被人笑話！臺上，華箏說不過白玉，惱羞成怒地揮鞭就打，白玉則一邊躲閃一邊繼續出言諷刺。「嘖嘖嘖，妳看妳，胖得都轉不過來了。還轉？小心妳前邊太重，一不留神就趴下了！」

十三阿哥「噗」的一下把酒噴了，阿哥們沒有不笑的，連四阿哥也咧開嘴笑了出來。十四阿哥已經樂得喘不過氣，大笑道：「這小妖精的嘴可真毒！哈哈哈哈……」老十和老九兩人正賊兮兮地盯著上頭的華箏，嘰嘰咕咕地不知說什麼，一聽白玉的話就噴笑起來，想來也沒討論什麼好東西。

「唉喲喂，死狐狸，妳看她像不像胖頭魚？就是上次在太白樓吃的那個。」白玉繼續把她的毒舌神功發揮到極致，氣得華箏都快瘋了，偏偏手上的鞭子佔不了便宜，索性就扔了鞭子和白玉對起拳腳來。

華箏的拳腳功夫還真不賴，三兩下就把白玉逼到了臺邊，白玉急忙喊道：「珊珊，快來啊，她欺負我！」手卻伸到懷裡掏出一支飛鏢，對準華箏的頭髮就射了出去。「看暗器！」

華箏機警地一側頭，可惜還是被白玉紮扎到了髮髻上，華箏忙著去拔頭上的飛鏢，就聽白玉囂張地唱道：「奶媽，妳別著急，送妳一支紫金釵，別把姑娘我忘懷，啦啦啦啦啦……」哼著奇腔怪調的白玉手下可沒閒著，又拉又拽。「妳給我下去吧！」

「啊！」華箏公主被連拉帶拽地扔了下去。

「妳叫華箏，活該被靖哥哥甩了！覬覦我的十三，我抽了妳筋剝了妳的皮，剁了餵魚！」白玉跳下來得意地說道，臺下的諸人已經笑得快暈過去了。

康熙皇帝納悶地看著擂臺邊上笑得前仰後合的兒子們，對李德全說：「去看看，他們樂什麼呢？」

李德全一路小跑回來，大致地說了一遍，只是把那些不太文雅的，和覬覦十三等等言辭都省略了，因為四阿哥就是這麼告訴他的。

康熙大笑起來，旁邊的德妃和宜妃等人也握著帕子輕笑出來。

德妃笑道：「皇上，這丫頭平日乖著呢，誰知竟是鬼靈精！」

宜妃嬌笑道：「德姊姊也有看走眼的時候？呵呵呵！」

德妃淡然一笑道：「我一個女人，看走眼有什麼稀奇的啊？宜妹妹不是也走了眼嗎？」她指的是蘭馨居然乖乖地聽那個年冰珊的話，堂堂的格格竟然去掃御花園。宜妃的臉色一變，卻看見康熙正似笑非笑地瞧著她，就訕訕地笑了笑，不再言語，心裡暗恨那個年冰珊和蘭馨。

白玉走到華箏跟前蹲下，笑道：「我說公主啊，妳得把金釵還我啦，那可是我一兩銀子一支打的呢！」說著就拔起了華箏頭上的飛鏢，樂呵呵地回了座位。

「呵呵，諸位師姊師妹，我得勝還朝啦！」

冰珊冷冷地說道：「妳的話太多了。」

白玉吐了吐舌頭，卻聽蘭馨笑道：「哈哈，玉師姊，妳可真厲害啊，嘴巴毒得我都比不上啊！」

「這算什麼？和幾個毒舌婦待得久了，什麼不會？」白玉得意洋洋地大放厥詞。

冰珊斜了她一眼，哼笑道：「毒舌婦？嗯，說得好。」

完蛋了！白玉捂著嘴看著三個冷笑連連的死黨，心想，一會兒散了我得快溜。

臺上，一個年輕女子朝她們喊道：「白玉，妳給我上來！」

「咦？我認識她嗎？」白玉疑惑地問道。

冰珊冷道：「妳把人家的妹妹羞辱得體無完膚，又耍詐把人家拽下來，人家的姊姊來找妳算帳。」

白玉笑道：「我剛打完，不去。妳們誰去把她揍下來？」

青萍閒閒地說道：「我是毒舌婦，我不去。」

嬌蘭冷笑道：「人家又沒叫我。」

冰珊根本不予理會。

「我去！」蘭馨樂呵呵地上了臺。

幾人都急了，冰珊大喝道：「蘭馨，妳給我下來！否則我罰妳打掃整個紫禁城！」

蘭馨看著冰珊冷冷的樣子，嘟著嘴下來，垂頭喪氣地坐到凳子上生悶氣。

白玉心生不忍，就拍了拍她說道：「珊是為了妳好，她比剛才那個還厲害呢，妳上去萬一挨了揍，當著這麼多人多丟臉啊？妳看，我都不上去。」青萍三人白了她一眼。

臺上，那個女子冷笑道：「不是膽小吧？剛才不是挺得意的嗎？哼。」

白玉看了看她，回過頭低聲說道：「求求幾位大姊啦，剛才是小妹我多有得罪了，妳們就大人大量地原諒我這個不懂事的孩子吧！」

說得琦敏和梓月在一邊捂著嘴偷笑不已，蘭馨卻黏著嬌蘭等人說道：「好師姊，上去吧，我還沒見過兩位師姊的颯爽英姿呢！」

小妮子連撒嬌帶說好話，嬌蘭和青萍看向冰珊，冰珊思索了一會兒，說道：「青萍妳去吧，小心點，別逞強。」

青萍點點頭，抽出劍，倒提著上了擂臺。

底下九阿哥的臉色一變。看得出這個女人比剛才那個功夫好得多，小狐狸到底行不行？

青萍站到臺上，對那女子笑了笑，說：「妳是誰？」

那女子冷哼道：「我是華箏姊姊華珊。」見那個華珊也使劍，青萍暗自好笑——

「什麼？妳叫什麼？華山？」青萍忍著笑回頭說道：「想不到第三次華山論劍居然讓我趕上了！」

底下的白玉和嬌蘭都笑了起來，冰珊也禁不住彎了彎嘴角，心想，這兩個公主的名字還真有意思。

華珊怒道：「什麼華珊論劍?!別逞口舌！」說著就提劍刺了過來。

青萍大笑道：「來得好！」舉劍一擋，錯身讓了過去，她轉過頭說道：「看我的力劈華珊！」

底下的阿哥們又笑了起來，她這一劍不像是力劈華山，看著倒和冰珊的東洋刀法有些類似。可阿哥們笑的不是這個，是笑她居然為了氣人，想出這麼一個名稱。

兩人打了一會兒，青萍的西洋劍法漸漸地有點支撐不住了，只好在拳腳上多下功夫。華珊的劍法倒是不錯，只是拳腳上略遜一籌，因此，二人倒算得上是勢均力敵了。

華珊暗恨她和白玉的嘴太損，手下更是不留情面，恨不得把青萍一劍捅死才解氣。青萍心裡知道自己已經處在下風了，可是又不願低頭，只好咬著牙硬撐。

九阿哥越看越心驚，瞧著青萍幾次遇險，若不是她的身手還算敏捷，恐怕早就香消玉殞了！他情急之下大喊道：「死狐狸，妳給爺滾下來！」

這聲音大得連皇上都聽見了，康熙皺眉問道：「宜妃，亂糟喊什麼呢？」

宜妃陪笑道：「回皇上……」她伏在康熙的耳邊輕聲地說了幾句，康熙點了點頭，就不再問了。宜妃得意地一笑，看了看一旁的德妃，腰挺得直直的，坐在那兒看著擂臺上的打鬥。

冰珊皺眉看著臺上的情形，暗自後悔不該讓青萍上去。正在著急，卻見青萍已然被華珊一劍逼到了臺邊，眼看就要摔下來了，青萍情急之下，只好把劍朝華珊扔了過去，藉機閃到了一邊。

華珊把劍撥開，步步進逼追著青萍窮追猛打。

青萍被追得滿場飛奔，最後竟自己摔倒在地，華珊立刻揮劍砍了過去——

「叮」的一聲，一支銀筷子將她的劍擋開了。華珊回頭尋找，就見九阿哥怒氣沖沖地奔了過來。

青萍看見九阿哥氣急敗壞地跑來，心下一暖，趕緊爬了起來。華珊大怒道：「死丫頭，自己打不過了，竟然找情郎來幫忙！」

一句情郎說得兩人都有些訕訕的，九阿哥佯怒道：「什麼情郎？她是我的丫頭！」又朝青萍罵道：「死狐狸，妳想把爺氣死啊？還不快下去？」

青萍知道他是嘴硬心軟，溫順地點了點頭。「多謝了。」還朝他眨了眨眼睛，然後坦然地下了擂臺。九阿哥剛要走，就聽華珊說道：「既然你上來了，就別下去了！」

九阿哥冷笑道：「爺沒功夫陪妳玩！」然後就大踏步下了臺子，往座位上去了。華珊被晾在了臺上，氣得跺了跺腳，轉身也走了。不一會兒，上來一個蒙古漢子，居然也朝冰珊她們叫陣，幾人驚訝地看了又看，怎麼也不明白這個傻大個是為了什麼？

那漢子大聲說道：「我是為華珊公主來的。妳們誰欺負了她，我就找誰！」

漢子看著壯實得很，嬌蘭輕笑道：「珊，我去試試如何？」她們的身手和眼力都不及冰珊，所以都徵詢她的意見。

冰珊搖頭道：「還是我去吧。妳的勁沒他大，恐怕難以取勝。」

嬌蘭不以為意地笑說：「妳的勁也比我大不了多少。」說著竟快步上了擂臺，冰珊在下面緊喊也沒用，她已經走上了臺子。按規定，只要上了擂臺就不能再下來。

嬌蘭把手裡的鞭子往臺子上一抽，「啪」的一聲脆響，嚇了那個蒙古人一跳。她問道：「你叫什麼名字？」

那大漢說道：「我叫哈桑，是王爺帳下的第一勇士。妳是誰？」

嬌蘭說道：「完顏・嬌蘭。」

哈桑搖了搖頭。「妳下去，換個厲害的，妳不行。」

嬌蘭聞言怒道：「我呸！你就知道我不行啊？姑奶奶偏要和你比比看！」說著一抖手中長鞭，朝著哈桑就飛了過去，誰知哈桑居然連躲都不躲，伸手就拽住了嬌蘭的鞭梢，用力一拽，竟將嬌蘭拽到他身邊，順手將鞭子繞到嬌蘭的身上，兩手一舉，將嬌蘭高舉過頭，大喝一聲就扔了出去。

在眾人的驚呼之中，十四阿哥箭一般地飛了出去，險險地接住了嬌蘭。平穩落地後，他緊張地問道：「蘭兒，妳受傷了嗎？」

嬌蘭搖了搖頭，眼淚在眼眶裡越聚越多。從小到大，她從來沒吃過這麼大的虧，今天當著這麼多人的面被扔了下來，又羞又氣，外加嚇得厲害，眼淚就止不住了。

十四阿哥見她哭了，急得直冒汗。「妳別哭，我上去幫妳打他一頓啊！」說著就要上去，卻見冰珊已經拖著長刀上了擂臺。

第十二章　情誼

冰珊此時已經是怒火攻心。如果不是十四及時接住，嬌蘭性命難保。在她心裡，這三個好友的生命比自己的還要寶貴。

看著拖著刀一步一步走過來的冰珊，哈桑心裡有些慌亂。這個女人貌如天仙卻冰冷入骨，眼睛裡一絲溫度都沒有。

場下，所有人都驚呆了，白衣勝雪的冰珊渾身散發著駭人的戾氣，一言不發地走向哈桑。

康熙皺眉看著場上的一切。適才嬌蘭被扔下來的時候，也嚇了他一跳，待見到十四阿哥飛身將其接住，才鬆了口氣，看著德妃欲言又止的樣子，他皮笑肉不笑地說道：「朕知道！」

德妃臉一紅，心裡暗罵嬌蘭逞能，又怨兒子不爭氣。

宜妃忽然說道：「皇上，您看！」

康熙轉頭一看，冰珊已經拖著刀上了擂臺。

哈桑問道：「妳又是誰？」

「年冰珊！」說完她就舉起刀冷道：「我不和赤手空拳的人打架！」

底下，十三阿哥聽著這熟悉的臺詞，剛想笑，卻發現冰珊居然沒戴手套，皺眉向四阿哥說道：「四哥，您看，冷美人沒戴手套。」

四阿哥聞言心裡愣了下，冰兒這是要拚命了。「十三弟，你注意著場上的情形，萬一……」

十三阿哥點了點頭。「我明白，四哥，您放心吧。」

四阿哥緊緊地握著拳頭。佛祖保佑、佛祖保佑……

八阿哥的手心裡也沁出了汗，眉頭緊縮地注視著擂臺上。冰珊，可千萬小心啊！

哈桑哂道：「我就這樣。」

「好，你別後悔！」冰珊將刀往懷中一執，小跑著衝向哈桑。

從沒見過這種刀法的哈桑被冰珊的攻勢逼得節節敗退，心想，這個女人跟不要命似的，完全進攻毫無防守，可是，自己偏偏找不到她的弱點。

他哪兒知道冰珊在整套刀上可是下了一番功夫，仔細地琢磨過東洋刀法的弱點，知道若想儘量減低這種弱點，就要速戰速決，故而她的進攻比防禦要凌厲得多。

臺下眾人都倒吸了一口氣，十三阿哥邊看邊和四阿哥說道：「四哥，冰珊這回好像和跟我打的時候不一樣啊。那回要是她也這樣，八成我也夠嗆了。」

四阿哥一言不發，心想她這回是在拚命！

十四阿哥對旁邊的幾個哥哥說道：「這丫頭的刀法愈見厲害了，只是，怎麼她看起來絲毫沒有防守呢？」

八阿哥皺眉道：「最好的防守就是進攻。」

九阿哥點點頭。「八哥說的不錯，只看哈桑手忙腳亂的樣子，就知道這丫頭的法子用對了。」

十阿哥喃喃地說道：「這簡直就是不要命嘛！」

十四卻咬牙道：「哼，活該那個哈桑倒楣！」

九阿哥忽然指著臺上，驚呼道：「看！」

臺上，冰珊眼見哈桑被自己逼得慌了手腳，看準機會忽然貼近他，刀交右手，左臂一順，從腕中滑下一柄短刀，執在手裡往哈桑的脖子上劃了過去——

「啊！」

「小心！」

「冰珊！住手！」八阿哥急得直想飛身上去，生怕冰珊一氣之下做出傻事。

「冰兒！」眼見冰珊打紅了眼，十三眼尖，看見她腕中滑下的短刀，「呀」地一聲，四阿哥知道要壞事了。

對方畢竟是蒙古王爺帳下的人，怎可鬧出人命來?!情急之下，他就大喊了一聲。

「冰兒！」一聲急呼忽然使已陷入瘋狂的冰珊震了下——我在幹麼？眼看著就要貼上哈桑的脖子了，自己已經可以看見哈桑眼裡的驚恐。她回眸瞥了四阿哥一眼，硬生生地收住了攻勢，把刀子恰到好處地貼在哈桑的脖子上，陰森森地說道：「這是給你的教訓，我的人你也敢動？」她收回刀，冷道：「滾！」

哈桑冷汗涔涔地說道：「我服了！」然後就下了擂臺。

臺下的人鬆了口氣的同時高聲叫好。

康熙看著這驚心動魄的一幕，心裡很是詫異。原來這個丫頭一直未用全力，朕還從未見過她那種刀法呢！尤其是最後忽然滑出的短刀，簡直就是神來之筆，知道自己的弱點，揚長避短，倒是聰明得很。他又皺眉看了看四阿哥——剛才，他也怕冰珊的刀子真的就把哈桑給宰了，可老四剛喊她的那聲「冰兒」，那丫頭居然還就住手了？嘖……

四阿哥的臉色也緩了下來，吁了口氣，微笑著端起酒杯抿了一口。剛才，冰珊的一瞥他看個正著，心裡明白這妮子已經向自己投降了。

冰珊緩步走到十四阿哥的席前，淺笑道：「多謝。」

十四阿哥笑道：「妳要真有心謝我，明兒就和我比一場。」

冰珊抽了抽嘴角。「恕不奉陪。」

十四氣笑道：「妳這人可真是，不是要謝嗎？怎麼這麼沒誠意？」

她無奈地點了點頭。「好，我答應你。不過，輸了可不許哭。」

「妳——」十四立刻就急了，卻見冰珊戲謔地一笑，只好瞪了她一眼，接過了寶劍。「還不知誰哭呢！」

「哈哈哈哈……」旁邊的阿哥們都大笑起來，這個丫頭氣起人來，比那幾個更勝一籌。

冰珊淡淡地看著那邊笑得前仰後合的十三阿哥，冷冷地說道：「十三爺，明兒我也一併謝您。」

說得十三的臉色一變。還沒完啊?!

康熙皇帝當眾把冰珊誇獎了一遍，將她升為四品女官，又下旨賜了一串東珠、一對翡翠獅子和一把軟劍給她。

晚上，青萍侍候著宜妃歇下才走回自己的帳篷，一進門，就看見九阿哥胤禟正敲著扇子在那兒發呆。

看見她進來，九阿哥問道：「額娘歇下了？」

「嗯。九爺有事？」青萍淺笑著問道。

九阿哥的臉些微一紅，馬上又沈著臉說道：「妳瘋了嗎？啊？不自量力地上去就打，就妳那功夫還敢上臺？要不是爺及時出手，妳這會兒早就見閻王了！」

青萍好笑地看著他氣急敗壞的樣子，微笑道：「就是知道九爺不會見死不救，所以才大著膽子上去的啊。」

「妳——」他臉上浮出被人看穿的羞惱神色。

「九爺，謝謝你今天仗義出手。」青萍認真地道謝，還恭恭敬敬地福了福身，倒弄得九阿哥啞口無言了。

半晌，九阿哥才悻悻地說道：「免了吧。以後，妳少給爺惹麻煩就是謝我了。」

青萍調皮地朝他一笑道：「九爺，青萍天生就是個愛惹麻煩的，這可怎麼辦啊？」

九阿哥被她的神態撩撥得心一蕩，「怦」地跳了下，他咳了一聲，故意冷冷地說道：「再有下回，爺就不管了。」

「真的嗎？」青萍要笑不笑地問道。

九阿哥只覺一陣燥熱，起身往外走，到了門口，他站住，頭也不回地說道：「死狐狸，給爺小心妳的狐狸皮。」

「哈哈哈哈……」才出帳篷的九阿哥就聽見裡面那個可惡的女人放聲大笑，臉上熱到不行，心裡卻隱隱泛出一股莫名的喜悅。

他微微一笑，往自己的帳篷去了。

帳子裡，嬌蘭看著眼前的十四阿哥，不知如何是好。白天若不是他及時相救，自己恐怕就要魂斷草原了……

她低聲說道：「白天的事……謝謝你了。」

十四阿哥抱著肩看著她，這個倔強的丫頭，居然也會低聲下氣地道謝，呵呵！看來，今兒白天的力氣沒白費。

「就這麼謝啊？」不抓住這個機會可太對不起自己了！

「嗯？那要怎麼謝？」

「親我一下。」十四痞痞地說道。

「啊？什麼？你想什麼呢你！」嬌蘭不禁勃然大怒。

「喲！嘖嘖嘖，瞧瞧！我可是妳的救命恩人，妳就這麼不知報恩啊？」

嬌蘭恨不得一巴掌把他那可惡的笑臉打飛，可一想到人家說的也有道理，畢竟是他救了自己啊。

「哼，還不如摔死了呢。」嬌蘭氣呼呼地說道。

十四陰沈著臉，一把捉住她的手腕，冷聲道：「妳敢再說一遍?!」

嬌蘭不禁一愣，抬頭看向他——他幽深的眸子中有憤怒、有心痛還有不捨……不覺軟了心，低聲說道：「我胡說的。」

十四阿哥的嘴角彎了起來，將她順勢一帶，攬著她輕柔地說道：「蘭兒，以後別再任性了，白天的事都快嚇死我了，要是我……唉，磨人的丫頭。」

靠在他的懷裡，聽著他沈緩有力的心跳，嬌蘭閉上眼睛享受著這難得的溫馨。不管將來如何，現在，就讓她放縱一次吧！

冰珊今天是大出風頭，結果就是她成了「出頭鳥」，不知道自己這隻「出頭鳥」幾時挨子彈呢……

回到帳子，就見八阿哥正端坐在凳子上等著，她暗嘆一聲。來了也好，說清楚了就省事了。

「八爺吉祥。」

難得她如此規矩，倒讓八阿哥很不適應，輕咳了一聲。「冰珊，妳……」

冰珊看著他欲言又止的樣子，心裡無奈地一嘆——好像這是從他進來以後的第二次嘆氣了。

八阿哥臉色微紅地低聲問道：「冰珊，我去和皇阿瑪要了妳可好？」自己的心怎會如此狂跳不止？

「不好。」冰珊冷淡地看著他。「八爺，冰珊地位卑微，配不上八爺這尊貴的身分。」為了讓他死心，居然自貶起來，她的犧牲也真大啊。

八阿哥面色慘白地點了點頭。「為了拒絕我，妳竟然如此貶低妳自己，可見妳心裡真的沒我……」他看了看她。「是四哥嗎？」
冰珊的臉迅速地紅了起來。
「妳不用說了，我知道了。冰珊……」他瞟她一眼。「讓我就這麼遠遠地看著妳，好嗎？」
她有些錯愕地抬起頭，看著這個溫潤如玉的男子此時故作淡然的神色，也有些不忍。不過，這也代表不了什麼……
她悠然一笑道：「我總不能讓自己隱形吧？」
說得胤祺一愣，隨即輕笑起來。她的行為總是讓人出其不意，或許，就這樣看著她也好，不是說只可遠觀、不可褻玩嗎？只是，為何自己的心隱隱覺得有些痛呢？
帳外不遠處，胤禛冷眼看著八阿哥從冰珊的帳子裡走了出來，臉上帶著一絲苦澀的笑容，頓覺心裡一輕，唇角一彎，轉身走了。

這天，七個人約好一起去騎馬。誰知九阿哥他們從蘭馨那兒得知了她們的安排也一同來了，而十三阿哥從白玉那兒知道，也拉著四阿哥跟過來湊熱鬧，再加上三阿哥、五阿哥和十二阿哥，大概除了太子全都來了。
至於太子呢？呵，他被皇上叫去培訓了。
十幾個人在草原上比賽騎馬，結果是十四阿哥拔了頭籌。看著嬌蘭笑咪咪的樣子，胤禵的心裡真甜，自從比武大會之後，兩人的關係一日千里，雖然嬌蘭就是不肯承認，可胤禵知道，這妮子是嘴硬心軟。

十三阿哥和白玉並排走著，十三不時地說個笑話，逗得白玉笑得花枝亂顫的，兩人好似蜜裡調油一般。

這邊，九阿哥看著青萍和蘭馨她們有說有笑的樣子，往常總是陰沈的臉上也微微露出了一絲笑容。

四阿哥目不斜視地走在冰珊的身側，心裡琢磨著哪天再把這個小妮子好好地吻上一回——這說來就讓他鬱悶，自從上次下藥事件之後，冰珊對他又是若即若離的了，儘管知道她的心思已經偏向自己，可一看到她那冷冰冰的樣子，自己的心裡就開始七上八下。

八阿哥一邊微笑著聽蘭馨她們說話，一邊看著前面直直地坐在馬背上的冰珊不時瞟一眼旁邊的老四，心裡很不是滋味，不明白自己怎麼會敗在四阿哥的手裡。他苦笑了一下，卻聽見蘭馨不悅地說道：「八哥哥最壞了。」

胤禩一愣，轉頭笑問道：「我怎麼最壞了？」

蘭馨噘嘴道：「人家和你說話，你也不理，也不知在看什麼？」

八阿哥的俊臉一紅，微笑道：「妳這丫頭就是不講理，妳們說得那麼快，我哪裡插得上話？」

蘭馨笑了笑說：「那好，我們不說了。八哥哥，我們賽馬好不好？」美麗的小臉幾不可見地紅了一下。

「好。」

看不見，心就不會那麼疼了，於是兩人一扯韁繩就衝了出去。

五阿哥笑道：「蘭丫頭又淘氣了，也就是老八有耐心陪著她瘋。」

九阿哥若有所思地看了看已經跑遠的兩人，又看了冰珊一眼，心裡琢磨著，八哥的心思，他們幾個都知道，可那冷冰冰的丫頭卻偏偏看上了老四，兩座冰山居然也能擦出火花，還真是有點匪夷所思呢！表妹似乎喜歡上了八哥，這樣也好，若是表妹能夠嫁給八哥，無疑是給八哥增加一個有利的籌碼……只是不知道八哥的心思，回頭倒要好好地問問。

走了一會兒，眾人來到一處坡地休息。大家圍坐一圈，隨從們把酒菜擺上，大家就各自談天說笑，場面熱鬧極了。

忽然，十阿哥不懷好意地說道：「我說妳們幾個丫頭，作首詩來聽聽。」說完就朝十四和九阿哥擠了擠眼睛。

青萍琢磨著他這「神來之筆」，給冰珊遞了個眼色。他是什麼意思？

冰珊微一挑眉。誰知道？

見四人都不言語，十三阿哥納悶地問道：「怎麼？妳們不會嗎？」

白玉昂頭說道：「誰說不會？」

嬌蘭忙道：「死人骨頭，妳給我閉嘴！」她可不想再聽那死人骨頭剽竊誰的大作了。

冰珊看九阿哥等人都是一副看笑話的樣子，淡淡地說道：「此山是我開。」

嬌蘭意會了。「此樹是我栽。」

白玉呵呵接道：「要打此路過。」

青萍笑咪咪地說：「留下買路財。」

所有人都大笑起來，十二阿哥「噗」地一聲把酒全都噴在四阿哥的身上，十三阿哥抱著肚子唉喲個沒完，十四阿哥歪在地上笑得快斷氣了。

三阿哥的酒灑了一身，四阿哥被嘴裡的羊肉噎得險些岔氣，五阿哥的臉扭曲得不成樣子了，八阿哥的俊臉憋得通紅。

蘭馨倒在冰珊的身上笑得眼淚直流，梓月和琦敏兩人笑著靠在一起，結果，梓月沒穩住，兩人全都栽了出去。

冰珊四人倒還一本正經地巍然不動，其實心裡早就笑翻了。

第十三章　遇襲

再過幾天就要回去了，冰珊她們終於找到了一個只有四人在一起的機會。

一大早，四個人就鬼鬼祟祟地溜出了營地，皇上還在和周公下棋哩！

她們策馬來到了距營地大概幾公里、一片緊挨著樹林的空地上，四人下了馬，把自備的吃食擺了出來。

嬌蘭笑道：「可是把那幾個電燈泡給甩了。」

青萍也笑道：「可不是嘛！那三個小鬼跟牛皮糖似地整天黏在身邊，害得我們連私房話都說不了！」

「呵呵，死狐狸，妳有啥私房話啊？該不是和人妖九有關吧？」白玉賊兮兮地問道。

「是又如何？我就不信妳不想跟我們說說妳的十三。」青萍反唇相稽道。

冰珊淺笑著問道：「狐狸，妳和人妖九怎麼了？」

「也沒什麼，他正在我的狩獵之中。」青萍聳了聳肩說。

「喔？說說看。」嬌蘭挪到她身邊問。

「上次打擂臺的時候，妳們不都看見了嗎？」

「我們想知道具體的細節，比如他有沒有吻妳啦、有沒有抱妳啦、有沒有……」

「給我閉上妳的嘴！妳當我和妳一樣，那個十四在太白樓就親過妳了吧？哼！」青萍不屑地問道。

嬌蘭的臉一紅，強辯道：「誰說的？才沒有哪！」

「呵，看看，臉都紅了，還裝？妳別告訴我那是氣色好。」青萍的嘴巴一遇到嬌蘭就厲害起來。

嬌蘭羞惱地把她按在地上，連掐帶打地折騰了一遍，看得冰珊和白玉大笑不已，四人就這樣笑著鬧著，彷彿回到了二十一世紀似的。

青萍笑著問冰珊。「珊，妳和冰山四怎麼樣了？」

冰珊淡淡一笑。「還能怎樣？不就那樣嗎？」

「別和我們打太極。」嬌蘭嗔道。

冰珊笑了笑說：「我想，我是有些喜歡他的吧！」

「真的啊？」三人都震驚了。

「瞧妳們那是什麼表情？難道我就不能喜歡別人嗎？」

「那倒不是，只是沒想到妳居然會喜歡他……我還以為妳會看上老八呢！」青萍詫異地說道。

冰珊好笑道：「老八？我不喜歡他臉上那假假的笑容，明明是很在意的事，卻偏要故作淡然的一臉假笑。」

「可、可、可是老四也那樣啊，不同的是笑臉變冷臉而已。」白玉結結巴巴地說道。

「我欣賞他身上那種與眾不同的霸氣和孤傲，因為在我身上，多多少少也有那麼一點。」冰珊平淡地剖析著自己的感情。

青萍搖頭笑道：「看來，妳是真的栽進去了。唉，我們的冰美人終於被另一座冰山給征服啦！」

幾人同時都笑了起來，冰珊卻在心裡想道，他是冰山嗎？恐怕比火山還熱呢！

笑了一會兒，青萍有些擔憂地說道：「我們若是真的嫁給他們，可就是兩個幫派的人了。」

「什麼意思？」白玉皺眉問道。

「什麼意思？這妳都不明白？妳和珊是四爺黨的，我和小辣椒是八爺黨的！」

「誰和妳是八爺黨的？再說我就滅了妳！」嬌蘭聞言踹了她一腳。

青萍冷笑道：「且不說妳和他之間已經發展到什麼地步了，光妳是完顏・羅察的女兒這一點就可以斷定，妳是十四的老婆，而且是大老婆。」

「什麼？妳說什麼?!」嬌蘭抓住她的胳膊問道。

「我說妳是他大、老、婆！」青萍在嬌蘭的耳邊大聲說。

嬌蘭愣了，完全地愣了……自己是他的嫡福晉?!天，繞來繞去，竟然還是繞到了人家的懷裡！

白玉忙問：「那我呢？我是不是胤祥的老婆？是不是啊？」

青萍嗤笑道：「妳希望嗎？」

「我當然希望是了，最好也是大老婆。」白玉堅定地說。

「恭喜妳。」青萍嘲諷地說了一句。

「耶！」白玉立刻歡呼起來，被青萍白了一眼。

「那他有多少小老婆？」白玉馬上想起了最實際的問題。

「讓我想想啊……」青萍思索了一下，壞笑道：「好像不少，什麼瓜爾佳氏、富察氏、石佳氏，還有幾個記不清了，反正不少。」

「啊?!」白玉呆住了。「臭十三！大色狼！明兒就把他閹了去做太監！」

「哈哈，妳沒傻吧？閹了他？妳當他是誰啊？他是康熙皇帝的十三阿哥，雍正王朝的怡親王，再說，閹了他妳怎麼辦啊？難不成妳當尼姑去？」青萍對白玉的話大加鞭撻，說得白玉也沒話了。

「那怎麼辦？」

冰珊正色道：「玉，妳要想好了，如果妳愛他，就不要在意他有其他的女人。他是皇子，這裡是清朝，妳不要拿現代的標準來要求一個古人。」

青萍也勸道：「是啊，人妖九的老婆還多呢！小妾更是不計其數，與其在這上面費神，還不如想辦法抓住他的心才是最要緊的，憑他有幾百個老婆，只要他最愛的是妳，妳大可不必擔心。」

白玉低著頭。「可是我一想起他和別的女人在一起就不自在。」

「廢話！誰自在啊?!妳以為那些小老婆心理就平衡啊，好歹妳還是嫡福晉呢！」青萍拍了拍白玉的腦袋說道。

冰珊氣笑道：「是啊，我不就是個小老婆嗎？」

青萍忙陪笑說：「呵呵，老大，我不是說妳。妳雖然名分低，憑妳的美貌與智慧，一定會專房專寵的！」

嬌蘭緩過神來，自嘲地笑道：「什麼大老婆小老婆的，還不是人家的附屬品？其實是一樣悲哀，一樣無奈。」

四人都沈默了。

忽然，冰珊察覺到幾人的馬匹都有些異樣，個個焦躁不安，在原地打轉。

「怎麼回事？」她疑惑地問道。

其他三人也都起身察看——四周靜悄悄的，什麼也沒有。四人相互對望了一眼，才要說話，就見身邊慢慢地圍上來一大群狼！

狼?!四人都呆住了。在現代，她們只在動物園和電視裡看見過這種動物，凶殘狡詐，雖然她們以狼自詡，可那畢竟是開玩笑的，如今眼見著不知有多少的狼群慢慢逼近，就覺得四肢發軟，渾身無力。

青萍的反應最快。「快上馬！」

幾人一聽立刻醒悟過來，上了馬背。

冰珊以馬鞭朝南一指，急切地說道：「那邊數量較少，我們往那邊跑！」說完就狠狠地一抽，箭一般飛竄了出去，其他人也跟著她跑。

狼群是很有集體作戰意識的動物，且善用謀略，不會給敵人留下活路，所以——

策馬跑近一看，四人都傻眼了，十幾隻狼惡狠狠地站在她們面前不到二十米的地方，回頭看看，身後的狼群也已經逐漸逼近。

情勢危急，冰珊當機立斷。「青萍、嬌蘭，我們掩護白玉衝出去求救，這裡距營地不算太遠。白玉，妳待在我們當中，一有機會就衝出去！」

白玉焦急地說：「我不要！要死一起死！」

「白癡！妳想死，我們還不想死呢！妳的功夫最差，留下來只會拖累我們，還不如回去報信來得實在！」嬌蘭破口大罵道。

青萍也說：「玉，我們的性命可都交到妳手上了，現在不是任性的時候！」說著就抽出腰間的長劍，和冰珊她們一起往來的方向跑。

冰珊把短刀交給白玉，叮嚀道：「不可戀戰，捉準機會就跑。」

白玉含淚接過短刀，點了點頭，腿一用力夾，跟在冰珊的身後朝狼群衝了過去。

轉眼間，四人就跑到了狼群的對面，勒住馬，四人謹慎地打量著情況。北邊狼的數量較多，可那裡是去大營最近的方向。

咬了咬牙，冰珊喊道：「衝！」四人同時朝北邊奔了過去。

終於，雙方短兵相接。冰珊的長刀如砍瓜切菜一般在狼群裡上下翻飛，嬌蘭的長鞭狠狠地掃向靠近的惡狼，青萍的劍也毫不留情地刺向靠近的群狼，白玉則一邊揮手將漏網的狼殺死，一邊尋找著突圍的機會。

在砍殺了一陣之後，狼群的攻勢小了，正前方的狼也少了許多。冰珊果斷地嚷道：「白玉，跟著我衝出去！」她一夾馬肚，繼續朝前殺去。

白玉緊跟其後，嬌蘭和青萍一左一右在兩側保護，終於將白玉護送到狼隻較少的地方。看看後頭追上來的狼群和自己胯下累得不住打顫的馬，冰珊說道：「玉，妳快走，我們斷後！」

「不！」白玉哀號一聲。「我不走！」

「渾蛋！我們這幾匹累得半死的馬根本就跑不過狼，妳走了我們還有一線生機，還不快滾?!」嬌蘭大聲喝罵。

青萍乾脆在白玉的馬屁股上狠狠地踹了一腳，馬兒吃痛，立刻狂奔起來！白玉絕望地回頭看著死黨，大聲喊道：「妳們一定要等我回來！」

看著白玉的馬衝向了那十幾隻狼，冰珊回她一個燦爛的微笑，調轉馬頭，對二人說道：「怕嗎？」

嬌蘭哈哈一笑。「人生得一知己足矣，我卻有三個生死與共的好姊妹，有什麼好怕的？」

青萍微笑道：「姊妹們，我們今天就並肩作戰，聯手退敵！」

「好！」二人大聲回答。

狼群已經重新圍了上來，黑壓壓的一片，看得人膽戰心驚。拿好手裡的武器，冰珊大聲說道：「我們三人呈三角狀，不可分開，這樣至少可以支撐一段時間。我在狼最多的一邊，嬌蘭，妳的鞭子不太管用，只管處理較少的那邊。青萍，一旦發現嬌蘭那邊狼多了，就提醒我換邊；還有，妳若支撐不住也要出聲，不准逞強，保命第一！」

二人立刻意會，各自站好位置開始迎敵。

就這樣左衝右突、不斷地變換位置，她們卻始終衝不出去。

三人的心裡覺得悲哀起來。嬌蘭想著在現代的家人，或許自己這一死還能回去，可是十四呢？恐怕再也見不著了，她忍不住想起他時而霸道、時而溫柔的面孔，心裡一酸，忽然大聲喝道：「要是我不死，一定答應十四的要求！哈哈哈哈……」那笑聲蒼涼空曠。

青萍也含淚笑道：「好，說定了，若能活著回去，我就嫁給人妖九！」

冰珊也一反常態地大笑道：「回去就告訴冰山四，姑娘同意嫁給他了！」

「哈哈哈哈……」三人的狂笑聲在草原上久久地回盪。

白玉在十幾隻狼的圍攻下漸漸不支，可一想到三個姊妹還陷在狼群裡等著她回去搬救兵，就鼓起勇氣繼續廝殺。終於，遠處一聲悠遠的狼嗥，使得攻擊她的狼群得到了新的指令，慢慢地朝後散去。她知道，那是因為冰珊她們給了狼群太大的壓力，頭狼必是覺得不值得在她身上浪費力氣，才會喚回狼群對付那三個更大的目標。

回頭看看，遠處的三人在狼群中左右拚殺，卻始終衝不出來，抹了一把臉上的淚水，她一抽馬屁股，朝大營的方向飛奔而去。

好不容易回到營地，白玉不顧侍衛的阻攔，直衝到康熙大帳的前面，大喊道：「快來人啊！」

四周的侍衛迅速地把她圍在當中，嘴裡嚷著：「護駕！護駕！」

大帳裡，康熙正和幾個兒子商討河南賑災的事，聽見外頭喊叫，康熙皺眉問道：「外頭怎麼了？」

一個侍衛跑進來說：「回皇上，是德妃娘娘的女官，不知從哪兒跑來的，渾身是血地在馬上大叫呢，被侍衛們圍住了！」

眾人立刻站了起來，康熙說道：「快，讓她進來！」

侍衛答應起身出了大帳，不一會兒的工夫，就見渾身是血的白玉踉踉蹌蹌地走了進來。

「玉兒！」十三驚慌地衝過去把白玉抱了起來。

白玉掙扎著爬到康熙的腳邊哭道：「皇上，我求您救救她們吧！」

康熙皺眉說道：「妳先起來，快說怎麼回事！」

白玉站起身哭道：「我們四個在南邊遇到了一大群狼，她們掩護著我回來求救……可、可她們三個還在狼群裡廝殺呢，也不知道這會兒怎麼樣了……嗚嗚……」

太子和幾個阿哥全看著康熙，康熙皺眉道：「叫齊人馬立刻出發！」

四阿哥等人得到了同意，立刻搶了出去，也不等侍衛們站齊，就催馬跟在白玉的身後衝出了大營。

四阿哥心裡緊張得不行，不敢想像冰珊此時的處境，只一味地猛抽馬屁股，恨不得立刻飛了過去。

八阿哥也著急地打馬，心裡默唸，冰珊啊，妳可千萬不要有事啊！

九阿哥心裡全是青萍那俏皮的一顰一笑，後悔自己不該老和她嘔氣，若是從此再也看不見那閃著戲謔的美目，看不見那嬌柔促狹的微笑，自己的心就疼得像是要撕裂了一般。

十三緊緊護著白玉，看著她淚眼迷濛地往前飛趕，心裡一痛，大聲說道：「玉兒，妳別急，我們一定可以趕到的！」

白玉也不回話，只是執拗地往剛才狼群出現的地方狂奔。

終於，遠遠地看見前方出現一片黑點，白玉大叫道：「在那裡！」

所有人精神一振，一夾馬肚衝了過去。

實在慘烈。

狼群正中央，三個渾身浴血的女子左右拚殺，地上倒著無數狼屍，三人的馬匹早已倒地而亡，現場肅殺得讓人難以承受。

幾人顧不上說話，一邊往前趕，一邊有默契地拿出各自的弓箭，朝狼群射去。

冰珊三人早就累得麻木了，只是機械地揮動手裡的武器，在群狼之中費力地砍殺。

嬌蘭忽然發現自己身旁的狼紛紛倒地，轉頭一看，大叫起來。「看，他們來了！」

青萍和冰珊聞言，也張望了一下，欣喜地大叫。「我們在這兒！」

四阿哥等人已經逼近狼群，身後康熙的大隊人馬也已經趕到，遠處觀戰的頭狼見又有人來，就一長一短地嗥叫起來，狼群開始有組織有步驟地逐漸後退。

阿哥們奮力地砍殺著身邊的狼，逐漸靠近了狼群中間的三人，幾人拚命地和冰珊三人合力屠殺狼群，康熙也指揮侍衛參戰，終於，除了倒地斃命的狼屍外，所有狼都跑了。頭狼站在遠處的坡頂上長聲嘶嗥，狼群也跟著嘶鳴起來，彷彿是在為死去的夥伴送葬，又彷彿是在向人類挑戰，嗥聲久久不歇，迴盪在遼闊寬廣的草原上，分外淒涼。

冰珊看著漸行漸近的四阿哥，扯了扯嘴角。「胤禛……」然後便栽倒在地。

四阿哥連忙跑過去抱起她探了探鼻息，回頭大喊道：「太醫、太醫！快來！」

九阿哥跑到青萍面前焦急地問道：「萍兒，妳怎麼樣了？有沒有受傷？」

青萍笑了笑說：「我嫁給你好不好？」然後就暈倒在地，嚇得九阿哥趕緊把她抱起來，大聲喊道：「萍兒、萍兒，妳醒醒啊！妳別嚇我呀！萍兒……」

這邊，十四阿哥抱著已經昏迷不醒的嬌蘭，滿臉痛苦地在她耳邊低喃。「蘭兒，好蘭兒，妳乖乖的，一會兒讓太醫看看就好了，好蘭兒……」感覺到臉頰潮濕一片，他才知道自己居然哭了。

康熙震驚地看著剛剛廝殺完畢的戰場，也暗自心驚，這三個女子竟然在狼群之中支撐了這麼久，就是男人恐怕也未必能做得到，真是世間少有的奇女子。再看看自己的幾個兒子，懷裡抱著各自喜歡的女人，焦急之情溢於言表，看來，讓他們各自如願也是件好事啊……

他吩咐太醫先診治了一下，待回去後再行治療。太醫給幾人看過後，說：「回皇上，青萍姑娘和嬌蘭姑娘只是輕傷，兼之過於勞累才致昏迷，只要回去好生調養也就是了。只是……」

「只是什麼？」康熙急道。

「只是，年姑娘不知為何，身上的傷最多，且有幾處深可見骨，脈象也最是虛弱，恐怕有些麻煩。」

「什麼？你說什麼?!」四阿哥大聲喝問道。

太醫嚇了一跳，結結巴巴地說：「回四爺，是、是年姑娘的傷勢恐怕有些麻煩。」

「你——」

「胤禛。」康熙喝住他，又向太醫說道：「好好給她醫治，醫不好，提頭來見。」他又看了看幾個兒子，沈聲說道：「你們先回去吧！」

四阿哥、九阿哥、十四阿哥立刻抱著懷裡的人飛奔而去，十三阿哥也護著白玉跟了回去。

八阿哥看著昏迷在四哥懷裡的冰珊，心裡一陣抽痛，不知是因為冰珊受傷，還是因為她倒在四哥的懷裡，那聲「胤禛」，像魔咒似地把他的神經扯得粉碎。

康熙坐在馬上，盯著一地的狼屍默默不語。看這陣勢就知道她們三個必定是相互合作，他想著太醫的話，肯定是冰珊那丫頭打頭陣，拚命護住自己的姊妹。他不覺想起上次擂臺之上，為了嬌蘭，她險些殺人的事，心底暗嘆，若自己的兒子也能這樣就好了，這幾個丫頭倘若生就男兒之身，必定是馳騁沙場的上將，可惜了！

眾人跟在皇上的身後往大營方向跑，跑了一會兒，康熙忽然勒住馬，回頭又看了看屍橫遍野的草原，沈默了半晌，才轉過頭回營去了。

大營裡一片慌亂，德妃派了個丫頭照顧白玉和嬌蘭，得知了這三個丫頭居然在狼群裡殺了兩個時辰，心裡也覺有些欽佩。畢竟是幾個女孩子啊，竟然能在狼群裡保住性命，也算是少有了，待看到胤祥和胤禛難過的樣子就更心疼了。她走過去說道：「你們哥倆也回去歇歇吧，太醫不是說了嗎，她們這是累的，好好睡上一覺就好了。你們兩個男人在這兒也不像話啊，快回去吧。」

兩人對望了一眼，才答應著出了帳子。

在青萍的帳子裡，九阿哥癡癡看著床上雙眼緊閉的嬌顏，嘴裡喃喃地道：「小狐狸，妳要是敢這麼睡下去，爺就把妳的狐狸皮扒下來做褂子，讓妳一輩子都不能離開我……妳把爺的心嚇得都快從腔裡跳出來了，死丫頭、壞丫頭……」

「你好煩啊……」床上的人兒低啞地說道。

九阿哥欣喜地看著她。「萍兒，妳醒了?!」

「我再不醒，你就要拿我做衣裳了！」青萍緩緩睜開眼睛，看著他美麗的眼睛裡居然有淚光隱隱閃動，心裡暖洋洋的。她費力地抬起手，撫上那張比自己還美的臉，低聲笑道：「你還欠我一兩多銀子呢！」

九阿哥輕聲笑道：「是啊，妳快好起來，要多少我都給妳。」握住她的手，心一下子就安定了。

青萍笑說：「我好累，想睡了。」

「嗯，妳睡吧，我守著妳。」九阿哥微笑地看著她漸漸入睡，柔和地一笑，低聲說道：「死狐狸，這輩子，妳也別想從爺的手心裡溜出去了。」

忽然，青萍低喃道：「胤禟，我以後叫你禟禟好不好？」

九阿哥渾身一震，看了看她已然熟睡的容顏，輕聲笑道：「好。」

第十四章 真心

四阿哥守在冰珊的榻前，心痛地看著身上纏著白布、躺在床上無聲無息的人兒，只覺得自己的心一揪一揪地疼。

白天看到她在狼群裡拚殺還不忘分神照顧自己的姊妹，兩人則完全服從她的調度，配合著她四下突擊，雖然不斷地變換位置，可三人始終面向外側，完全不會擔心身後的狼襲擊自己，他心裡震驚得難以言表，自己從來沒有感受過那樣的情感——完全地信任，完全地依賴。

身為愛新覺羅家的子孫，生來就注定了一生都要在權力的漩渦中打滾，永遠沒有出頭之日，永遠不能隨心所欲，幾乎沒有什麼人能全心全意地對待，更別提生死與共了。自己還算幸運，有十三跟在身邊，他不像老八身邊的九阿哥他們似的，支持老八是為了自己的利益，而是一門心思地對待自己。無論自己做什麼，他都會站在自己身邊，大概是自己在幼時對他的照顧讓他銘感於心吧！

如今，眼前這個女子也是個忠肝義膽的人，如果，她也把自己看做和那幾個丫頭一樣重要……應該會吧，那聲「胤禛」，他感覺得出來，那是發自內心的呼喚，看見自己，她才會放心地昏了過去。她對自己是信任的吧？信任自己一定會把他的姊妹照顧好。

這個念頭使得四阿哥不覺微笑起來。「冰兒，妳這傻丫頭，到生死關頭才知道我的好，呵。」他輕笑了一聲。「這樣也好，只有在這種情況下，妳才不會和爺說謊話。冰兒，等妳好了，我就求皇阿瑪把妳給了我，好不好？妳就是不同意，我也一定把妳娶回去，讓妳的美麗只為我一個人綻放，只有我一個人看得見。冰兒，上次，妳咬得我好疼，妳這個壞丫頭……」想起那回的情景，他不禁笑了出來。這丫頭看似冰冷，想不到竟然還能那樣柔情似水。

「妳看，爺的胳膊上被狼抓了好長的一條，等妳好了，我一定要討回來。還有，以後再也不許這麼不愛惜自己了，看妳把自己弄成什麼樣子，爺可不想娶個醜丫頭回去……」

他就這樣絮絮叨叨地說著，彷彿床上的人兒聽得見似的。

帳外，八阿哥無神地站著，聽著裡面四阿哥深情的低語，心裡難受得很。為什麼冰珊選擇了他？為什麼不是自己？我難道比不上他嗎？他又想起那聲「胤禛」，那是如釋重負的感覺，是欣喜的感覺，是信任的感覺，可她居然看都沒看四阿哥身後的自己同樣焦急，同樣心疼，同樣愛戀！

輸了——胤禩，你承認吧！無論你多麼努力，她都不會看你一眼！

瞧了瞧手上被狼抓過的傷痕，他自嘲地一笑，轉身走了。

就在這時，帳簾一挑，康熙皇帝邁步走了進來。四阿哥忙跪下請安。「兒子給皇阿瑪請安，皇阿瑪吉祥。」

「起吧！」康熙波瀾不興地走到冰珊的榻前。「她怎樣了？」

「回皇阿瑪，還是昏迷不醒。」

「嗯，你回去吧。一個阿哥深更半夜待在這裡成什麼樣子？朕已經讓宮女來照顧她了。」康熙的語氣裡似乎有著別的東西，可胤禛不敢深思，恭敬地說道：「是兒子糊塗了。皇阿瑪，兒子告退了。」

「嗯。」看了看四阿哥，康熙皇帝只是擺了擺手，四阿哥忐忑不安地退到了帳外。

「李德全，你先出去吧。」

盯著床上的人，康熙皺眉想著這幾天發生的事。其實，他原想把她給五阿哥的，胤祺為人比較平和，也與朝廷裡的黨爭無甚瓜葛，這丫頭天生傲骨又散漫任性，以五阿哥的性格或許可以容忍她，而老四卻性格孤僻，為人清冷寡情，可是誰想到他居然如此看中這丫頭。而看這丫頭的心思，似乎也在他身上，從上次下藥事件也已經看得出來，冰珊從老四那裡回來後，臉上的神情便告訴他兩人之間發生了什麼，平日冷漠的眼睛裡隱隱閃爍著幸福和快樂的光彩，臉也紅得醉人，該成全他們嗎？

「唔……」床上的人動了下，康熙軒眉一挑。

「胤禛……」細碎的低喃從她口中逸出。

皺了皺眉，康熙低聲說道：「李德全，傳太醫！」然後站起身往外走去。

十四阿哥悄無聲息地溜進了嬌蘭她們的帳篷，一進來，他就愣住了，因為十三阿哥也在。兄弟二人相視一笑，十四阿哥輕笑道：「十三哥也來了？」

「呵呵。」十三輕笑。「你不也來了嗎？」

十四微笑著走到榻前，看著熟睡中的嬌蘭，輕聲問道：「十三哥，您說，她會好嗎？」

「傻小子，太醫不是說過了嗎？她們只是太累了，睡一覺就好了。」他皺了皺眉。「倒是冰珊那丫頭有些麻煩。」

「是啊，若不是她捨命護著……」十四阿哥說不下去了。若不是三人合作，彼此信任有加，又豈能在狼群裡奮戰了兩個時辰？那可是三個女人啊！

「十三哥，她們是什麼樣的女人啊？打架喝酒，刁鑽古怪，可偏又肝膽相照，生死與共。女人該會的她們全都不會，可我就是喜歡她，您說，我是不是有病了？」十四抱著膝蓋，側頭盯著嬌蘭說道。

「呵呵，你小子承認了？」十三阿哥捶了他一拳。「其實，我們喜歡的是她們自由自在、無拘無束的性格，這樣的女人紫禁城裡沒有，你我身邊沒有，恐怕整個大清也沒有。」

「是啊，就她們這種沒有女兒樣子的，全天下也沒幾個。」

「十四，咱倆有多久沒這樣聊天了？」十三阿哥輕聲問。

「嗯，好久了。記得您剛到額娘這兒來的時候，咱倆還老打架呢！呵，十三哥，我還記得有一次咱倆爬上御花園南邊的一棵樹上掏鳥窩，被四哥看見了，罰咱倆在南書房跪了一個時辰呢！」

「是啊，怎麼不記得？不過，四哥是擔心我們啊！」

十四靜默了。他關心的是你……

看他靜默不語，十三心裡知道他是在鬧彆扭，可是自己也不好多說，只隱晦地勸道：「十四弟，其實四哥還是很疼你的。上次，在琉璃場看見了一個西洋的音樂盒，四哥就笑說：『十四準喜歡這個』，當即就買了下來，回來就叫人給你送了過去——」

「十三哥，我明白的，您不用說了。」十四阿哥打斷了他，心裡卻想，那個音樂盒早就被自己扔到一邊去了。

十三阿哥暗自嘆了口氣，心裡不明白為什麼十四就是看不到四哥的好，卻偏偏要和八哥他們攪和在一起？唉！

兩天後，冰珊終於醒了。看著跟前幾張焦急的面容，她淡淡地一笑，嘶啞地說道：「妳們沒事了？」

「嗯。珊，妳把我們快嚇死了……」白玉的眼淚就像斷了線的珍珠似地一串一串往下掉。

嬌蘭哽咽著說：「珊，是我們連累了妳，若不是為了我們，妳就不會受這麼多的傷了。」

青萍也紅著眼睛點了點頭。「珊，這是我們欠妳的。」

「廢話真多。」冰珊微笑道。「我們是朋友啊，要是妳們死了，我拿誰練習啊？」

說得三人都笑了，青萍調侃地道：「我說珊珊，妳現在說話的字數越來越多，幽默感也逐日增加，我們都快適應不了了。」

「哈哈哈哈……」幾人都笑了起來。

冰珊微嗔道：「死狐狸，幾天不收拾妳，妳就要上房揭瓦了。」

白玉也附和道：「是啊，珊，妳快點好起來吧，妳這兩天昏迷著不知道，死狐狸如今以老大自居，常常欺負我們，是吧小辣椒？」

嬌蘭也合作地點了點頭。「可不是，死狐狸如今可是囂張得很，老大，趕快好起來，咱們扒了狐狸皮做披肩！」

青萍一反常態地沒有反駁。「珊，妳要是想教訓我就趕快好起來，否則，我就把她們虐待致死。」

「呿！」兩人白了她一眼。

冰珊溫暖地看著三人，心裡感動。同生共死，世間有幾人可以享受到如此摯深的友情？自己又是何其幸運？

十天後，康熙的鑾駕終於回到了紫禁城。由於冰珊的傷勢尚未痊愈，所以李德全沒有再安排她去乾清宮。

坐在床上，冰珊想著受傷後的幾天裡，四阿哥經常在自己睡後來探望，可他不知道，自己根本沒睡著，只是發現他進來後故意裝睡。她聽著他在自己的耳邊呢喃低語，幸福的感覺就像潮水一樣淹沒了意識。

她輕輕一笑。這個人啊……若是自己清醒著，恐怕打死他也不會說那些話吧？呵，這一點倒是和自己一樣。

她忽然想起八阿哥。那天，她也看見了八阿哥臉上深情痛楚的表情，只是自己無論如何也無法回應，心裡滿滿的都是胤禛，再也容不下其他人了。她欣賞他雷厲風行的處事方法，喜歡他對自己的霸道多情，縱使知道嫁給他就要和他的其他女人共同分享也不後悔。

愛上他了吧？那就絕不放棄，只因愛不僅僅是索取，更多的是給予。

八阿哥站在冰珊的屋外，猶豫著是否要進去。

這幾天，心裡的傷痛已經平息了許多，只是偶爾會疼一下，如果進去注定要再次揭開傷疤，那——就不去了吧。

九弟昨天隱晦地提起了蘭馨，他也明白九弟的意思，蘭馨的家世顯赫，何況也看得出來，那丫頭喜歡自己。老九、老十還有十四——在他們的心裡，自己就是他們的天，是他們可以依靠的人，所以放手吧，就算不是為了自己，也要為幾個信任他的弟弟著想。

只是，心底還是放不下屋裡的人兒，那樣妖嬈美麗，那樣絕世出塵，可惜她的眼裡始終沒有自己。

冰珊，妳不知道嗎？只有我才會給妳一生一世的寵愛，甚至只要妳一個人，可妳為什麼就是看不見？多情應笑我，早生華髮——他苦澀一笑，轉身昂然而去。

青萍兩手托腮、目不轉睛地盯著對面被她看得面紅耳赤的九阿哥胤禟，淺淺地微笑，享受由此而來的愜意。

九阿哥心裡暗暗著惱。這死丫頭，盯著爺的樣子就和爺盯著女人一般，她就不害臊嗎？咳了一聲，九阿哥沈聲問道：「死狐狸，妳死盯著爺幹麼？」

「禟禟……」

一聲呼喚險些讓胤禟從凳子上栽過去。「臭丫頭，妳叫爺什麼呢？」雖然心裡很受用，可嘴上是絕對不能承認，要不，他的面子往哪兒放？

「糖糖啊！」青萍調皮地歪頭，給了他一個勾魂攝魄的媚眼。

胤禟的心跳又不正常了，這丫頭此時的樣子邪魅得要命，勾得他的心癢癢。

哈哈，臉又紅了！青萍在心裡暗自好笑，看著風流的男人居然會敗在自己的手裡，呵呵，看來可沒白修練！

九阿哥狠狠地瞪了她一眼。「死丫頭，玩火是吧？」

青萍微微一笑，坐直了身子，淡淡問道：「九爺，您找我有事嗎？」

九阿哥聞言一愣。是啊，自己幹麼來了？怎麼都忘了？他狠狠地看著青萍恢復了以往疏遠的樣子，心裡還以為自己在作夢呢！死丫頭，拿爺當猴兒耍？

「站過來。」爺今兒就讓妳知道玩火的下場！

「是。」青萍看著他得意的樣子，知道他打的什麼主意，鎮定地走到他面前。「請九爺吩咐。」

九阿哥又好氣又好笑地看著眼前這個一臉淡漠的丫頭，將扇子往桌上一扔，一把就將她拉坐在自己的懷裡，輕聲說道：「鬼丫頭，妳九爺今兒就讓妳知道……」他的臉越湊越近，近得可以看見青萍眼中的緊張和嬌羞，他得意地彎了彎嘴角，忽然——

「十爺?!」青萍驚訝地看著門口叫道。

九阿哥趕忙鬆開她轉頭去看——根本沒有人！他氣急敗壞地瞪著站得遠遠的青萍，咬牙切齒地說道：「死丫頭！狐狸精！勾起人的火就跑了？妳給我過來！」

她呵呵笑道：「我就不過去。」

九阿哥的臉色青白交錯，氣呼呼地站了起來，大踏步走向門口，剛拉開門——

「胤禟。」一個柔媚的呼喚把九阿哥的腳步成功地定在門口。青萍走過來，扳起他的臉，溫柔地印上了一吻。

「轟」的一下，胤禟只覺得剛剛才壓下的慾火一下就竄了上來——

「妳這個死丫頭！」九阿哥站在門外大聲罵道。

本來是要親她的，可是這死狐狸居然趁他不備將他推了出來，順帶把門關得死死的。

青萍在屋裡笑得喘不過氣。死人妖！以為姑娘的熱吻這麼容易就能得到？哈哈哈！

九阿哥站了一會兒就氣呼呼地走了。死狐狸！給爺小心點，下次妳要是跑得了，爺就跟妳姓！

但摸摸被她親過的臉頰，他得意地笑了。

白玉因為還要侍候德妃，所以嬌蘭一人回來了。剛把門關上，還沒轉頭，一隻手就搭在了她肩上，她本能地用兩手一拽、腰一彎，就把身後的人甩了出去。

「是你?!」嬌蘭詫異地看著十四阿哥。

十四阿哥咬牙道：「死丫頭……妳想把爺摔死啊？」虧他底子好，空中一個旋身站在了地上，否則要真被她摔個四腳朝天的傳了出去，他的臉往哪兒擱？

嬌蘭「噗哧」一笑。「我哪知道是你呀？誰教你鬼鬼祟祟的，活該！」

十四阿哥又好氣又好笑地說道：「妳還有理了，我什麼時候鬼鬼祟祟了？是妳自己沒看見，反倒賴起我來了，牙尖嘴利！」

嬌蘭一噘嘴問道：「你幹麼來了？」

「我想妳了，來看看妳。」十四笑咪咪地走到她跟前。「蘭兒，妳想我了嗎？」

「不想。」嬌蘭的臉一揚，傲慢地說道。

「壞丫頭，誰准許妳不想的，嗯？」十四抬著她的下巴，佯作生氣地問道。

嬌蘭微笑道：「我呀，是我准許自己不想你的。」

「哼，爺命令妳從現在開始每天想我一百遍，少想一遍都不許吃飯。」

「呿，你以為你是誰啊？還一百遍，想得美呢你！」嬌蘭打開他的手，走到桌前倒了杯水剛要喝，卻被十四搶了過去。

「懶蟲！不會自己倒啊？」嬌蘭斜了他一眼。

「妳見過有哪個阿哥是自己倒水喝的？」十四倨傲地揚了揚眉毛，日光下，他英挺的五官有如神話中的阿波羅一般耀眼，教嬌蘭直直地看著他——原來，他長得這樣好看啊！

「看呆了？呵呵，我知道我長得好，可妳也不用看得口水橫流吧？」他戲謔地拿手在嬌蘭的眼前晃了晃說。

「臭美！自戀！水仙花！」嬌蘭一口氣說了一堆。

「水仙花？什麼意思？」十四阿哥皺著眉問道。

「就是形容你。」她懶得和他解釋這個。

見她不願多說，十四也不追問，攬過她笑問：「蘭兒，我去跟額娘討妳好不好？」

嬌蘭白他一眼。「不好。」

「為什麼？」十四不樂意了。

「不為什麼，就是現在還不想嫁。」嬌蘭聳了聳肩，不甚在意地說。

「幹麼不想嫁給我，妳想嫁誰？」十四阿哥陰森森地問道。

撇了撇嘴，她淡淡地說：「哪有這麼容易就讓你稱心的？你當買東西啊？看上了就掏錢，買回去一扔就完了！」

十四氣笑道：「我什麼時候說把妳一扔就完了啊？」

嬌蘭氣呼呼地說：「你敢說你家裡沒有女人嗎？」

十四阿哥恍然大悟。「喔，原來妳說的是這個啊！我是有啊，哪個阿哥身邊沒有女人了？再說那都是皇阿瑪賜的婚，我難道還抗旨嗎？」

她不屑地將臉轉向一邊。

「蘭兒，妳吃醋啦？」他賊兮兮地問道。

「誰吃醋了?!我才沒有！」她嘴硬地不肯承認，怎能不在意他有別的女人呢？若說不在意就是自欺欺人了。

「呵，妳不承認也沒關係，反正我知道。」十四得意地一笑。「蘭兒，」抬起她的下巴。「我最喜歡看妳吃醋的樣子了。」

她那氣鼓鼓的雙頰，圓睜的杏眼，微噘的紅唇。「蘭兒……」他慢慢地吻住她，溫柔地觸碰著、舔咬著，撬開她的雙唇，勾起裡面香滑的嫩舌，滿意地聽到她嘴裡逸出一連串銷魂的呻吟。

白玉一進門就看見如此香豔的一幕，忍不住調侃道：「我說，你們倆餓昏頭了吧？怎麼自己就啃起來了呢？口水好吃嗎？」

「死人骨頭！妳閉嘴！」嬌蘭羞惱地推開十四罵道。

十四阿哥暗惱白玉來的不是時候，聽她出言諷刺，就反唇相稽。「沒麻花好吃。」早就聽說過這個麻花的典故了。

「哈哈哈……」嬌蘭聞言立刻笑了起來。「活該！」

「呿，你們兩人欺負我一個人，哼。」白玉紅著臉說。

十四阿哥看了看嬌蘭，笑說道：「我先走了。」他走到白玉跟前，笑了笑說：「一會兒我就問問十三哥這麻花好不好吃，哈哈哈哈……」

「你——可惡！」白玉氣得跳腳，人家卻昂首挺胸地走人了。她回過頭瞪著笑得花枝亂顫的嬌蘭，氣呼呼地說：「小辣椒，妳小心把下巴笑掉了！」

「我不怕！哼，氣死妳！啦啦啦啦啦……」嬌蘭得意地一邊躲著白玉的進攻，一邊搖頭晃腦地瞎哼。

第十五章　辦差

河南又發水患了，這次的差事依然是四阿哥和十三阿哥的事。

說起來還是十三聰明，悄悄地求了德妃把白玉要去了，不僅如此，他還慫恿德妃去和康熙把冰珊也要來，四阿哥知道的時候，康熙已答應了，這讓四阿哥心裡既高興又緊張。高興還可以理解，可這緊張是因為什麼，他自己都不明白了。

四人在一路上感情大增，冰珊和白玉在芳心暗許的情況下，對兩個阿哥好得不得了，十三阿哥最希望的就是趕快回京把白玉討來做老婆，四阿哥自然也是這樣想的，因此有了充足的動力，辦起差事來也格外賣力。

終於在兩個月後，一行人心情愉快地踏上了回京的路。再一次來到安陽時，幾人依然住在仙客來客棧。到時已經是中午了，一行人吃了飯休息一會兒，十三提議到街上再逛逛，四阿哥想了想，覺得此次差事辦得順利，比預計的時間有所提前，耽擱一下並不是問題，就答應了。

冰珊和白玉換上男裝，與四阿哥他們一同在安陽城的大街上閒逛。兩個姑娘好久未曾出宮，頓時覺得新鮮起來，一會兒看看這個，一會兒摸摸那個，玩得不亦樂乎，只苦了身後跟著侍候的高福幾人，手裡提著一堆女人家用的玩意兒，什麼扇子香袋、胭脂香粉、筆墨紙硯、手帕絲巾、釵環首飾、當地特產和小吃……白玉居然還買了一個半人高的花瓶，高福趕緊讓人送了回去，心裡暗自祈禱，可別再讓這姑奶奶看見啥好東西了，否則，十三爺恐怕就要破產了，而他們八成就得累死了。

其實，她買的東西都便宜得很，挑的東西雖然多，卻花不了幾個錢，冰珊詫異地問她為什麼光買些不值錢的小玩意兒，白玉悄悄和她說：「男人掏錢的樣子最帥了，我就喜歡看十三給我掏錢時的樣子——玉，喜歡嗎？喜歡咱就買！聽聽，多美妙的聲音啊！」

翻了個白眼，冰珊徹底無語了。

後來，她實在受不了每逢十三阿哥從懷裡掏錢時，白玉那一臉花癡的樣子，就走過去一把奪過十三阿哥的錢袋，說道：「你把錢都給她，我們就不用跟著受罪了。」

說得十三和四阿哥都愣愣的，冰珊解釋道：「你以為她喜歡那些東西啊？她喜歡的是看你掏錢的樣子！」她說完就把錢袋塞到白玉的手裡道：「回去以後，妳讓他慢慢地掏給妳看。」

白玉噘著嘴。「什麼嘛，那有什麼意思？」

兄弟二人聞言一愣，半晌，十三阿哥才嗤笑道：「玉玉，妳喜歡看我掏錢的樣子？哈哈哈哈……」

四阿哥忍笑道：「妳的喜好還真特別。」

後邊高福等人氣得直翻白眼，心想十三爺怎麼看上這麼個主兒，簡直就是有病！

幾人說說笑笑地往回走，快到仙客來的時候，忽然打斜邊裡竄出幾個蒙面人，朝他們衝過來了，幾人一時之間有些反應不過來，只聽為首那人大喝：「清狗！拿命來！」一擺手中長劍就朝幾人刺了過來。

四人出來都未帶兵器，身後又只有高福等三個隨從，對方卻有十數人之多，場面頓時混亂起來。

十三阿哥對冰珊大喊：「保護好四哥！」自己卻挺身和那人打了起來。白玉擔心十三的安全，知道自己幫不上忙，只好和冰珊一左一右護在四阿哥身邊。

冰珊對高福嚷道：「快回去叫人，把我們的武器拿來！」高福趕緊答應著，瞅個機會撒腿跑了，另外兩個本身倒還有些功夫，可此時敵眾我寡，自顧尚且不暇，更別提保護四阿哥了。

四阿哥的武藝一般，尚可勉強維持，就對冰珊說道：「冰兒，妳去幫幫十三弟，我這裡還支持得住。」

冰珊看了看四周，圍著十三的最多，大概有八、九個，他們這邊也有五、六個，那兩個侍衛身邊還有幾個，若把侍衛喚回，還勉強可以支援一會兒，她就對白玉大喊道：「護著四爺退到牆邊！妳自己小心！」

說完，她踢開跟前的人，竄到十三的身邊說道：「十三，咱們慢慢地和四爺會合到一起，等高福叫人來後再說。」十三阿哥點點頭，兩人相互配合著往四阿哥那邊移動。

高福領著十幾個大內侍衛，抱著幾人的兵器氣喘吁吁地跑來，局勢立刻有了變化，十三和冰珊將武器握在手裡，相視一笑，頓覺豪氣沖天。

四阿哥在幾個侍衛的保護下也不再狼狽了，只聽他大聲喝道：「都住手！」

所有人看向他，四阿哥冷冷地問道：「爾等何人？為何在光天化日之下行此勾當？」

對方為首之人冷笑道：「我們是誰，你不必知道，只要我們知道你是誰就行了！」

四阿哥想了想說：「你們是天地會的？」

那人明顯一愣，隨即罵道：「清狗！今日就是你的死期，你納命來吧！」說著就衝了過來。

十三阿哥攔住他的劍，冷笑道：「就憑你們幾個毛賊也配要爺納命來？呸，今兒就讓你知道爺的厲害！」他一擺手中長劍，和那人打了起來，旁邊眾人一見，也開始繼續剛才的打鬥。

冰珊長刀在手，立刻殺氣騰騰地加入了戰局。可惜她從未殺過人，因此下手也不夠凶狠，致使許多機會都白白溜走。對方見她雖然招式新奇古怪不好對付，卻下手不狠，又無甚內力，留下兩、三個人足夠應付了，漸漸地轉移目標，往四阿哥那邊移了過去。

白玉急得大喊。「珊，妳手下留情，人家可是想要妳的命呢！」她手裡執著短刀，左支右搪，四阿哥心裡著急，卻也知道冰珊從未殺過人，自然下不了手，可眼下的情勢不容她心軟……他眉頭一皺，計上心來，故意賣個破綻，讓自己的右臂恰到好處地讓對方的刀子劃了一下，不過雖是有意卻也傷得不輕，鮮血立刻流了出來。他悶哼一聲，閃到了一邊。

高福等人和白玉立刻驚叫起來。「珊，四爺受傷了！」

「爺，您怎樣？」高福忙跑過來焦急詢問。

「四哥！」十三阿哥無法分身，只好焦急地喊。

冰珊的心一顫，踢開對手，回頭看見四阿哥滿臉蒼白，臂上血流如注，正倚在高福的懷裡關切地望著自己，頓覺渾身的細胞都癲狂了。都怪自己婦人之仁，否則胤禛怎會受傷？她悲鳴一聲，長刀立刻換了招式，大開大合，劈、砍、扎、刺。

對方原本看她並無過人之處，萬沒想到突然就瘋狂起來，不備之下立刻慌了手腳，刀過之處頓時鮮血橫飛。

高福幾人目瞪口呆地看著陷入瘋狂的冰珊，心下駭異。對方眼見冰珊瘋狂的打法也不禁有些吃驚，哪有人打鬥不顧自身死活的？這女人瘋虎一般，將己方兩、三個人都砍翻在地了，為首之人眼見十三阿哥和自己不相上下，那個女人又一反常態地忽然厲害起來，十幾個大內侍衛也不是吃軟飯的，估摸著時間，官府的人馬上也會到來，知道今次行動已告失敗，就找了個機會騰身一躍，跳上對面的屋頂，大聲說道：「今日暫且放過爾等，來日必將取爾等首級以告天地！」底下的人也跟著掙扎著跑了。

那人卻在臨走時深深地看了呆立的冰珊一眼，之後一個縱身就不見了蹤影。

冰珊愣愣地站在原地，看著地上屍體，心裡不停地喊：我殺人了！我殺人了！我殺人了……

十三阿哥走過來拍了拍她的肩膀。「厲害！」卻見到她空洞的眼神和茫然的神情，心裡詫異，問道：「妳怎麼了？」

冰珊喃喃地說道：「我殺人了……」

「呵呵，我還當什麼呢，不就是殺人嗎？有什麼了不起的？」十三輕笑著往四阿哥身邊走。

「四哥，你傷得怎樣？」十三阿哥走到四阿哥身邊皺眉問道，卻見他並不答話，順著視線一看，原來冰珊還站在那兒沒動，他不覺也皺了皺眉。

四阿哥皺眉看著冰珊的神態，知道她是受了刺激，若是不讓她回過神來，恐怕就要留下夢魘了，連忙扯著嗓子喊了聲疼，嚇了高福一跳。

果然，冰珊的臉轉了過來，毫無焦距的眼睛終於看到他，她愣了一下才疾步走了過來。「胤禎，你的傷勢如何？讓我看看。」情急之下，她倒是顧不得殺人的事了。

四阿哥安慰她。「不礙事的，妳受傷了嗎？」

她搖搖頭，仔細地看了看，攙著他往客棧走。這時，安陽縣的衙役兵丁也終於趕到了。

「什麼人當街械鬥，給我抓起來！」班頭大聲吆喝著讓衙役抓人。

四阿哥的兩眼寒光一閃，對高福說道：「爺沒工夫理這幫兔崽子，你去告訴他們，讓他們給爺滾得遠遠的。」

高福答應著跑去和那班頭周旋，見他不信，就掏出欽差的大印。班頭心裡有些害怕，知道最近朝廷裡派了兩位阿哥到河南盤察水患一事，日前已經完事走了，昨天，縣太爺還說這兩位主子八成得從這兒回去，要是巴結上了，可就前程無憂，不過這兩位爺都是古怪脾氣，四爺是個出了名的「冷面王」，十三阿哥卻是個面善心狠的阿哥爺，巴結也未必巴結得上，只保佑這二位順順當當地從這兒過去——

難道真是這幾個人？他有些不敢想了，要真是兩個阿哥在這裡被人打了，恐怕……他哆嗦了下，立刻小跑著回衙門報信去了。

回到客棧，幾人立刻忙了起來。請大夫的、包紮傷口的，忙得不亦樂乎。

冰珊讓白玉打了熱水，化了些鹽，用乾淨的布蘸著輕輕擦拭傷口的周圍。四阿哥抬眼看著她緊皺的眉頭，忍著疼說道：「不要緊的。」

誰知他這一開口，卻讓冰珊的眼圈一紅。「都怪我……」

「怎麼會怪妳呢？一個女兒家哪裡經過這種陣仗，又如何下得了狠手？行了，別自責了……」

「四哥，大夫來了。」十三阿哥領著一個郎中走了進來，冰珊趕緊閃到一邊讓大夫過來檢視。大夫看了看，又把了把脈，說：「不礙事的，搽上刀傷藥靜靜養傷就行，別碰水別用力即可。」說完就留了藥去了。

十三阿哥對四阿哥說道：「還是用咱們自己帶的藥吧，大內的藥總比外頭的強些。」四阿哥點了點頭，十三阿哥便從懷裡掏出了一個白色的瓷瓶遞過來。

冰珊接過瓷瓶，拉過他的胳膊，往傷口上倒了些藥，又拿布小心地裹好，才輕吁口氣，把瓷瓶還給十三阿哥，自己站到了一邊。

四阿哥皺眉對十三阿哥說道：「十三，那些個混帳東西來了，你就給我打發了，我不想見他們。今兒就住這兒，明兒一早動身回京。」

「四哥，您看今天這些人是天地會的嗎？」十三阿哥思索著。

「恐怕是的。」四阿哥低頭想了想。「那些人恐怕還不死心，讓他們晚上警醒著點。」

「嗯，知道了。」十三答應著，看了看一旁愣怔的冰珊，說道：「四哥，您休息吧，我們出去了。」說完就拉著白玉走了出去。

四阿哥注視著站在窗前一語不發的冰珊，心裡明白她還沒緩過來，溫和地說：「冰兒，妳來。」

冰珊回頭看了他一眼，沈默地走到床前。四阿哥將她拉坐在身邊，左手環住她的腰身。「可是為了殺人的事？」見她顫了一下，心疼地說道：「這是生死拚殺，就和妳上次在狼群裡一樣，妳不殺他，他就會殺妳。」

「可那是狼，這是人，看著鮮活的生命在自己的手中消失……」瑟縮了一下，冰珊只覺得自己渾身犯冷，腦子裡全是剛才那血淋淋的一幕。

緊了緊手臂，四阿哥低聲說道：「冰兒，忘了吧，只當那是一場惡夢好了。」

身子一震，冰珊低聲道：「這是我第一次殺人──」

「好了，別再想了。」他打斷她的話，生怕她又想起剛才的情形。「冰兒，妳是不是覺得我很冷酷？」他猶豫地開口問道。

冰珊思索著。「有一點。不過，在某些方面我也一樣，只是我們的目的是不一樣的。」想起自己在現代時和別人做生意，談條件也是無所不用其極，她為的是俱樂部蒸蒸日上，而他為的是江山社稷，這也算是殊途同歸吧？

「嘶！」四阿哥微一皺眉，吸了口氣。

「又疼了嗎？讓我看看。」急忙拉起他的胳膊檢查，果然有些出血。冰珊懊惱地要下地找十三阿哥要傷藥，卻冷不防被四阿哥撲倒在床上。只聽他邪惡地說道：「傷口雖然疼，可不及心裡疼，妳來給爺治治。」說完，他就狠狠地吻住她。

突如其來的一吻使冰珊有些糊塗，待回過神來，她推開他皺眉問道：「你的傷……」

「不要緊。」他埋在她的頸間，語焉不詳地咕噥著。

「那就讓你流血致死好了！」氣他的不在意，冰珊咬了他的耳朵一下，氣呼呼地說道。

「呵呵，這個調調兒爺喜歡，還從沒人說讓爺流血致死呢，呵。」得意地一笑，四阿哥壓在她的身上輕笑道。

「變態！」冰珊嗤之以鼻地白了他一眼。

「妳說什麼？」

他的臉色好像黑了？呵呵！

她捧住他的臉，柔聲說道：「我喜歡你的眉、你的眼睛、你的鼻子、你的唇……」每說一句，就在相應的位置上輕吻一下，待她說到唇時，胤禛那少得可憐的自制力早就飛到天外去了，瘋狂地在她的臉上、耳上、脖子上吻個不停，手也不停地撫摸起來。冰珊隨著他的逗引已是嬌喘連連，誘人的呻吟如天籟一般流進胤禛的耳朵，使他更加肆無忌憚。

「四哥……」十三阿哥的聲音在見到床上令人臉紅心跳的一幕後戛然而止。

「出去！」某人氣急敗壞的聲音如一根巨大的木棒，把可憐的十三阿哥從屋裡掄了出去。

「哈哈、哈哈哈哈……」冰珊終於忍不住大笑起來。

胤禛此時的臉色可以用五顏六色來形容了。這個傻瓜，上次欲行不軌被自己摔到了床下，這回好不容易自己不再抗拒了，卻被他弟弟打攪，不過這樣也好，自己對於婚前的這種行為還是很在意的，只是剛才被他逗弄得情不自禁，他還真是個調情的高手。

四阿哥惱怒地瞪著被自己壓在身下笑得囂張的女人，使勁地咬了她的脖子一口，才戀戀不捨地爬了起來，一邊整理衣服，一邊在心裡琢磨著該如何「感謝」一下十三，這個及時制止他「犯錯」的好弟弟！

白玉納悶地看著轉圈似地走來走去的十三阿哥，皺眉問道：「胤祥，你怎麼了？」

十三阿哥苦著臉。「我完了！」

「怎麼了？」白玉不禁心急起來。

「我、我、我剛才去四哥那裡想問他些事，誰知就看見、看見他們，他們那個……」十三阿哥不知該如何跟白玉說這種事，只好支支吾吾的。

白玉的臉色一變。「你說你四哥把珊珊吃了？」她瞇起眼睛，口氣有些森然。

「沒有，應該沒有，要不我怎麼說我完了呢？」十三阿哥雙手緊搖。要是真的吃乾抹淨了，我就不會有什麼危險了，可如今……聽四哥的語氣，根本就是還沒得逞嘛！我的額娘啊，現在我就跑回京行不行啊？

第十六章 暗算

回到京城，照例是先要見過皇上，覆了旨才能回家。

一行人趕到京城的時候已是下午，只好先宿在驛館。

第二日一早，四人趕緊回宮去了。四阿哥和十三阿哥去向康熙彙報工作，白玉和冰珊也各自回去收拾東西了。

下午，乾清宮的東暖閣裡，康熙看著階下更見冷漠的冰珊，淡淡地問道：「聽說妳這回殺人了？」

「情非得已。」她淡淡的語氣彷彿在閒話家常一般。

「嗯，妳倒是知道當機立斷啊。」聽不出喜怒的口氣。

「當斷不斷，反受其亂。」她心中一痛，若是自己早下決斷，胤禛也不會受傷了。

「很好，妳下去吧。」康熙沒有錯過她眼中一閃而逝的心痛。看來，她和老四已經是兩情相悅了，既然如此，倒是不能把她給老五了。

「是，謝皇上。」福身退出了大殿，冰珊回到自己屋裡。

一進門，身後就有人摟住她的腰身，她驚呼一聲，反手一個過肩摔就把那人按在地上。

胤禛齜牙咧嘴地被她用腿壓在地上，惱怒地說道：「是我！」

「啊？你怎麼在這兒？」冰珊好笑地拉起趴在地上的四阿哥，忍著笑給他拍拍身上的灰塵。

「死丫頭，妳想把妳四爺摔死啊？」他沒好氣白了她一眼，心想，看來以後就把這企圖給她驚喜的舉動省了吧，否則早晚得被她摔散了。

「幹麼來了？你不是要回家嗎？」撇下一臉哀怨的四阿哥，逕自走到桌邊倒了杯水喝。

「這就回去。對了，這個給妳。」他從懷裡掏出一個盒子，遞到她的手中。

「什麼？」她疑惑地打開盒子——一支通體瑩白的羊脂玉簪子靜靜地躺在盒子裡。「謝謝你……」她真感動於他的細心，那天打鬥之後，自己往常用的簪子掉在地上摔碎了，而後她用的一直是白玉的，想不到他居然有心地送了她這個。

「喜歡嗎？」四阿哥含笑看著她把玩簪子的樣子，暗自高興自己選對了禮物。

「喜歡。」她回他一個溫柔的微笑，順便把被電暈的他請出了門。

四阿哥又好氣又好笑地被冰珊溫柔地掃出門外，笑了笑，轉身走了。

宜蘭院內，青萍焦急地等著蘭馨和梓月兩個丫頭。

死丫頭還不來，珊她們今天回來了，我還想藉著這兩個搗蛋鬼溜出去看看她們呢！可惡！

九阿哥邁步踱進了宜蘭院，心裡琢磨著最近一直困擾著自己的一個難題，那就是如何能在小狐狸那裡佔到便宜。

自從那次被她主動吻過一次之後，他再也沒得手，想起兩人幾次的交鋒，九阿哥禁不住要仰天長嘯了。

第一次，青萍利用九阿哥喜歡吃甜食的特點，用一碗冰糖銀耳將他順利地請出了大門。

第二次，九阿哥剛要「一逞獸慾」，被「恰巧」過來的十阿哥當場撞破。

第三次，死狐狸假意順從，趁其不備，一個過肩摔將他甩到了門口，結果因他的腰微有損傷，之後多日未再出現……

今天，九阿哥打定主意一定要得到美人的香吻，邁著堅定的步伐，懷著必勝的決心來到了青萍的小屋。

青萍盯著一臉堅決的九阿哥，知道他的來意，也正好借助他來實現自己「蹺班」的願望。她溫柔一笑，嬌羞地看著九阿哥說道：「九爺吉祥。」

瞇了瞇眼睛，九阿哥警惕地看著眼前低眉順眼的小狐狸，心裡琢磨著她在玩什麼花樣。「起吧！」他謹慎地盯著她款款走到自己身邊，親親熱熱地挽著自己的手臂走到桌邊坐下，又狗腿地倒了水遞了過來。

看了看她手中的杯子，他心想，該不會給爺下了藥吧？

「九爺？」青萍看著他一臉戒慎，心下暗自好笑。這傻小子，被自己整怕了！

「喔，先放著吧。」一定有鬼！爺才不上當哩！

「九爺來此何事？」她若無其事地放下杯子，坐到邊上問。

「嗯？沒事。」話一出口他就後悔了，什麼叫沒事啊？

「那九爺這是……」她忽然閃著小鹿斑比一樣的眼神，楚楚可憐地看著他。

「嗯哼！」死丫頭，爺的心跳又不正常了！「爺來看看妳。」這個理由勉強說得過去。

「喔，謝謝九爺惦記。唉……」她幽怨地嘆了一聲，將九阿哥的心思成功地吸引過來。

「怎麼了？好好的嘆什麼氣？」他皺眉問道。

「珊珊回來了，我好多日子沒見她了，好想她喔！可是，我又不能出去……唉。」幽怨的聲音配上怨婦般的神色，九阿哥看得好生心疼。

對了，老四他們回來了，聽說在路上遇到了刺客，哼，活該！怎麼讓他躲過去了呢？小狐狸和那冷冰冰的丫頭姊妹情深，想來是思念得緊了，也罷，爺今兒就做回好事，不過不乘機索取一些好處，爺可不幹！

「這好辦，讓小路子回了娘娘，就說我讓妳跟我出去一下。」他擺出阿哥的架子。

「真的？太好了！謝謝九爺！」青萍興奮地跳了起來。

「不過，妳九爺可不能白白幫妳在娘娘那兒扯謊吧？」他搓著下巴，邪笑著問道。

嗔怪地白他一眼，青萍不意外地看見他眼裡一閃而逝的驚豔。

「禟禟——」

九阿哥被這聲又嬌又嗲的呼喚酥得渾身發軟，努力鎮定自己的身心，他故作不屑地端起茶杯喝了一口——口乾舌燥啦！

哼，死人妖！還挺會裝的嘛！她再努力！

「禟禟——你幹麼不理人家？」她抱怨地噘起紅唇，不依地扭了扭身子。

「噗——」他一口茶全都噴在了青萍的衣服上。

青萍咬牙切齒地瞪著坐在那兒咳嗽不止的九阿哥，心裡把他的十八代祖宗罵了一遍，臉上還得做出不在意的樣子，走到他的身後「溫柔」地拍打他後背。

「咳、咳、咳……妳輕點！」再拍，爺就散了！

「喔。」減弱了拍打的力道，青萍小心翼翼地問道：「九爺，您到底帶不帶我去呀？」

「嗯。」終於順過氣的九阿哥，回手將她拉至身前，瞇著眼睛說道：「死丫頭，看妳這回還往哪兒跑？」

誰知青萍卻一反常態地勾住了他的脖子，膩聲說道：「九爺，您先帶人家去見見冰珊，回來再……要不，人家都沒心思了。」

「真的？」九阿哥有些不信。

「嗯，我發誓。好了，九爺，咱們先走吧！」青萍趕緊要拉起他走人，卻被他使勁拽住了。

「等等，爺得先要點利息。」他猛地伏下頭，狠狠地吻住懷裡這個狡猾的丫頭。

「唔……」犧牲色相了，青萍心裡翻了個白眼。不過，他的技術還真不是蓋的，想來經驗不少……可惡的傢伙，將來再收拾你！

終於饜足的九阿哥氣喘吁吁地看著被他吻得「嬌羞」無比的青萍，得意地一笑。哈哈，爺就說嘛！少有女人會不栽到爺的手裡！

「九爺，我們走吧。」她故作羞澀地起身，拉著九阿哥的手走到門口。「九爺先請。」

「嗯。」趾高氣揚地搖著手裡的扇子，他得意地邁出了屋門，沒看見身後的青萍雙手做出掐他脖子的動作——

長春宮中，十四阿哥窩在嬌蘭和白玉同住的小屋裡，因為白玉當值，所以他愜意地享受小辣椒難得的溫柔服務——給他削蘋果。

「蘭兒，妳到底要不要嫁給我？」嚼著美人送到嘴裡的蘋果，含混不清地問一句。

嬌蘭連眼皮都沒抬，隨意地給了他兩個字。「不要。」這該死的蘋果，怎麼這麼難侍候？

「為什麼？」陰沈著臉，十四阿哥捉住她的手問道。

「不為什麼。」莫名其妙！甩開他的手，嬌蘭繼續削下一個蘋果。她就不信，今兒就削不出一個完整的蘋果來！

瞥了一眼盤子裡支離破碎的果肉和地上的蘋果皮，嬌蘭暗下決心，一定要完成「大業」。

奪過她手中的蘋果，使勁扔到了門口，十四氣急敗壞地罵道：「小辣椒，妳拿爺當猴耍啊？」

「嘖嘖嘖，你哪裡像猴了？大言不慚。」嬌蘭閒閒地又拿起一個蘋果——結果又被扔了出去，再拿一個，還是同樣的下場。

嘿，嬌蘭掃了十四一眼，皺了皺眉又拿了一個，兩人就開始「樂此不疲」地玩起妳拿我扔的遊戲來了。

終於，十四阿哥的耐性用光了，站起來瞪著那個依舊坐在那兒，企圖再找出一個完整的蘋果繼續她虐待工程的可惡女人，大吼道：「早就沒了，全讓妳削爛了！還找?!」

嬌蘭吃驚地抬起頭，像看怪物似地看著眼前暴跳如雷的男人。「你瘋了？吼什麼啊，比嗓門大啊？」

「你——」十四阿哥氣得簡直想自殺了。

「需要豆腐嗎？」嬌蘭微笑著問道。

「豆腐？幹麼？」十四阿哥沒好氣地問道。

「我看你似乎想要結束這燦爛光輝的一生，以為你會需要豆腐作為輔助工具。」聳了聳肩，她沒事似地說道。

「妳——妳——」十四阿哥想了半天，終於明白她的意思，氣得直哆嗦，話也說不俐落了。

「我看，現在大概用不著了。」嬌蘭用氣死人不償命的語氣繼續澆油。死小子，敢把我的蘋果都扔了，哼！氣死你！

「妳個沒心沒肺的女人，枉我如此費心地待妳！」十四阿哥的語氣沈重，臉色也有些難看了。

「哈哈！哈哈哈哈……」嬌蘭忍不住大笑起來，真是個一根筋的傻子，不過，她喜歡！

十四阿哥有些跟不上她的思維，不明白這個可惡的女人在玩什麼花樣，只好處變不驚地看著她。

笑夠了，嬌蘭走過來，撫平他緊皺的眉頭，輕聲問道：「在氣什麼？」

無語問蒼天啊！十四阿哥此時真有欲哭無淚的感覺。他捺住性子，沈聲問道：「妳為什麼不願嫁我？」

她皺著眉。「我說過嗎？」

十四阿哥翻了個白眼，咬牙切齒地說道：「妳剛剛說完！」

「我怎麼沒印象了？」思索了一會兒，她恍然大悟地說：「喔，你問的是這個啊？」

「妳以為呢？」他可憐的心，怎麼此時有些堵得慌呢？

「呵，我以為你問我吃不吃蘋果呢！」

「天！」十四阿哥忽覺眼前一陣發黑。我這是招誰惹誰了？

「喂，十四，你還好吧？」手在他眼前晃了晃，她噘著嘴說道：「就因為這個，你把蘋果都扔了？討厭，我還想削出一個完整的給你吃呢！」

還吃?!額娘啊！爺都吃了五、六個了！不知道一會兒會不會拉肚子！

「好了，不吃就不吃吧，下回再削給你。」嬌蘭見他氣色不善，委曲求全地說道。

「我發誓，要是我再吃蘋果，我就是豬！」十四阿哥磨著牙說道。

她撇撇嘴，這傢伙還真古怪。

「嬌蘭，我問妳，妳到底願不願意嫁給我？」要緊的事可不能忘了，否則這蘋果就白吃了。

「隨便吧，反正我早晚都得嫁人，嫁給你也不錯。」無所謂地揮了揮手，嬌蘭轉身研究盤裡的蘋果到底哪個削得好一些。

十四阿哥聽完先是驚喜，繼而覺得不是滋味。什麼叫「我反正早晚都得嫁人」？什麼又叫「嫁你也不錯」？好像嫁給爺是無奈之下的選擇似的！

「小辣椒兒——」提高了聲音，他惡狠狠地扳過她的身子，使勁地吻她。

「唔……」嬌蘭先是驚慌，然後就變成享受了，因為十四阿哥的狂野一觸到她的唇，也漸漸地溫柔起來。

「唉喲，誰呀這是？亂扔果皮，摔死我了！」白玉一進門就踩在一個蘋果上，可憐她還穿著花盆底，結果就摔了個仰面朝天。

熱吻之中的兩人先是一驚，繼而哈哈大笑起來。

「還笑？可惡！你們倆纏綿的前奏可真是與眾不同啊！」白玉氣惱地爬起來，扶著腰一瘸一拐地走到床上坐下。「小辣椒，妳得負責給我揉腰，否則妳就替我站崗去。」

忍著笑點了點頭，嬌蘭推開十四阿哥說道：「行，我負責。」她轉頭向十四笑道：「你先去吧。」

十四阿哥點點頭，幸災樂禍地瞅了瞅齜牙咧嘴的白玉，小心地繞過一地的狼籍出門走了。

乾清宮的大殿上，冰珊站在康熙的身後，冷眼看著底下眾人蠅營狗苟的愚蠢樣子，心裡難免替康熙難過。

做一個皇帝也不容易啊，明知底下的都在說謊，還得假裝什麼都不知道地心甘情願被他們蒙蔽，哼，不知道康熙在聽他們廢話的時候，心裡會不會罵娘？

想著想著，她忽覺一道炙熱的目光緊緊地盯著自己，她微抬眼皮看了看，沒有人啊，她皺了皺眉，或許是自己太過多疑了。

散朝之後，一個面生的小太監恭恭敬敬地敲了冰珊的門。

「年姑娘，太子有請。」

「太子？什麼事？」她狐疑地問這個小太監。

小太監搖了搖頭說：「奴才不知道，請姑娘這就去吧。」

她無奈地帶上門，滿懷疑問地跟在小太監的身後到了毓慶宮，隨著那小太監七拐八繞地走進了一間屋子。

「姑娘稍候。」那小太監彎了彎腰，就帶上門走了。

冰珊站在原地四處打量，這毓慶宮還真是裝潢一流，鍍金的彩繪、氣派的家具、貴重的擺設無一不是世間珍品，好奢侈啊！

等了小半個時辰，冰珊的耐心終於用罄，正在考慮是一聲不響地走人呢？還是喊出一個人說一聲再走？

「年姑娘請用茶，太子爺正在寫字，還請姑娘稍候片刻。另外，太子爺說了，讓姑娘坐下等。」一個眉清目秀的小宮女端著一杯茶走到冰珊跟前，微笑說道。

她皺了皺眉，勉強壓下心裡的不悅，點點頭坐了下來。

那小宮女福了福身，轉身走了。

冰珊的手指在桌上輕輕敲著，一邊思索太子的用意，一邊強自壓下心中的煩躁。這傢伙，真可惡，竟然晾了她這麼久！

「年姑娘。」太子溫文爾雅地踱了出來。「讓姑娘久候了。」

冰珊趕快起身，福了福身淡淡地道：「太子爺客氣了。不知太子爺召喚冰珊有何事？」

「呵呵，年姑娘真是快人快語啊，難怪會得到皇阿瑪的寵愛。」太子微笑著坐在了屋內正中的椅子上。「糊塗東西，還不快給姑娘上茶？」

一旁侍立的宮女忙著重新給冰珊換了茶水，冰珊略一欠身，轉向首座問道：「太子爺有何吩咐，還望明示。」

「嗯，是這樣的，我聽說這次四弟和十三弟出外辦差遇險了，想知道事情的經過。可是四弟他們怕我擔心，始終不肯告訴我，底下的人又糊塗不懂事，問了半天也說不清楚，所以就只好煩勞姑娘給我解惑了。喔，姑娘請用茶。」太子微笑著端起茶杯喝了一口。

冰珊也只好端起茶杯，一邊抿著，一邊思索著太子的意思。他為什麼會來問我？胤禛他們不肯說，想必自有他們的道理，只是現下該如何打發這個傢伙呢……不知不覺間，一杯茶便全喝了下去。

「姑娘？」太子溫和地喚道。「姑娘可願意說給我聽？」

「回太子……」冰珊忽然覺得有些不對勁，渾身燥熱，尤其是小腹一陣難受，似乎有什麼東西要衝出來一般，頭也暈沈沈的，怎麼會這樣？

是茶水——該死，在大殿裡的熾熱目光原來是他的！

她看了看太子，那傢伙還是悠然地坐在那兒，仔細一看卻發現他的眼中閃出一絲興奮而邪惡的光芒。混蛋！她強自克制著渾身不適，將指甲深深地掐進了手掌。

此時翻臉實屬不智，撇開他的身分不說，康熙對這個兒子還是很疼愛的，如果鬧了出去，自己很可能會被處死或是直接給了他，而這兩者都不是她要的……不行，她必須智取！

她若無其事地對太子說道：「太子爺是問四爺遇刺的事？」

太子點點頭，心想，這丫頭居然一點事都沒有？嘖，可是讓他們下了重藥的。

「其實也沒什麼，不過是幾個毛賊，好對付得很！冰珊還親手殺了兩個呢。」她看了他一眼，果然見他的臉色一變。「太子爺賞的茶還真是好喝，不知冰珊可否再討一杯？」

太子的臉色越來越難看，揮了揮手，旁邊的宮女又給冰珊斟了一杯。冰珊端起茶杯，冷笑道：「太子爺，您知道嗎？原來殺人也會讓人覺得興奮啊，看著敵人的鮮血噴湧而出，那感覺還真是說不出的痛快。」冷眼掃了太子一下，她繼續說道：「冰珊失言了，不該跟太子爺說這些血腥的事，只是冰珊一想起當時的情景就忍不住有些興奮，真想再體驗一下。」

此時太子已是汗流浹背了，這丫頭不斷喝茶水，還能侃侃而談她殺人的經過，聽她的口氣，似乎知道我給她下了藥……再想起她在擂臺上不要命地和哈桑拚命，在狼群裡瘋狂地屠殺，他不禁顫了下。

「太子爺，若沒什麼吩咐，恕冰珊先告退了，皇上還讓冰珊侍候著去布庫房呢！」她說完就站了起來，穩穩地走向太子。

嚇得太子一哆嗦，忙說：「姑娘請！」看樣子這丫頭沒事，還是別冒險了，雖然有些可惜，不過，若她掙扎起來傷了我可就不划算了。

冰珊嘲諷地一笑，行了禮往外走去。走到門口時，她忽然停下來，也不回頭地說了一句：「太子爺，冰珊是自幼被師父用百草泡大的，所以體質異於常人，不能說百毒不侵，可一般的毒藥和迷藥對我是起不了作用的。」

她滿意地聽到身後傳來了抽氣聲。

哼，你這混蛋！早晚收拾了你！

穩穩當當地出了毓慶宮的大門，她回頭對那太監淡淡地說道：「回乾清宮的路我認識，就不麻煩公公了，公公請回，替我謝謝太子爺賞的茶，很好喝。」

那太監抖了一下，低頭答道：「是，姑娘走好。」

第十七章　癡情

冰珊轉頭往乾清宮走去，身體的不適愈加明顯，眼睛都有些模糊了。她死死地攥住手裡的帕子，用鑽心的疼痛來分散不適之感。

現在還不能倒下，毓慶宮的人恐怕還在身後看著呢……

拐了幾個彎，頭上的汗冒了出來，身體燥熱的感覺也越來越嚴重。

「冰珊？」八阿哥和九阿哥、十阿哥迎面走了過來，三人詫異地看著冰珊臉色潮紅、目光迷離的樣子，不禁對望了一眼，不知她怎會這樣狼狽。

八阿哥往前走了兩步，皺眉問道：「冰珊，妳怎麼了？」

冰珊用渙散的眼神看了他一眼。太好了，終於有人了，她抬頭看向他們身後的水池，咬著牙推開三人，向池子衝了過去，一個魚躍就跳了下去。

「冰珊——」

他們嚇了一跳，不明白她為什麼要跳水。八阿哥和九阿哥趕緊跟著跳了下去，游到她的身邊，八阿哥攔腰把已經神智不清的冰珊摟在身側，和九阿哥、十阿哥合力將她抱到岸上。

探了探鼻息，鬆了口氣，八阿哥皺眉說道：「她這是怎麼了？」

十阿哥搖了搖頭，九阿哥卻深思地看向冰珊來時的方向。「太子。」

「啊？什麼？」

「太子？」

八阿哥和十阿哥驚呼出來，三人同時看向毓慶宮，胤禩平日溫和的眼睛裡閃出了一絲凶光。

該死！

「不能把她這麼送回去，否則，被人發現就糟了。」八阿哥當機立斷。「老十，這裡離良妃娘娘的寢宮不遠，你到前頭看著，我們先把她安置在那兒，等她醒了再送她回去。九弟，你悄悄地把李太醫叫來。」

李太醫是八阿哥舉薦的，也算是自己人。兄弟二人答應著各自去了。

八阿哥抱著冰珊，看著她臉上越來越多的汗，感受著她顫抖不止的嬌軀，心裡不住地祈禱：冰珊，妳千萬不要有事，否則，我就宰了他給妳報仇！

來到良妃的寢宮，八阿哥吩咐下人不許驚動娘娘，悄悄地把冰珊安置在後頭一間小屋裡。

他坐在床邊看著床上檀口微張、面色桃紅、渾身顫抖的冰珊，心裡竟也掀起一陣燥熱，忍不住伸出手輕輕撫上那張讓自己魂牽夢縈的絕美容顏——絲一般的觸感、燙手的溫度，教胤禩有些心猿意馬了。

雖然知道她心裡沒有自己，可八阿哥還是忍不住想，她若是屬意於他該有多好，自己會傾其一生地守著她、愛著她，什麼江山社稷，什麼名利地位，只要她肯在自己身邊，什麼都可以不要，可惜……他瘋狂地想，看她的樣子怕是中了春藥，若是此時要了她，就算她再喜歡四哥也得作罷！

這個念頭一出現，就迅速地把他的理智擠出了腦海。

噙了口唾沫，他深情地說道：「冰珊，跟了我好不好？我會一生一世地寵愛妳，我會比四哥、比這世上一切的人都愛妳，珊——」他伏下身子，朝床上的人兒吻了下去。

他的唇越來越接近冰珊了，就在要碰到她的時候，忽聽身下的人從口中逸出一個字——胤禩如遭雷擊，定在當場，心中不可抑制地漾出一片苦澀。

原來自己是在自欺欺人……哈哈！他閉上眼睛，坐直了身子，定定地望著床上依舊顫抖的人兒，覺得好像天地離他都遠了。

許久，八阿哥才回過神，一撇頭看見臂上死死攥住的雙手，他低嘆一聲，將她的手慢慢地掰開。

嬌嫩的手心上已有四個深深的甲痕，血就這麼印在雪白的帕子上，觸目驚心。心疼的感覺再一次淹沒了胤禩。該死的太子，自從生下來就擁有他們所沒有的一切，獨一無二的地位、身分高貴的額娘、疼愛他的皇阿瑪、大臣的擁護、兄弟們的尊敬……可他居然如此不知珍惜，總是做出混蛋的事來，這次居然把主意打到了冰珊的身上?!胤礽，早晚有一天，我會讓你為此付出沈重的代價！

他拿起沾血的手帕——素白的顏色，再無一點花色裝飾，清清冷冷的，一如她一般，湊近鼻端，一股幽幽、淡淡又有些冷冷的香氣飄進了他的鼻子，也飄進了他的心裡。

他將她的手掌攤開，放在自己的掌心上，輕輕地摩挲著上面滲血的甲痕，低下頭，用唇輕輕地觸碰了一下。我的珊兒……

九阿哥一進門就見八哥在親吻冰珊的手，尷尬的同時又輕聲咳了一下。

八阿哥像做了壞事被人當場抓住似的，迅速坐直了，不捨地放下那隻柔荑——紅酥手，黃藤酒，滿城春色宮牆柳，紅酥手就是這樣的吧？

「九弟，李太醫來了嗎？」八阿哥毫無情緒地問道。

「嗯，在外頭。」九阿哥不得不佩服八哥的定力，如此情景居然還能坐懷不亂，可是比得上柳下惠了。

八阿哥想了一下，放下床帳，頭也不回地說道：「讓他進來。」

李太醫進來給八阿哥打了個千，胤禩溫和地說道：「李太醫，請起吧，快來看看。」

李太醫答應著走到床前，把手搭在冰珊的腕上，仔細地號了一會兒，鬆了手說道：「二位爺，可否借一步說話？」

九阿哥不耐地說：「你就說吧。」

李太醫忙說：「回二位爺，這位姑娘中的是逍遙散和神仙醉。」

兩人聞言都嚇了一跳，逍遙散是種厲害的春藥，神仙醉是功效奇佳的迷藥，太子居然給冰珊同時下了兩種。

混蛋！兩人同時在心裡罵了一句。

「李太醫，你可能醫治？」八阿哥最關心的是這個。

李太醫彎著腰道：「回八爺，小的無能，這神仙醉倒是解得開，不過……」

「不過什麼？囉哩叭嗦的，快說！」十阿哥不知什麼時候也進來了。

「回十爺，這逍遙散恐怕只有杜太醫解得了。」杜太醫是四阿哥舉薦的。

靜默了一下，八阿哥說道：「你先把神仙醉解了吧。」

「是。」李太醫走到跟前，從藥箱裡拿出一顆奇香的丸藥。「八爺，您把這個餵給這位姑娘。」說完就退到了後頭，他可不想看見什麼不該看的。

八阿哥接過丸藥，將冰珊抱起來靠在自己的身上。「珊兒，乖，把藥吃了。」冰珊毫無動靜，他只好把丸藥掰碎了餵進她的嘴裡，可是冰珊根本不能嚥下。見此情景，八阿哥也急了。「李太醫，她嚥不下怎麼辦？」

「這個……這個……八爺，要不你就試著用嘴渡給她。」李太醫冷汗涔涔地建議道。

胤禩的心狂跳起來。用嘴喂她?!

「八哥，事急從權！」九阿哥及時提醒了他。

對，這是不得已。他咬了咬牙。「水。」接過九阿哥遞來的水，他把藥含進嘴裡，和著水靠近冰珊的唇。

心瘋狂地跳動，這夢寐以求的觸感如毒藥一般腐蝕著他的理智。

大概是逍遙散的效力，使得冰珊接觸到胤禩時呻吟了聲。

八阿哥所有的理智都斷了，將藥渡進她的喉嚨後，忍不住和她的唇舌糾纏起來。

身後，九阿哥等人早已出了門，九阿哥陰森森地對李太醫說道：「李太醫，您今天看見什麼了？」

「回九爺，小的什麼也沒看見。」李太醫明白九阿哥的意思，這帳子裡的人身分必定不簡單，他也不想就此送命。

「嗯，很好。」九阿哥從袖筒裡掏出一張一千兩的銀票遞給他。

「謝九爺。」李太醫施了禮匆匆離去了。

九阿哥深思地看著屋門，忽聽旁邊十阿哥說道：「反正那丫頭中了逍遙散，乾脆讓八哥要了她不就行了？」

九阿哥沒說話，心裡琢磨著八哥的心思。

「九弟、十弟，去把杜太醫找來，順便通知四哥。」八阿哥推開門走了出來，臉上還殘存著一抹可疑的紅暈。

「八哥！」十阿哥不悅地叫道。

「快去！」胤禩的臉沈了下來。

九阿哥看了看臺階上的八阿哥，沈聲問道：「八哥，您不後悔嗎？」

八阿哥苦笑道：「她的心不在我身上，要一個沒有心的女人有什麼用？」

他想起自己離開她的唇時，她嬌媚呢喃的低語。「禛，我要……」他渾身的力氣就像被抽乾了似的。他是驕傲的八皇子胤禩，他的驕傲不允許他的女人心裡有另外一個人！他果斷地把她打暈了，拿起那塊沾滿血跡的帕子收到懷裡——

珊兒，這是我今後唯一的想念了！

九阿哥點點頭，對八哥如此的決心很是欣賞。自己沒看錯人。

「八哥，我把小狐狸叫來吧？」

「嗯，也好！」小狐狸在，會方便得多。

四阿哥聽了九阿哥的話，嚇了一跳。太子?!混蛋！他急急地換了衣裳就跟著九阿哥來到太醫院把杜太醫找來，一起去了良妃的寢宮。

青萍焦急地守在冰珊的身旁，不停給她擦汗，雖然剛才已經換了衣服，可這一眨眼的工夫又濕透了……該死的太子！王八蛋！她在心裡不住地咒罵著，四四怎麼還不來?!

八哥直直盯著地面，心裡想著剛才那讓他心醉又心痛的一幕——一掃往日的冰冷，冰珊熱情得令他手足無措，媚眼如絲、嬌喘連連，使他的魂魄飛上了九霄雲外，可那聲「禛」卻把他瞬間從天堂打到了地獄。

就讓這誰也不知道的一幕永遠留在自己的心底吧……

「八弟！」四阿哥匆忙的身影出現在門口。

八阿哥撫平所有的情緒，站起來說道：「四哥，您來了。」

「嗯，八弟，今次謝謝你了。」四阿哥真心地說道。

八阿哥暗暗苦笑。他若知道我的行為，只怕這會兒就會一劍刺死我吧？「四哥客氣了。李太醫說這逍遙散只有杜太醫解得開，我就讓李太醫先把神仙醉解了，事出突然，冒犯之處還望四哥見諒。」一滴水不漏地說了這一番話，八阿哥看著四阿哥的臉色緩了下來。「四哥，還是趕緊讓杜太醫看看吧。」

「嗯。」四阿哥示意杜太醫上前診治。

杜太醫把了把脈，面色凝重地說道：「姑娘所中之藥分量極大，光用藥恐怕不行，還要配合針灸。只是這針灸的位置……下官實在不敢動手。」他一個男人哪裡敢給個姑娘施針啊？何況，那下針的位置可不是隨便什麼人都能碰的。

四阿哥咬咬牙。「我來。」

屋裡的抽氣聲此起彼伏，青萍皺眉道：「還是我來吧！太醫，您把施針的方法、力度教給我，您在外頭指揮，我來做。」這麼多的男人，可不能讓珊吃了虧。雖說四四是她老公，可畢竟現在還不是，傳出去，珊就沒臉見人了。

幾個阿哥面面相覷了一會兒，四阿哥點頭道：「也好，妳確是比我更合適。只是妳一定要小心。」

「嗯，你放心吧，她也是我的命。」青萍堅定地說道。

幾個阿哥神色各異地出了門。屋裡，青萍認真地跟著杜太醫學習針灸的技巧，好在這回只是幾處簡單的穴位，青萍小心翼翼地開始針灸，可她畢竟是門外漢，才一下針就聽冰珊哼了一聲，嚇得她再也不敢動手了。

「杜太醫，不行啊，這穴位我找不準……這樣會不會使她症狀加重啊？」擦了擦額頭的汗，青萍大聲叫道。

杜太醫無奈地說道：「妳別再動手了，只好讓四爺來了。四爺——」杜太醫扯著脖子喊道。

四個阿哥全體奔了進來，杜太醫嚥了嚥口水。我的媽呀！這床上的姑娘到底是誰？

四阿哥皺眉問道：「怎麼了？」

青萍從帳子裡鑽出來說道：「不行，我找不準穴位，還是你來吧！」

點點頭，胤禛急忙走到床前，小心地鑽進了帳子。

外頭，八阿哥一臉死灰，九阿哥滿面木然，十阿哥一臉的不屑，青萍滿面焦急，杜太醫渾身是汗。九阿哥拉著青萍，對八阿哥說道：「八哥，我們外頭等吧！」八阿哥點點頭，木然地跟著他們出了門。

四阿哥剛一進帳，就覺得渾身的血液都衝到了腦門。床上的佳人衣衫半褪，美好的曲線盡收眼底，要命的是老八那一掌的時效早就過去了，此時的冰珊雙眸迷濛，媚得可以滴出水來了，櫻口微張，不停地逸出嬌惑的呻吟。

似乎覺得有些熱熱的液體自鼻子裡湧了出來，胤禛的臉一紅，用手胡亂地抹了一下。胤禛啊胤禛，你又不是個毛頭小子，怎麼就這麼沒出息呢？你在幹麼？現在是胡思亂想的時候嗎？冰兒還在生死關頭呢，混蛋！

暗暗罵了自己一句，四阿哥沈聲問道：「杜太醫，在哪裡下針？」

「喔，四爺按照我說的順序下針即可。百會、璿璣、華蓋、紫宮……」

隨著杜太醫的話，四阿哥將銀針一支支地插入了相應的穴位，每插一支就會說聲好了，可是待到華蓋時，他好不容易平靜下來的心倏地一下又騰空而起了。

華蓋穴在人體胸前正中的位置，換句話說就在冰珊高聳的雙乳之間，他的手哆哆嗦嗦的，就是不敢扎。

杜太醫在外急道：「四爺，您要快啊！這位姑娘中毒的時間已經很久了，再不醫治恐有性命之憂啊！」

是啊，他在幹什麼啊？「啪」的一聲，他給了自己一記耳光，把外頭的杜太醫嚇了一跳，繼而明白這是四爺在給自己醒神呢！杜太醫不禁在心裡偷笑起來。四阿哥是個冷面王，原來也過不了美人關啊！

四阿哥勉強定住心，繼續開始施針……終於，都弄完了，他輕吁口氣，擦了擦額上汗水，低頭看了看逐漸平息下來的人兒，微微地笑了笑。

冰兒，這回，妳再也別想離開我了！

下了床，他把帳子回身掩好，將她的手留在了帳外，對杜太醫說道：「辛苦你了。再看看可還有事？」

杜太醫趕忙走過去把了把脈，恭謹地說道：「已經不礙事了，下官把凝神散毒的藥留下來了，等她醒了，餵她吃了就是了，只要調養幾天就會好了。如四爺沒什麼吩咐的話，下官這就告辭了。」杜太醫說完看了看四阿哥，心裡琢磨著要不要提醒四爺，他臉上花得很。

四阿哥見他欲言又止的，皺眉問道：「還有事？」

「喔，沒了，那個、那個……」看著四阿哥越來越冷的臉，杜太醫嚥了口唾沫小聲說道：「四爺，您是不是先淨淨臉啊？下官告退了。」說完就急急忙忙地轉身走了。

四阿哥愣了一下，隨即脹紅了臉。可惡的傢伙，竟然看見爺出醜了！要不是留著你還有用，爺這就宰了你！

他趕緊走到臉盆前，把臉仔仔細細地洗了一遍。

「嗯……」床上的一聲呻吟，把四阿哥的所有動作都定住了。她醒了。

「冰兒，妳醒了？」驚喜的聲音自耳邊響起，冰珊費力地睜開眼睛。

「胤禛？」

「是，是我。妳覺得怎樣？」將她扶起來靠在自己胸前，他溫柔地問道。

冰珊回想起今天發生的事，委屈頓時溢滿了心口。「胤禛、胤禛……嗚嗚……」不知道眼淚已經離開自己有多久，只是此時，說什麼也止不住了。

「哭吧，哭出來就好了。」心疼地拍著她的後背，他聲音沙啞地說道，只是觸手之處香滑一片，這才發現她的衣裳……

「冰兒，我去把青萍叫進來給妳更衣吧。」不能再想了，否則一會兒又要洗臉了。

「啊？呀——」冰珊終於發現了自己的不對勁，驚叫一聲縮了回去。

四阿哥微微地彎了彎嘴角，走到門口，開了門說道：「青萍，妳去給她更衣吧。」說完他就出去了。

青萍答應著跑了進去，四阿哥看著三個弟弟，真心地說道：「多謝幾位賢弟了。」

十阿哥心想，還賢弟呢！呿。

九阿哥略一頷首算是回答，倒是八阿哥溫和地說道：「四哥過謙了，舉手之勞罷了。四哥，您打算怎樣？」

四阿哥微一皺眉，心裡暗自埋怨老八問了這個讓他難堪的問題，他要怎麼說？誓不甘休？那擺明了和太子作對。不理不睬？豈不讓人笑話？自己的女人被人欺負了卻不敢作聲，藏起來做縮頭烏龜？

他正煩惱著，卻見屋門一開，青萍扶著虛弱的冰珊從屋裡出來了。
「冰兒！」四阿哥連忙走過去要扶她，心裡暗自慶幸她出來的時機實在是太好了。
飄忽一笑，冰珊對底下站著的三位阿哥說道：「多謝三位阿哥救命之恩，冰珊銘感五內。」說完就強撐著要行禮，慌得幾人忙著制止。
八阿哥看見她眼中的疏離，心裡還是難免一痛，不覺抬手撫上胸口處塞著的那塊帕子。最是情字傷人心啊……
四阿哥皺眉問道：「妳這樣能走嗎？」
點點頭，冰珊扯了扯嘴角。「不能走也要走。青萍，我們走。」她扶著青萍的手，儘量挺直了脊梁，穩穩走出眾人的視線。
看著這個明明虛弱的女子強撐著走了出去，幾人的心中頗多感慨。
四阿哥心疼地看著他的冰兒有些搖晃的身影，下定決心一定要把她納入自己的羽翼，永遠保護她，再也不讓她受到一絲一毫的傷害。
八阿哥只是默默地看著她，看著她走出了門的同時，也走出了自己的世界。
九阿哥心下暗暗佩服起這個他從來都看不起的女人，能毫髮無傷地躲過了太子的魔爪，在中了這麼厲害的毒之後，還能穩穩地走出去，可真不簡單，難怪一向目高過頂的八哥會對她情有獨鍾，他看了八哥一眼——滿臉的寂寞和傷感，唉……
四阿哥回身說道：「我還有事，就不耽擱了，八弟，代我向良妃娘娘問安。」
「四哥走好，我代娘娘謝謝四哥了。」溫和的語氣配上儒雅的微笑，八阿哥恍如出塵的仙人一般瀟灑從容。

四阿哥點了點頭，又向九阿哥和十阿哥說了一聲就走了。

待他走遠，十阿哥忿忿不平地說道：「太子做的套兒，我們盡了力卻白白便宜了他！」

「老十！」八阿哥的臉色一變。「這是什麼地方？回我府裡再說。」說完就領頭走了。

九阿哥神色複雜地搖了搖頭，和十阿哥跟在他身後一起走了。

冰珊由青萍扶著回到了自己屋裡，跌在床上就再也無力爬起來了。

青萍心疼地說道：「珊，到底是怎麼回事？妳怎麼會被太子盯上的？」

搖搖頭，冰珊無力地說道：「我也不知道，別問了，我現在不想說。」實在不願想起那件事，齷齪而滑稽。

青萍嘆了口氣，把她扶到床上躺好。「妳好好休息吧，我在這兒看著妳。」

「不，妳去吧，離開得久了，宜妃會起疑的，我不想把這事搞大。」

青萍思索了一會兒，說道：「那好，我過會兒再來看妳。」

「不要告訴玉和嬌蘭，我不想讓她們擔心。」

「妳認為瞞得住她們嗎？八阿哥他們一定會告訴十四，十四也一定會告訴嬌蘭。」

是啊，怎麼就忘了呢？她微微一笑。「青萍，妳去吧，我沒事了，睡會兒就好了。」青萍點點頭，無奈地走了。

晚上，八阿哥把手帕攤在書桌上，看著上面點點的血跡，想著白天發生的事。

珊兒，雖然妳心裡沒我，可我終究會替妳報了這個仇——

想起她柔美的模樣和使他心碎的低語，胤禩提起筆，在手帕上就著血跡畫了一幅梅花傲雪圖。想了想，他又提筆寫道——

雪作肌膚冰作骨，

嬌顏玉貌暗香吐。

但願來生能相顧，

多情應笑我自苦！

扔下筆，胤禩長嘆了一聲，才將手帕貼身藏在衣裡。

第十八章　賜婚

宜蘭院內，青萍無精打采地坐在桌前發呆，九阿哥推門進來，見了她的樣子，就知道她是為冰珊的事煩惱。他走到近前，用扇柄敲了她一記，笑道：「怎麼了，呆愣愣的，想什麼呢？連爺進來都不知道。」

青萍看了他一眼，淡淡地說道：「九爺吉祥。」

「呵，妳的膽子越來越大了啊，有妳這麼給爺請安的嗎？」九阿哥好笑地說道。

青萍沒心思理他，只當他隱形了。

九阿哥見青萍不像往日那般和他鬥嘴，心裡反倒彆扭起來。「丫頭，有什麼難事，說出來爺幫妳辦。」自己倒了杯水，坐在一旁悠悠地說。

靜默了一會兒，青萍突然語出驚人地說道：「你娶我吧！」

「噗——」可憐的九阿哥又一次把茶水噴了青萍一身。「咳咳咳！」胤禟連連咳嗽著。這又是琢磨了什麼新花樣，想捉弄爺的吧？

掃了他一眼，青萍無所謂地說道：「不願意就算了，當我沒說。」

「妳當真？不是耍我的吧？」實在不敢相信她的話了。

白他一眼，青萍無聊地起身歪到了炕上。

「妳倒是說話啊。」九阿哥跟在她身後來到床前，坐在她身邊。

「我說過了，既然你不答應，我就問別人去。」青萍滿臉寂寥地說道。

「問誰？我可警告妳啊，妳要是敢跟別人說這個，爺就宰了妳。」一想到她會跟別人說這個，胤禟的火兒就一下竄了上來。不過，這丫頭今兒中什麼邪了？怎麼會要爺娶她呢？喔，是年家丫頭的事刺激她了，嗯，這樣也好！

「萍兒，妳說的是真的嗎？」見她不語，九阿哥點頭道：「好，我這就找額娘說去。」他按捺不住內心的喜悅，起身就要走。

「站住。」青萍大聲叫道。剛才是自己一時感觸罷了，誰想嫁給他啊？至少現在不想。

「還有事？」

「你回來吧，我瞎說的。」

九阿哥氣急敗壞地走回床前，瞪著青萍。「妳拿爺當傻子啊？妳說嫁就嫁，妳說不嫁就不嫁，爺還是堂堂的九阿哥嗎？」

有些內疚地看著眼前暴跳如雷的傻小子，青萍的心有些軟了。「胤禟，是我被珊的事急糊塗了，你別怪我，我向你道歉。」她難得真誠地向他說好話。

「哼，不行，妳別想就這麼算了。」九阿哥不依不撓地說道。

青萍站起身，將他拉坐在床邊上，低聲說道：「我突然覺得很害怕，像珊珊那樣剛強的人都險些著了太子的道，若是換了我……」她不自覺地哆嗦了一下，胤禟馬上反手摟緊了她，不捨地說道：「胡說！妳怎麼會遇上那樣的事？再不許渾說了。」

一想到她有可能遇到那樣的事，胤禟的心就戰慄起來。若是太子那混蛋真的敢對她下手，爺就廢了他！

「萍兒，別怕，有我呢，誰要敢動妳，爺就宰了他！」胤禟此刻簡直就是豪氣沖天，恨不得把心掏出來給她看。

是喜歡她吧？早在初次相遇的時候，這個機智百出、狡猾氣人的小狐狸就住進了自己的心靈深處，想起她送自己那份別出心裁的禮物，想起兩人幾次交鋒，自己都被她耍得鎩羽而歸……他心底泛出一抹溫柔，喜歡這種刺激的感覺，喜歡她面對自己時的狡詐多謀，更喜歡她對自己偶爾流露出的戀慕。

小狐狸啊小狐狸，妳九爺這輩子也不會把妳讓給別人的，就算妳不想嫁我也不行——

青萍偎在他懷裡，第一次有了一種安定感，她們四個的魂魄莫名其妙地來到了大清朝，又是這樣身不由己的身分，明知道自己就是他的福晉，卻一直在逃避這個現實，他不是自己想要的良人，多情又多金，美麗得令人屏息，偏又有一個尊貴的身分，唉……如果可以選擇，自己大概是不會看上他的吧？她知道他的心被自己撩撥得難以自持，卻不知道他對自己究竟有幾分真心。

「胤禟，你愛我嗎？」她終於問出了這個困擾了自己好久的問題。

「愛？」九阿哥迷惑了。什麼是愛？上次在圍場，小辣椒就說過什麼愛情的，可這愛到底是什麼？「愛是什麼？」

「呵呵。」輕笑了聲，青萍坐直了身子，悠然說道：「那是一種很奇妙的感覺，有些酸、有些甜，偶爾還有些苦和辣。」

九阿哥瞠目結舌地想，酸甜苦辣？那豈不成了做菜的佐料了嗎？

白他一眼，青萍又說道：「看不見的時候想她，看得見的時候就好好地珍惜她，她高興的時候，你也會高興，她傷心的時候，你也會傷心；她愛的你也愛，她恨的你也恨，她喜歡的你也喜歡，她討厭的你也討厭……」她自顧自地說了一大堆，沒看見九阿哥在旁邊滿臉黑線。

天啊，這就是愛？我的額娘啊！這簡直就是瘋子嘛，哪有男人會這樣？還不讓人笑死？他就不信老四能這麼「愛」那個冷冰冰的丫頭，十三能這麼「愛」白玉那傻丫頭，十四弟會這麼「愛」小辣椒。

青萍側頭看了他一眼，自嘲地一笑。「是我糊塗了，你們哪裡會懂得愛別人啊？呵。」空洞地一笑，兩行清淚不期然地滑了下來。

看到她的眼淚，胤禟的心瞬間擰疼了起來，他溫柔地抹去她頰邊的淚水。「萍兒，妳別哭了，我答應妳，學著愛妳好不好？」只要她能止住淚，就是讓他用全部財富去換也行，那珍珠一般晶瑩的淚，一顆一顆地砸在他的心上，敲擊著他早已冷漠無情的心房。

「胤禟，借你胸膛用用行嗎？」也不管他是否答應，青萍撲到他身上嗚嗚咽咽地哭了起來。

愣愣地摟著懷裡低聲哭泣的女人，胤禟生平第一次不覺得煩躁。以前，只要看見女人哭，他就立馬甩手走人，可這次他沒有，反而有些心滿意足，聽著她低聲的啜泣，就覺得自己的心有些酸，又有些甜。

酸和甜？難道這就是愛？哈，我果然是天縱奇才啊！這麼快就學會了，哈哈！他忍不住偷笑起來——

「你幹麼？」青萍詫異地抬起淚眼，看著他得意的嘴臉質問道。

「我？我沒幹麼啊？」九阿哥有些懵了。「萍兒，妳說我聽不聽明？我知道妳說的愛的感覺了！」

青萍皺眉看著一臉傻笑的男人，一時也沒明白他說的是什麼，只能愣愣地看著他。

「嗯哼。」咳了一聲，九阿哥得意地說道：「剛才妳一哭，我的心就有了又酸又甜的感覺了，嘿嘿。」

「噗哧！哈哈哈哈……」青萍終於明白了這傻小子在得意什麼，他還真寶啊，呵呵。

「妳笑什麼？」九阿哥不高興地問道。

「沒什麼，我是太感動了。哈哈哈哈……」實在是忍不住，他也太可愛了吧？

「感動成這樣啊？」紅著臉，九阿哥十分不滿地說道。

青萍笑嘆了一聲，扳過那張黑得和包公有得一拚的俊臉，抵住他的額頭，笑道：「我是真的感動啊，禟禟，我覺得你越來越可愛了。」

可愛？有這麼形容一個男人的嗎？九阿哥的臉更黑了。「死丫頭，就會捉弄我是吧？」

「才沒有，要是別人的話，我還懶得理他呢。」青萍微笑著捏了捏他的臉頰，好好玩，看他氣得滿臉通紅的樣子就覺得有趣，自己的心智年齡比他大多了，那現在這樣算不算老牛吃嫩草？哈哈，一天的鬱悶一掃而光。

九阿哥瞪著眼前這個對他的俊臉又揉又捏的壞丫頭，心底剩下的只有無奈和寵溺。他抓住她不安分的小手，邪笑道：「死狐狸，敢拿爺當傻子耍就要付出代價……」他慢慢地將她壓在身下，魅惑地一笑，輕輕吻住她的櫻唇，堵住那銀鈴一般的笑聲。

半晌，胤禟才得意地離開她的唇，低啞地說道：「萍兒，嫁給我吧，好不好？」

「嗯。」青萍慵懶地應了聲，看著胤禟驚喜的神色，又微笑道：「如果你答應我幾個條件的話。」

「什麼條件？」奇了怪了，從來還沒聽說過阿哥娶福晉，還要聽對方條件的呢！

「第一，你以後不許再納妾。」這是最緊要的，雖然知道他的保證和放屁差不多。

「嗯。」點點頭，這個容易，他又不是只有一座宅子。

「第二，成親後，府裡的一切事都由我作主。」抓住大權才好行事。

「行。」這也好辦，女人嘛，不就是主內的嗎？

「第三，錢財由我掌管。」小女子不可一日無財。

他猶豫了一下。以後八哥用錢……管他的，到時候再說吧。「行。」

「第四……」

說到不知第幾條的時候，九阿哥開始懷疑自己是要娶個福晉，還是要娶個皇太后回去？

「我說妳有完沒完？」他不耐地打斷她的喋喋不休。

嘴一癟，青萍的眼睛裡浮出一汪眼淚。「你欺負我……」

天！暗自呻吟了一聲，九阿哥覺得自己的頭頂上飛過一朵烏雲。

長春宮中，十四阿哥坐在嬌蘭身邊，一長一短地說著冰珊被太子暗算的事，聽得嬌蘭火冒三丈。

「這個混蛋！我要宰了他！」

她說著就站起來要走，嚇得十四阿哥一把抱住她。「我的姑奶奶，妳瘋了不成？妳以為他是誰啊？他是太子，是妳想怎樣便怎樣的嗎？要是像妳說的那麼簡單，昨天四哥和八哥他們早就宰了他了。」說完他又覺得有些不妥，低聲補充道：「都是讓妳給急的，這裡是皇宮，以後不許再胡說了，要是讓人聽見，妳就別想活了！」

嬌蘭沮喪地問道：「難道就這樣算了？」

「唉……說妳傻吧，妳還真傻，那丫頭為什麼一醒過來就趕快回去了？還不是怕事情鬧大了不好收拾，若是給皇上知道了，她能有好下場嗎？除了死就是把她賜給太子。」十四阿哥壓低了聲音給她分析。

「這該死的封建社會！」嬌蘭忍不住咒罵起來。

「封建社會？什麼意思？」十四阿哥顯然沒聽說過這個名詞。

「沒什麼啦，我要去看看珊珊，胤禵，你帶我去好不好？」拉著他的胳膊，嬌蘭乞求道。

「我勸妳現在最好別去。」

「為什麼？」她詫異地皺緊了眉頭。

「昨天的事四哥他們雖然沒有聲張，不過難保不會有人知道。妳這會兒風風火火地過去了，若是被人知道了，豈不是害了她？」十四阿哥款款勸著懷裡這個即將要暴走的美女，希望她打消這愚蠢的念頭。

「可是，我好擔心。」她噘著嘴說道。「要不，你去替我看看。」

「我去？妳沒糊塗吧？我可不想被四哥誤會了。」四哥整天陰沈沈的，昨天的事給他的刺激不小，這會兒讓他去，四哥還不把他吃了？

「呿，膽小鬼！」沒好氣地瞪他一眼，嬌蘭推開他逕自走到桌前坐下生悶氣。死太子！混蛋王八蛋！姑奶奶非得找機會收拾收拾你不可！

「蘭兒？」十四阿哥見她面色不善，走到近前試探地叫了一聲。

「幹麼？」很衝的語氣。

「好了，八哥他們說，冰珊的毒已經解了，應該沒什麼事了。再說又是小狐狸送回去的，如果有事，昨天就來告訴妳了。」

「知道了。」死狐狸！也不來說一聲。

「蘭兒，給我削個蘋果吧！」為了讓她高興，就犧牲一下自己可憐的肚子吧！

「沒心情。」她起身走到床前坐下。

耶，太好了，今天爺不用吃蘋果了！十四阿哥暗自高興。打自上次被她用蘋果茶毒過後，他就開始對蘋果過敏了。「蘭兒……」欣喜之餘，他坐到她身邊開始「耍賴」。

「一邊去，別和我撒嬌，煩著呢。」她把他的俊臉一掌巴到了一邊。

「好蘭兒，別生悶氣了，我給妳講個笑話吧？」十四阿哥難得低聲下氣地陪著笑臉。「那我就講了啊？嗯哼，有個讀書人帶著書僮進京趕考。路上，他的帽子被風吹落在地，書僮忙說：『相公，帽子落地了。』書生聽了很不高興，叮囑他說：『以後再有東西掉到地上，不許說落地，要說及地。』書僮點點頭答應著，挑起行李準備上路。書生又關照他說：『要小心地挑。』

書僮順口答道：『相公放心，無論如何也不會及地（第）的！』怎麼樣？好笑吧！」十四討好地問道。

「這也叫笑話？哼！」她嗤之以鼻地白了他一眼。

「喔。」十四阿哥頓時沒了精神。

看著他沒精打采的樣子，嬌蘭心軟了，知道他是故意逗自己開心，心下不忍，說道：「我給你講一個吧！」果然見十四阿哥的臉一下子就亮了。

「好啊，我還沒聽妳說過笑話呢，快講。」

「話說有個秀才因為無聊，和一幫朋友在街上閒逛，閒極無事，秀才對朋友說：『看見那店裡的老闆娘沒有？我能一句話讓她笑，還能再一句話讓她鬧！』朋友不信，於是雙方以一桌酒席為注，只見秀才整理好衣衫，走到店門口，恭恭敬敬地對著看店狗行了一個禮，叫道：『爹！』老闆娘開始一愣，接著就捂著嘴笑起來。哪知秀才緊接著走進店，對老闆娘也行了一個禮，說道：『娘！』」她看著十四先是發呆，繼而大笑的樣子，不覺笑道：「這就讓你笑成這樣啊？再給你講一個。」

十四阿哥一邊笑一邊點頭，嬌蘭又說道：「相傳古時有一位土財主，非常吝嗇，為其母祝壽，又捨不得花錢請人寫壽聯，硬要帳房先生將一副春聯改動一下，上聯改成了：天增歲月媽增壽。為了對仗工整，下聯改成了：春滿乾坤爹滿門。帳房先生看了，驚得忙說：『這下聯使不得、下聯使不得！』土財主訓斥道：『你懂個屁！爹媽相對，如何使不得？』」

「哈哈哈哈……唉喲，不行了，笑死我了，蘭兒，妳可真行啊！哈哈哈哈……」胤禵栽在炕上抱著肚子大笑不止，嬌蘭則含笑看著這個率真的男人，心裡泛出一股甜蜜，剛才的鬱悶也不翼而飛了。

晚上，嬌蘭把冰珊的事告訴了白玉，氣得白玉在屋裡來回地走。

「混蛋！色狼！蠢豬！宰了他都不多！嬌蘭，我們明天去看看她。」

「嗯，我今天就想去，可是胤禩說怕給冰珊惹麻煩，讓皇上知道就糟了。」

「他說的也對。不過，我們明天還是要去，否則我會瘋的。」白玉皺著眉說道。

「好，我們明天一早就去。」

「嗯。」

可惜，康熙還是知道了。

這宮裡沒什麼事能瞞得過他，除非他不想知道。

乾清宮中，康熙盯著下頭跪著的冰珊，淡淡問道：「朕聽說妳那天跳了荷花池子了？」

「是。」早知道不會這麼好過關的。

「為什麼？」康熙端起茶杯，吹了吹浮沫，平淡地問。

「不為什麼，大概是在園子裡逛得昏頭了。」她冷冷地回答了康熙的問話。

「喔？」康熙抬了抬眼皮，心知她在說謊。聽說那天是太子找她去了毓慶宮，回話的人說，這丫頭搖搖晃晃地走了出來，遇上老八他們後，也不說話就推開了他們逕自跳進了水裡。之後，老八和老九把她撈上來，直接去了良妃的寢宮，再就是李太醫去了，然後是老四領著杜太醫也去了。

太子越來越不像話，但也算這丫頭還知道進退，以她的脾氣竟然能忍下這口氣，倒也是機伶的了，不過……

「欺君之罪是個什麼下場，妳不知道嗎？」

「回皇上，我沒欺君，何罪之有？」哼，我就不信你想讓真相大白於天下。

「大膽！李德全，傳旨，年冰珊恃寵生驕，著杖責二十，以儆效尤！」康熙大聲喝斥。

「是。」李德全心裡知道這是年冰珊倒楣，招惹了太子，唉。

「謝皇上賜杖！」冰珊站了起來，輕蔑地瞅了康熙一眼，轉頭對李德全說：「麻煩公公帶冰珊去『領賞』。」說得李德全張口結舌，不知所措地看了看她，又看向皇上。

康熙有些狼狽地擺了擺手。事關太子，也只能委屈妳了。

李德全忙領著冰珊出了大殿，康熙卻又叫道：「李德全。」

「奴才在。」

康熙瞟了一眼站在殿外昂首而立的冰珊，對李德全耳語了幾句，李德全點點頭，領命而去。

冰珊趴在長凳上，被太監左右按住，嘴裡也塞了一塊布。

兩個太監一左一右舉起木杖，開始行刑。

「一、二、三……」

鑽心的疼痛讓冰珊的怒氣倏地一下竄上，使勁掙脫了按住她的太監，把嘴裡的布扯出來罵道：「滾蛋！用不著你們費事，姑奶奶要是哼一聲，就自己撞死在這裡！」幾個太監嚇了一跳，不知所措地看著旁邊的李德全。

李德全嘆道：「妳這又是何苦？」

「哈哈，我天生就是這副脾氣，寧折不彎！」這狂傲的話語讓所有人都驚呆了。

李德全擺了擺手，示意繼續。見冰珊死死地咬住下唇，手指也緊緊地摳住了長凳，心下也佩服她的硬氣，只是這脾氣在宮裡終究是難以生存，好在皇上似乎對她還是很愛護的，剛才叫他進去，就是讓他囑咐掌刑的要注意力道，想來皇上還是心有不忍吧？

「十八、十九、二十！」

打完了，冰珊也把嘴唇咬破了，手上也是鮮血直流。她掙扎著爬了起來，但因傷得不輕，悶哼了聲跌倒在地，昏了過去。李德全忙招呼宮女扶起她送了回去，自己則回到乾清宮覆旨。

趴在炕上的冰珊昏昏沈沈的，委屈到不行，明明是太子那個混蛋惹的禍，卻讓她無端地受責——此仇不報非君子！

當四阿哥聽到這個消息之後，整個人都傻了。他的冰兒，居然又一次受到傷害，這比打他還讓他難受。本就因為中毒而虛弱的身體，豈能禁得住杖刑？阿瑪呀，您好狠的心，可是這也是沒法子的事，宮裡沒有不透風的牆，那天的事早晚會傳到皇上的耳朵裡，如今這樣只怕還是好的。

唉……丫頭，妳就那麼倔強嗎？硬撐著一聲不吭，我一定要求皇上把妳給了我，再也不讓妳待在那個烏漆抹黑的地方了！

聽完李德全的話，康熙陷入了沈思之中。

這丫頭的骨頭還真硬，雖然自己囑咐了他們下手要輕些，可畢竟是二十杖啊，一個姑娘家竟能咬著牙一聲不吭地撐下來，可真不容易……

他心裡突然升起一股莫名的情愫。

第二天晚上，看著床上昏迷不醒的冰珊，康熙心裡想的是白天四阿哥求自己把年冰珊賜給他做側福晉，自己卻什麼也沒說。原本是把她看做兒孫輩的，可是越來越了解她之後，想法卻有些變了，這樣的女人還真是少見，看著冷冰冰的性子，偏又對那幾個丫頭情深意切，聰明卻不外露，有如雪中紅梅，傲雪迎霜，寧折不彎……

「胤禛……」含混不清的低語讓康熙渾身一震。

她的心裡，全是老四。

也罷，這樣的性情終究不適合待在宮裡，就讓他們如願以償吧！

「朕就如了妳的願吧！」忍不住撫了散在枕上的青絲，康熙把那莫名的情愫趕出了腦外。

十天後，就在宮裡沸沸揚揚地傳說皇上最寵的近身女官因惹怒聖顏而遭杖刑的時候，又一個大消息傳了出來，皇上將年冰珊——也就是那受罰的女官賜給四阿哥做了側福晉，還賞了不少好東西。這可讓所有人大吃一驚，不明白皇上究竟是怎麼想的，可天威難測，真正原因恐怕只有皇上自己才知道了——

第十九章　幸福

白玉窩在十三阿哥的懷裡說道：「胤祥，珊珊和你四哥結婚，我可不可以去？」

「結婚？妳是說大婚啊！」十三阿哥笑問。

「是啊，我、死狐狸和嬌蘭，好不好？你去求求娘娘讓我們去吧！好胤祥，我最喜歡胤祥了！」

她撒嬌發嗲外帶耍賴，把十三阿哥迷得昏頭轉向，他心裡琢磨著，反正娘娘已經求了宜妃把小狐狸借來了，估計她們倆也沒問題吧？嘿嘿，爺要是不乘機撈點好處，就太對不起自己了。

「嗯，這恐怕不好辦啊……」他故作深思。

「那、那怎麼辦啊？」嘟著嘴，白玉一臉不高興。

「嘿嘿，要是妳表現好，我就想想辦法，如何？」他一臉奸笑。

咬著嘴唇，白玉問道：「你又想了什麼壞主意吧？依我看，一定是娘娘已經准了，你卻騙我說不行，好乘機佔我便宜，對不對？」

胤祥差點咬到自己的舌頭，心想，玉玉聰明了啊。他乾笑了兩聲說道：「我不是想妳了嗎？好玉玉，親親我，啊？」把自己的厚臉皮送到美人的嘴邊。

「好吧。」白玉瞇著眼睛說，齜著牙就湊了上去……

「唉喲！」十三阿哥捂著臉大聲呼疼。「妳咬我幹麼？」

「誰教你騙我！」白玉兩眼一翻，從他的懷裡掙了出來。

「好妳個小妖精，竟敢咬妳十三爺？看我怎麼收拾妳！」十三阿哥張牙舞爪地把白玉掀翻在床上，撲上去就作勢要咬。「讓爺看看哪裡的肉香……嗯，脖子還行，就這兒吧！」伏下頭就啃上去了。

「啊——哈哈哈哈……你快、快起來，哈哈……我怕癢！哈哈，臭胤祥，還不起來？」白玉被他弄得渾身發軟，笑個不停。

胤祥得意地笑道：「看妳還敢咬我？」說完又輕輕地親了一下，卻意外聽到白玉「唔」的一聲呻吟，心一動，繼續溫柔地舔咬起來。柔媚的嬌吟引得胤祥一陣燥熱，手也開始不規矩了。

「玉兒……」他喃喃地低語著吻上她的唇。

嬌蘭和十四阿哥說笑著，一推門就看見了這香豔的一幕，窘得十四滿臉通紅，逗得嬌蘭哈哈大笑。

「我說，你們倆還沒拜堂就洞房了啊？還真夠超前的，哈哈哈……」

嬌蘭笑得前仰後合，被十四阿哥一把拽了出去。「妳這個不知羞的女人，也不害臊？」

「他們都不害臊，輪得到我嗎？」嬌蘭白他一眼，氣他阻止自己看好戲。

十四阿哥的鼻子都快氣歪了，眼珠一轉，邪笑道：「既然這樣，待會兒，咱倆也這麼來一次得了。」

「唉喲——妳個死ㄚ頭，好好的踩我幹麼？」十四阿哥抱著腳直跳，那可是花盆底啊，大概一會兒腳就腫得跟包子似的了。

「活該！誰教你思想邪惡？哼。」嬌蘭雙手環胸，不屑地說道。

十四阿哥剛要說話，就見門一開，白玉滿面通紅地說：「你們進門也不敲敲，早晚長針眼。」

嬌蘭哧笑道：「就你們那樣還能讓我長針眼？呿，差得遠了。」

「喔，原來是這麼回事啊？」十三阿哥站在白玉的身後對十四說道：「十四，明兒有機會也讓你哥哥我開開眼。」

十四阿哥狠狠地瞪了一眼那個胡說八道的女人，笑道：「聽她胡說，我哪比得上十三哥啊。」

十三阿哥閒閒地一笑。「嬌蘭從來都不說謊的，是不是？」

嬌蘭忙著點頭，忘了自己跟誰一起的了。「那是當——唔！」

「閉嘴，妳這笨蛋！」十四氣急敗壞地定住嬌蘭的頭，順便把她那張惹禍的嘴也捂得緊緊的，嬌蘭才反應過來，自己上了十三的當，偏偏嘴被十四捂得嚴嚴實實的，只好在心裡把說十三阿哥忠肝義膽的死狐狸罵了一遍。

這十三哪裡憨厚忠義了？分明就是一隻成了精的狐狸，又一個狐狸精！

終於熬到了四阿哥和冰珊的大日子了，青萍幾個簡直比當事人都急——急著去搗蛋！

原本她們是不准隨意出宮的，但不知道老四幾個是怎麼求德妃的，德妃和宜妃又如何跟皇上講的，反正幾個人是矇混出宮來湊熱鬧了。

早上，白玉和嬌蘭在冰珊的臉上折騰了一個時辰，把冰珊打理得如天仙一般，要不是旁邊的嬤嬤攔著，八成還想給她做個現代式的髮型。

別好最後一支髮釵，冰珊左右看了看，說道：「把那支金釵換了，用這個。」她拿起胤禛送的玉釵遞給嬌蘭。

「唉呀，這個不配嘛。」白玉不同意。

「就用這個，否則，我就不上轎。」冰珊冷冷地說道。

「妳——」白玉氣得直噘嘴。

青萍在一旁笑道：「笨蛋，那是四四送的。」

兩人這才恍然大悟，嬌蘭笑道：「原來是定情信物啊？呵，行，就用這個。玉，咱們把她的頭飾再拾掇拾掇。」

白玉抱怨道：「真是的，早說嘛，還得重新弄。」

「妳嫌我說得晚了？」冰珊自鏡中掃了白玉一眼。

「沒有、沒有，我哪裡敢嫌棄老大？嘿嘿！」她狗腿地把飾品全部拆下來重新裝飾，好不容易才弄完了。

嬌蘭凝視著她，問道：「聽說新娘還要邁火盆，還有，新郎會踢轎門、射花瓶什麼的。」

冰珊冷冷一笑道：「妳們說，要是我在他踢進來的時候，抬腳把他踹回去，結果會怎樣？」

實在討厭這種變相的欺壓婦女的法子。

「噗——哈哈哈哈，珊，妳要是真的這麼幹了，明天——喔不，是一會兒全京城的人都會知道，堂堂四阿哥被自己的側福晉一腳從轎子裡踹出來，到時候，妳家四四就會在青史裡留下這麼一筆：某年某月某日，康熙之四子胤禛迎娶其側福晉年氏的時候，被其一腳踢了個趴地——哈哈哈哈！」

不僅白玉和嬌蘭大笑不止，連冰珊也覺得好笑，抿著嘴樂了一會兒，就見嬤嬤進來說吉時已到，請側福晉上轎。

冰珊站起身走到鏡子前仔細地打量了下——高高的旗帽上，左右對稱地別著一對彩鳳，鳳口中銜著一串珍珠。正中一朵粉紅色的牡丹花鮮豔奪目，兩邊垂著長長的穗子。臉上彎彎的兩道秀眉，似顰若蹙，水靈靈的一雙鳳眼，在白玉她們的裝扮下越發顯得孤傲。為了配合她的氣質，嬌蘭特地用了淡藍色的粉畫上眼影，也不知道她們是打哪兒找來的。右邊一枝妖嬈的藍玫瑰含苞待放，花瓣四周皆用金粉描畫，兩腮一層淡淡的胭脂，毫不張揚卻恰到好處，整個人顯得冷豔而妖媚。

畫完時，嬌蘭還說一定要把四阿哥迷得暈頭轉向的。

粉紅色的旗裝因被白玉找人改過，因而與現下旗袍那種筒子似的不大一樣，清清楚楚地將腰身勾勒出來。粉紅色的花盆底，鞋面上繡的是花開富貴，花蕊處鑲著一顆指甲大小的珍珠，側面繡著丹鳳朝陽，來回走了兩步，搖曳生姿，婀娜嫵媚，羨煞了三個死黨。

正欣賞著，就聽喜娘又來催了。「請側福晉快些吧，四爺都已經到了前廳了！」

嬌蘭她們相視一笑，把蓋頭蓋在冰珊的頭上，和冰珊原來的丫頭小菊一起把她攙了出去。

一系列的禮節完畢，冰珊終於可以上轎了。她扶著青萍的手，彎腰低頭鑽進轎子。坐在裡面，隨著轎子不住地顫動，冰珊的思緒也飛得遠了，回憶著初來大清時的焦慮，與青萍她們重逢的喜悅，和阿哥們結交的快樂，還有和胤禛在一起的點點滴滴，他的霸道、他的溫柔、他的冷酷、他的多情、他的冰冷、他的熱情……

青萍三人和小菊坐在一輛車上。原本嬌蘭是要騎馬，可惜被十四給否決了，只好坐在這搖晃晃的馬車裡。不過這樣也好，正好可以商量一下鬧洞房的細節！

到了四阿哥的府門，四阿哥下了馬，轉身往花轎走來。走到近前，他微微一笑，抬腿就是一腳。

冰珊強自克制把他一腳踹回去的訛望，從蓋頭下瞪著那隻腳丫子，最終還是沒能忍住，抬腳先是踢他的腳底，就見外頭的四阿哥往後倒，接著勾住他的腳，又險險地把四阿哥給定住了。呵呵，解氣！

四阿哥在外頭暗暗著惱。這丫頭，和爺玩上了，沒見四周看熱鬧的都快笑出來了嗎？

十三阿哥和十四阿哥以及幾個年紀小的阿哥，都忍不住抿嘴偷樂。哈哈，這回四哥可遇到對手了！

嬌蘭幾個站在轎旁，辛苦地忍著笑。呵呵，珊珊到底還是忍不住了。

新娘下轎，冰珊手裡的蘋果就被人拿走了，順帶往她手裡塞了一個花瓶。知道該這個了，可也不知道他箭射得到底怎樣，可別一箭射在她身上。

「噹、噹、噹」三箭，箭箭均沒落空。冰珊鬆了口氣，緊接著就是邁火盆、過馬鞍等等，進了正廳，只覺周圍一下子就靜了。

冰珊不禁有些慌亂，莫非她有什麼不對嗎？

其實，是大廳裡的人都呆住了，冰珊的旗裝緊緊地貼在身上，將她完美的曲線盡顯無遺。這些阿哥哪裡見過這樣打扮的新娘，一時都有些呆了，不知道蓋頭下又是怎樣一副絕美的模樣。

八阿哥緊緊地握住拳頭，那熟悉的心痛又回來了，他忍不住將左手貼近胸前，感受那塊帕子帶給他的幻想和遐思，卻終究不能抵擋住眼前情景對自己的衝擊，臉上的笑容越來越僵。看著夢中的人兒在「一拜天地、二拜高堂」的喊聲中彎腰行禮，在「送入洞房」的嘻笑聲中，被他的四哥牽引著走入了後堂，他的心跌在了地上，摔得粉碎，幻想最終還是破滅了，破得讓他懶得收拾起那一地的碎片。

跟著老九他們走進了內堂，坐在席上，他茫然地端起酒杯，一杯接一杯地喝著。

「八哥。」九阿哥皺著眉，低聲叫他。「八哥，今兒是四哥大喜的日子，您怎麼能如此失態呢？」

「喔？喔，我知道了。」將滿懷的失落收到心底，把往常那公式的微笑重新掛在臉上。他，又是八皇子胤禩，只待午夜夢迴再與她相聚吧！

滿清的規矩是新郎不能在新房裡清靜的，儘管此時的新郎十分願意待在這裡。

胤禛在冰珊耳邊低喃了一句：「等我回來。」便邁步出了新房。

冰珊聽著他離去，叫道：「青萍？嬌蘭？白玉？」嗯，都上哪兒去了？「小菊？」

這回有人答應了。「小姐，您有事嗎？」

聽聲音好像也是剛剛進來的。「她們去哪兒了？」

「喔，青萍姊姊她們說是餓了，去找點吃的。」小菊心跳如鼓地回道，心想，幾位姊姊，可千萬不要太過分啊！

「小菊，妳若餓了，也去吃點吧。」其實她也沒吃，卻奇怪地一點都不餓。

「我不餓，小姐，我就在這兒守著您吧！」

她「嗯」了一聲，就再無聲息了。

終於，胤禛應付完了前廳的酒宴，被幾個弟弟簇擁著來到了新房。

一推門——沒動，再推——還是沒動！

後邊的幾個阿哥開始起鬨了。

這個笑道：「四哥被新娘鎖在外頭了！哈哈哈……」

那個說：「四哥快求求新嫂子吧！這洞房花燭的，怎麼能把新郎官鎖在外頭呢？」

「就是、就是，沒有新郎官怎麼洞房啊？哈哈哈哈……」

哄笑聲中，四阿哥的俊臉紅成了一片。壞丫頭，竟敢把爺鎖在外頭讓人看笑話？其實他錯怪了冰珊，原因無他，屋裡還有三個搗亂的小妖精呢！

「開門！」忍耐不住的四阿哥出聲叫道。

「誰呀？」裡邊傳來青萍優雅的聲音。

九阿哥一聽就知道這小狐狸玩花樣，忍不住拿扇子捂住了嘴，和一旁的十阿哥、十三阿哥、十四阿哥偷笑起來。

四阿哥氣道：「是我，快開門。」

「你是誰啊？」悠然的聲音再一次響起，這回是嬌蘭，三人在裡頭已經樂了半天了。

「我是胤禛。」他有些氣急敗壞了。

「喔，是新郎官啊，呵呵，想進門不難，拿紅包來！」白玉俏皮的聲音適時響起。

紅包？所有阿哥都有些怔愣，這紅包是這樣給的嗎？

「四弟，怎麼還沒進去啊？」身後，太子、大阿哥、三阿哥、五阿哥、七阿哥和八阿哥這幾個年歲稍長的皇子也跟了進來，四阿哥尷尬得不知說什麼才好，旁邊的十阿哥笑道：「四哥被新娘子鎖在外頭了，這正和四哥要紅包。」幾個阿哥有些面面相覷，還沒聽說過哪個皇子成婚時被新娘堵在外頭要紅包的呢！「噗哧」一聲，不知是誰帶的頭，幾人都大笑起來，笑得四阿哥恨不得衝進去把那幾個小妖精給剁了。

「新郎官，紅包準備好了嗎？」死狐狸的聲音如魔音傳腦一般刺進了胤禛的耳朵，他正考慮是不是就這麼抬腳把門踹開的時候，大阿哥笑說道：「四弟，今兒是你大喜的日子，你就依她一回吧！」

三阿哥和五阿哥也跟著附和，四阿哥無奈，只好吩咐下人準備三個紅包送來。

拿過紅包，四阿哥沒好氣地說道：「妳們怎麼拿？還不給我開門？」

誰知嬌蘭笑道：「我們要銀票，五百兩一張，共四張，從門縫裡塞進來，驗看完畢自然放你進來！」

氣得四阿哥的鼻子差點歪了。幾個死丫頭，明兒等妳們成親的時候，爺要不治治妳們，爺就不是冷面王！

他吩咐下人又去取銀票，取來後，塞到門縫裡。

裝著銀票的紅包剛一塞進門縫就被人拿走了，氣得胤禛直掀眉毛。

裡面靜默了一會兒，然後就聽白玉笑道：「合格了，開門嘍！」

外頭的阿哥頓時又是一場大笑。

門一開，四阿哥領頭就邁了進去，泛著寒氣掃了那幾個笑咪咪的搗蛋鬼一眼，徑直走向坐在床上的冰珊。

喜娘拿來挑帕子用的喜秤，四阿哥拿在手裡，盯著坐得挺直的新娘，緩住自己狂跳的心，輕輕地挑起了蓋頭。

新房裡一片寂靜，大家屏住呼吸，盯著床上妖豔絕美的新娘。

太子的眼睛簡直就像要黏在冰珊的身上，越發後悔那次沒能得手。大阿哥和三阿哥滿臉驚豔地瞅著今日妖媚惑人的年冰珊，竟不知道她居然也能如此嬌美可人，還以為她永遠都是冷冰冰的呢！

八阿哥直勾勾地盯著她，心裡已經不知是什麼滋味，如此的美麗卻是為別人綻放，怎不教他傷心欲絕？九阿哥和十阿哥也震驚於冰珊今日的裝扮，頰邊的藍色玫瑰散發著惑人的光芒，引得人恨不得立刻將她抱進懷中。

不過，九阿哥僅僅豔羨了一下，就被青萍的冷眼制止了。十三他們也是有些怔忡，怪不得四哥如此上心，原來她竟然也可以這樣別具風情。

四阿哥微笑地看著眼前的嬌娃，恨不得仰天長嘯。自己這個側福晉只怕在京城裡也是頂尖的了，他的虛榮心迅速膨脹起來。

男人不僅比身分、比地位、比財富，也比女人！看看這些目瞪口呆的兄弟們，胤禛驕傲地笑了。

喜娘端上兩杯酒，胤禛遞了一杯給冰珊，自己也拿了一杯，剛要喝，就聽嬌蘭笑道：「可不能就這麼喝啊！」

所有人的視線都轉向她。「四爺要自己喝了，餵給新娘才行。」

此言一出，立刻得到回應，房中一片歡笑，四阿哥咬牙切齒地瞪著嬌蘭，冰珊也有些著惱。自己雖然是現代人，可也沒嗜好在大庭廣眾之下表演這個。

十阿哥先嚷嚷開了。「對啊，四哥，您就從善如流嘛！」

四阿哥皮笑肉不笑地看了他一眼。平日怎麼沒見你這麼伶俐啊？還從善如流？

幾個年齡小些的阿哥，如十三、十四也跟著起鬨，四阿哥有些頭疼了，不知道該如何應付這樣的場面。本來自己這副冷面孔一直都很管用，誰知碰上冰珊那幾個死黨就全完了，真鬱悶。

青萍在一旁笑道：「珊，人一生只有一次婚禮，妳就不想開開心心的嗎？」

冰珊白她一眼。是我開心嗎？是妳們開心吧！

九阿哥在一旁敲邊鼓。「我說四哥，您就答應了吧，難得大家高興嘛！再說，太子爺和大哥他們也在等著呢！」

四阿哥回頭看了看老九，又看向太子，想起他對冰兒做的事，氣就不打一處來，眼裡也隱隱地有些寒光。

冰珊見他情緒有些失控，知道是被九阿哥說得想起了那件事，怕他一氣之下做出什麼，便端起酒杯喝了一口，扳過他的臉，吻了上去。

「呼」的一陣抽氣聲，眾人看得眼都直了，可惜只是一瞬，就被嬌蘭和白玉舉著蓋頭擋住了。

「咕——」極度不滿的聲音再次響起，只有八阿哥的臉色有些青白。多希望和四哥換個位置，唉……

蓋頭後，胤禛深情地凝望冰珊，溫柔一笑。

真是好膽識，竟然敢當眾親吻他，真想馬上把她擁入懷中，好好地疼愛她，不過前提是必須盡快趕走這些礙眼的傢伙——他剛才的得意已經不翼而飛了，瞧著眾兄弟那副恨不得替他洞房的可惡嘴臉，真想把這些人都踹到蒙古去！

可惜，青萍她們還沒玩夠，舉凡什麼吃蘋果、咬櫻桃、叼牙籤、滾雞蛋……差不多現代有的幾乎都玩了一遍，最後，還是三阿哥見老四的臉色越來越難看，才笑道：「好了、好了，天也晚了，咱們這就走吧，人家小倆口兒還得休息呢！」反正也過了癮了，哈哈，這個冷面冷心的四弟今天可是被整慘了。

接著，太子和大阿哥也都相繼說話要大家散了，眾人只好意興闌珊地出了門。

四阿哥送完了兄弟們回轉新房時，又被鎖在外頭，氣得他立刻大聲嚷道：「妳們幾個！給爺滾出來！」

青萍笑呵呵地開了門，對他說道：「貝勒爺請——」然後就拽著嬌蘭、白玉和小菊偷笑地跑了。

四阿哥輕吁了口氣。可算是滾蛋了，再不滾蛋，爺就快瘋了！

但人呢？他滿屋裡找著。該不會這幾個妖精把他的冰兒拐跑了吧？

「禛——」

嬌柔的呼喚自身後響起。回頭一看，四阿哥覺得自己大概又快流鼻血了，他的冰兒竟然只穿著一件白色滾銀邊的薄紗長袍，燭光搖曳之下，袍下的曲線若隱若現，無邊春色把他的神魂都吸走了！

嚥了嚥口水，四阿哥勉強鎮住心神，走向他的新娘。

冰珊卻笑道：「你別動。」說完，就如乳燕投林一般飛入了他的懷抱。

懷抱著柔若無骨的佳人，四阿哥的心怦怦跳個不停，低頭卻見袍子下一覽無遺的美好景色，鼻子一熱——又流鼻血了。

他狼狽地推開冰珊，迅速跑到水盆前洗了把臉，就被身後的人抱住。四阿哥真怕今天晚上還沒洞房就流血而死，因為那柔軟的觸感又一次激出了他的鼻血。這個妖精，簡直就是要命！

他口乾舌燥地摟著冰珊走到桌邊，斟了兩杯酒，給她一杯，自己一杯，儘量把視線定在她的臉上，可天知道那有多難！

他溫柔地笑道：「冰兒，我們喝一杯。」

回他一個燦爛的笑容，她舉起酒杯一飲而盡，四阿哥也笑著喝乾了，放下酒杯，將她攔腰抱起，走到床前，開始脫衣服。他放下帳子，將她壓在自己的身下吻著親著，手裡也開始早就想要却一直未能得逞的工作。

忽然，滿臉通紅的冰珊推開他說道：「禛——」

「嗯？」對於她推開自己的舉動十分的不滿，四阿哥才想著要繼續剛才的動作，可冰珊的下一句話卻差點讓他吐血。

「她們說、她們說……」冰珊有些遲疑地看了看他。這話可不好開口。「說你……說你那個不行！」終於說了出來，她長長地吁了口氣，就見剛才還一臉春意盎然的他，此時已經是滿臉黑線。

「誰說的?!」他咬牙切齒地吐出了三個字。要是讓他知道是誰造的謠，就立刻去宰了他！

「喔，你別生氣啊，她們瞎說的。」為了安撫這個即將要發狂的男人，冰珊主動吻了上去。

胤禛的臉色總算有所緩和，可是……

「禛……我好難受！」冰珊的聲音突然變得有些不一樣。

他皺眉看著冰珊，急問道：「怎麼了？哪兒不舒服？」

却見她的臉色愈加紅潤了，眼神也有些迷離，就和那天中了太子的藥似的……藥?!四阿哥猛地一凜，自己似乎也有類似的感覺，小腹熱得難受，身上的汗也多了。

混蛋！是誰給爺下了藥了？爺用得著這個嗎？

四阿哥一邊和已經呈瘋狂狀態的冰珊周旋，一邊抵抗身上越來越明顯的不適，努力思索究竟是誰幹的。

終於，四阿哥仰天長嘯道：「死狐狸！要是不報此仇，我就不是妳四爺！」喊完了，也把最後一絲清明趕出了腦袋，剩下的只有衝動。

門外，三個鬼鬼祟祟的女人相互擊掌，偷笑著溜回去慶功。那可是青萍好不容易從九阿哥手裡騙來的逍遙散啊！

第二十章　新婚

第二天，從來不曾遲起的四阿哥睡過頭了——任誰折騰了大半夜也爬不起來啊！

好不容易睜開眼睛，四阿哥側頭看著仍在熟睡的冰珊，窩心一笑，想起昨夜的瘋狂——哼，看誰還敢造謠說爺不行？

手指在她粉嫩的臉頰上輕輕滑過，聽見她「唔」的一聲輕吟，胤禛真想再愛她一次，可惜，沒勁了。

冰珊睜開眼就看見他滿目癡情地看著自己，想起昨夜，臉立刻就紅了。該死的狐狸，竟然給他們下了藥！等明兒她結婚時，自己一定要送她一份「厚禮」！

「冰兒，睡得好嗎？」

清越的聲音滑過耳際，冰珊點了點頭。「你今天不上朝嗎？」

「嗯，要去，不過顯然已經晚了。」那戲謔的語氣、曖昧的語意把他的新娘羞得滿面通紅，他掀開被子，聽到身後傳來一聲驚呼，回頭就見冰珊已經把臉完全埋進了被子。呵呵，這丫頭……

穿好裡衣，他對她笑道：「妳是不是給為夫更衣啊？」

被子裡傳來一個模糊不清的聲音。「你先出去，等我穿上衣服。」

得意地一笑，四阿哥走到外屋桌前倒了杯水，坐下等著看美人更衣。冰珊遲疑地鑽出被窩，看看他沒在跟前，就用最快的速度裹著被子下了床，走到衣櫃旁拿出一套新衣，往屏風後走去。

「啊！」被人從後頭摟得緊緊的，冰珊柔聲埋怨。「嚇我一跳。我要沐浴——」

「嗯，來人，打些熱水來！」四阿哥揚聲朝外頭喊道，順便把他的新娘抱回到床上，自己也脫了鞋上去，把帳子拽了下來。

一會兒，下人進來把水添滿，又低著頭出去了。

冰珊掀起帳子下床走向屏風。「你自己穿衣吧，我很快就好了。」

「那可不行，我也要洗。」邪佞的聲音自身後響起，胤禛笑著抱起她走向浴桶。

「別，你還是自己洗吧。」不敢想像和他共浴會有什麼後果。

「呵，傻丫頭，爺現在可沒力氣了，妳這個小妖精。」他戲謔地吻了她一下，隨手拽下她身上的被子扔在地上，不可避免地呻吟了聲——希望今天不會再流鼻血了。

終於沐浴完畢——也不知他倆是怎麼洗的，反正桶裡的水少了一半——穿好衣服，四阿哥讓小菊進來給冰珊梳頭理裝，自己則坐在椅子上邊喝茶邊琢磨著回頭如何「報答」那三個死丫頭。

兩人整裝完畢，四阿哥牽著她的手走向正廳——今天是冰珊嫁給他的第一天，按規矩是要給嫡福晉敬茶。

他溫柔地笑了笑，她這回總算是完完全全地屬於自己了！

正廳中，那拉氏不耐地聽著側福晉李氏絮絮叨叨地說著年冰珊是如何囂張可惡，這麼晚了還拉著貝勒爺高臥不起，簡直就是個狐狸精云云，自己的心裡卻泛出一股苦澀。

早知道爺的心在她身上，在她還沒進宮的時候，她就知道了，但原以為只是圖個一時新鮮，沒想到他居然如此上心。昨天洞房的事上下皆知，都在暗地猜測這個新進來的側福晉將來必定是很受寵的，再看看今天的情形，從來都是很早起床的他竟然到這會兒還沒動靜，唉，就是當初自己嫁過來的時候，也沒這般待遇啊，儘管可以休息，可他第二天一早還是撇下自己上朝去了……

「四爺吉祥！側福晉吉祥！」外頭的問安打斷了她的思緒，她站起身迎到門口。

「恭喜爺，爺吉祥！」

李氏也斂去了滿懷的怨恨，彎下腰給四阿哥請安。

四阿哥「嗯」了一聲，拉著冰珊的手進了門。冰珊心細地發現福晉的眼睛和李氏的眼睛都黏在他們相握的手上，頓覺有些難為情，就甩了一下。四阿哥疑惑地回頭看了一眼，將那拉氏有些淒涼的目光、李氏嫉妒的神情盡收眼底。

輕咳了聲，緊了一下手，又用拇指在她的手背上撫了一下，才不捨地鬆開了。

那拉氏回過神，伴著四阿哥走向了正中的座位。坐下後，那拉氏溫和地說道：「年妹妹，打今天起，咱們就是一家人了。」

冰珊起身，沈默著沒有答話——她實在不知道該如何與他的妻妾相處，不禁有些幽怨地看了他一眼。

李氏嫉妒地看著冰珊。果然是個狐狸精！看這妖媚的樣子——哼，昨天晚上說不定怎麼狐媚呢，否則爺怎麼會這麼晚才起來？

感受到李氏敵意的目光，冰珊有些不耐，抬起頭凌厲地掃了她一眼，嚇得李氏險些歪過去。這丫頭的眼光與爺不相上下，冷冰冰、沒有一絲溫度。

那拉氏看見兩人之間的暗潮洶湧，暗嘆一聲，今後恐怕要頭疼了。

四阿哥好笑地看著冰珊把李氏瞧得白了臉，自己卻轉眼間恢復漠然的樣子，寵溺便不可抑制地泛濫。

下人端來了茶，冰珊接過來，給四阿哥和嫡福晉敬上。沒有第三杯了，這就是說李氏的身分比自己還低。

果然，福晉溫婉地說道：「年妹妹妳坐吧。李妹妹？」

李氏心不甘情不願地起身拿過茶杯，想著要給她個下馬威。她走到跟前，假笑著說道：「側福晉請用茶。」然後假作沒站穩，把一杯熱茶盡數潑向冰珊。

「啊——」那拉氏嚇了一跳，心裡暗自埋怨李氏行為過分。

「小心！」四阿哥滿懷焦急地大喝出口。

冰珊冷眼看著李氏假惺惺的樣子，知道她要玩花樣，不動聲色地集中精神。看她作勢把茶潑了過來，就迅速地閃身讓到一邊，讓李氏捧著茶杯趴在椅子上，滾熱的茶水傾到了她自己手上，燙得她唉喲一聲。

就見四阿哥急匆匆地走了過來，心裡還沒開始得意，就失望地發現她的爺關心的是那個狐狸精。

「冰兒，燙著沒有？讓我看看。」四阿哥拉過她的手仔細檢查。

抽回手，冰珊冷冷地說：「是李妹妹的手被燙了。」

譏誚的話語刺得胤禛的心微微一顫。怎會看不出李氏的假動作？他轉過頭，森然地說道：

「還不給側福晉賠罪？」

冰冷的語氣、陰森的目光嚇得李氏渾身一顫，顧不上手疼，趕快爬起來說道：「四爺息怒，是芸兒的錯，剛才被裙子絆了一下沒站穩，驚到側福晉了。側福晉請恕罪。」一把怨恨壓在心底，她故作惶恐地說道。

掃了她一眼，冰珊可沒興趣同情這個愚蠢的女人，淡淡道：「李妹妹平身吧，冰珊初來乍到，還要妹妹多照應呢。我是個粗人，自幼習武，對這種事情還應付得來。倒是妹妹妳可要小心些，別再這麼不小心了，下回就不一定只是燙手了。」森寒的語氣、嘲諷的話語，氣得李氏直哆嗦。

那拉氏有些不忍，忙招呼丫頭拿來治燙傷的藥膏給李氏抹上，暗自皺眉。以後可如何是好啊？李氏是個善妒的主，對自己有時也會言三語四地嘲諷，今天被這個年冰珊不動聲色地治了，倒也覺得有些解氣，不過看來那一個也不是個善茬兒，言語之間連挖苦帶威脅，但看四爺的神情，是打從心裡地寵著哪，可真是讓人頭疼。不過，自己究竟是嫡福晉，可絕對不能讓她們把貝勒府攪和亂了。

輕咳了一聲，那拉氏淡淡地說道：「爺還要進宮，這就走吧！」

冰珊嘲諷地彎了彎嘴角，走到一邊站著，看著福晉走到胤禛的跟前，仔細地給他整理衣服，又輕聲囑咐了幾句，便讓過一邊等著他出去。

四阿哥心不在焉地聽著那拉氏絮叨完了，走到門口時回身笑道：「冰兒，回去好好歇歇，晚上還要進宮給各位兄長和弟弟們敬茶呢！」冰珊回他一個溫柔的微笑，示意他快點走吧，看得四阿哥彎了彎嘴角，轉身走了，留下三個女人心思各異地坐著發呆。

乾清宮內，康熙掃了掃下頭，問道：「老四呢？」

底下的阿哥們都忍不住偷笑起來。呵，四哥這會兒八成還沒起來呢，也難怪，要是他們之中的誰娶了這麼個天生尤物，這會兒大概也會賴在被窩裡。

大阿哥微笑道：「回皇阿瑪，想是四弟昨天睡得晚了，這會兒還沒起來呢。」

幾聲竊笑傳了出來。康熙微一皺眉，繼而了然地一笑。得了那麼個絕色佳人，是難免會纏綿不夠。

「四貝勒到！」殿外太監的呼聲嚇了大家一跳，眼睛全看向了門口，只見四阿哥昂首挺胸地邁進大殿，規規矩矩地跪下磕頭。「兒臣胤禛給皇阿瑪請安。」

「嗯，平身吧！」很滿意於四阿哥的理智，不過——當四阿哥站起來後，康熙看著他有些蒼白的臉色和眼圈，險些沒笑出來。看來昨天晚上的確沒睡好啊！

太子有些嫉妒地看著四阿哥，這小子得了那麼個美人兒，昨晚說不定樂成什麼樣兒呢？哼！

大阿哥和三阿哥對望了一眼，了然地一笑。老四的這個側福晉可夠厲害的，看看她把老四弄成什麼樣子了？哈哈哈……

八阿哥看著四阿哥眉梢上掩不住的喜色，想起昨夜自己孤單地對著那手帕喝悶酒的情形，真是有天壤之別。

九阿哥先是好笑，繼而想起小狐狸跟自己要的那一小瓶逍遙散。難道……看著老四明顯有些體力不支的樣子，心下暗暗偷笑，呵呵，小狐狸把逍遙散給他用了！哈哈哈哈……

十三阿哥詫異地看著他的四哥。老天，四哥昨天夜裡不會一夜沒睡吧？怎麼那臉色白得跟鬼似的？四哥啊四哥，可得悠著點啊！人都娶回家了，還怕她跑了不成？怎麼就這麼猴急呢？

四阿哥冷著臉站在那兒，希望可以把那些傢伙的齷齪念頭都堵回去。

死狐狸！都是妳害的，爺一世的英名就此全毀了！

晚上，四阿哥和冰珊坐在車裡往皇宮而去。

車裡，他柔聲問道：「冰兒，今天過得可好？」怕她再受委屈，他忍不住出言相詢。

「挺好的，福晉很和藹，李氏嘛……也沒怎樣！」她含怨地斜他一眼。「色貓，沒事娶那麼多的老婆！」

「呵呵，我的冰兒吃醋了呢。」四阿哥得意地挑起她的下巴，不懷好意地說道：「要不，咱們這就回去，昨夜的妳那般狐媚……」

毫不示弱地揚了揚眉毛，冰珊故意嬌滴滴地說道：「好啊，這就讓他們調頭，咱們回家。」哼，就不信你有這個膽量。

「得，我說錯了不行？這禮數是斷斷不能少的，等完事了，咱們立刻就走，好不好？」四阿哥將她重新帶回到懷裡，貪婪地嗅著她身上散發出來的縷縷清香。

還沒進門，冰珊就叫住旁邊的小太監吩咐道：「把茶換得熱些，天氣涼了，可別讓各位爺喝了涼茶。」小太監忙不迭地答應了。這個側福晉可不簡單，在宮裡就備受皇上寵愛，雖說挨了頓打，可一轉眼就被賜給四阿哥做側福晉，今天一早，宮裡就傳開了，四阿哥把這個福晉寵得上了天，連早朝都誤了。還有，聽說打她的時候，這位側福晉硬是不用人按，一聲不吭地扛了下來。再說，她的功夫好得可是上下皆知，連十三爺都不能奈何她，還是乖乖地聽她的吩咐吧，免得惹怒這個姑奶奶，自己受罪！

四阿哥有些詫異地看了看她，卻見她的眼中隱隱有一絲寒光閃過，有些擔心地低聲問：「妳要幹麼？」

她微嘲地一笑。「來而不往非禮也。放心吧，我有分寸。」說完就轉過頭，不再理他了。

四阿哥暗自心驚。看這樣子，恐怕是……

「四阿哥到、側福晉到！」隨著太監的喊聲，兩人邁步走進了大殿。

屋裡寂靜一片，看著冰珊那明顯有些嬌慵的神色——冷美人變身了。

兩人走到正中，對首座的太子行了禮，冰珊接過一旁太監端來的茶，往前走了兩步，嬌柔地說道：「請太子爺用茶。」那嬌嗲的語氣、柔美的神色，把太子迷得魂飛天外。

這樣一個絕色佳人竟白白地便宜了老四那個不解風情的木頭，唉——還真是可惜！

下頭幾個阿哥明顯有些不適應如此魅惑的冰珊，愣愣地看著她，不知她在玩什麼花樣。

太子魂不守舍地抬手，想藉機揩揩油，可冰珊故作站立不穩地往他身上倒了過來，喜得太子滿臉笑容，張開雙臂等著美人投懷送抱——

冰珊腳下用勁，旋身讓到了一邊，卻把滿滿的一杯熱茶送到了太子爺的懷裡。

「唉喲！」太子驚叫一聲，沈下臉就要罵，卻被冰珊委屈討好的神色給憋在嘴裡。

她故作惶恐地說道：「冰珊該死，燙著太子爺了，還望太子爺恕罪！」說著就咬著下唇、可憐兮兮地看著太子，就要跪下磕頭。

太子被她狐媚樣子弄得有些頭暈，見這嬌滴滴的美人哆嗦著要給自己跪下，顧不上手上的疼痛，忙起身相扶，嘴裡還安慰地說道：「弟妹請起，不要多禮，不礙事的。」不過，還是可惜——冰珊早就算準這個蠢豬必定會被自己的樣子迷昏頭，一見他起身就順勢閃到一旁，留給他一股清冷的幽香，把他晾在那兒。

太子尷尬地收回手，有些明白這丫頭是故意的，可就是狠不下心責罵她，還真是賤啊！

大家都明白冰珊是故意，十四以上的幾個阿哥知道太子曾經對她欲行不軌，卻被她機警躲過，想不到，她竟然在大庭廣眾之下給太子來了個美人計，不動聲色地報了仇，可真是不簡單。幾人都在心裡琢磨著自己可曾得罪過她，生怕她給他們也來這麼一手。

四阿哥神色複雜地看著眼神森然的冰珊，心裡又氣又好笑。這丫頭簡直就沒把他放在眼裡，明目張膽地在他眼前對那傢伙柔聲媚語，就算是為了報仇也不能這麼犧牲色相啊！可惡的丫頭，回家再算帳！

「請太子爺息怒，是臣弟教管不嚴，讓太子受驚了。」自己還得裝裝樣子，安撫那個活該倒楣的混蛋。

八阿哥讚賞地看著面帶冷笑的冰珊，越發覺得五內俱焚，看她眉梢眼角藏不住的無限風情——多情應笑我自苦！

冰珊淡淡地走到大阿哥跟前，波瀾不興地捧著茶杯說道：「大哥請用茶。」聽她恢復了往日的冷漠，幾個阿哥都鬆了口氣。不過，要是她也給他們來那麼一回美人計，就算被燙也值了。

輪到八阿哥了。

四阿哥有些緊張地盯著他們，知道老八對她也是情有獨鍾的心裡難免有些彆扭。

冰珊淡淡地道：「八弟請用茶。」她沒有錯過昨晚他的淒然，若不是自己心裡只有胤禛的話，面對這樣一個丰神俊朗的癡情皇子，恐怕也會把持不住。

八阿哥接過她手裡的茶，不可避免地想起了那次為她療傷的情景，他端起茶杯，心中突然冒出了一個大膽的決定——他伸手掏出懷裡的手帕，故作不經意地按了按嘴角，微抬眼皮，果然看見她一閃而逝的狐疑和驚慌。

值了！他揉搓著手裡的帕子，玩味地看著恢復了冰冷神色的她。以後，夜深人靜之時，妳也會偶爾想起我了吧？

冰珊暗自納悶自己的帕子怎麼會在他手裡？莫非是那次中毒之後的事？還有什麼事是自己不知道的嗎？

她穩住心神，繼續給九阿哥他們敬茶去。

九阿哥早就眼尖地發現八哥手裡的帕子是冰珊的，只是那上面的點點血跡被畫成了梅花，他瞅了微露疑惑的冰珊一眼，心想，妳這個傻丫頭，還不知道八哥早就一親芳澤了呢！老四這個笨蛋，還滿心感謝八哥仗義相救呢！哼，豬腦。

冰珊把茶遞到九阿哥的手裡，看見他臉上的嘲諷，知道剛才的一幕被他發現了，她暗自咬牙。死人妖！要不是看在青萍的分上，早就收拾你了！

她冷森森地說道：「九弟，小心燙嘴啊！」然後滿意地看見九阿哥被熱茶嗆了一下，冷哼了一聲，轉身去了十阿哥的面前——

回家的路上，冰珊靠在胤禛的懷裡，臉上掛著淡淡微笑。四阿哥有一下沒一下地撫著她的頭髮，嗔怪地說道：「妳可真是大膽，竟敢在那麼多人的面前燙了他？」

「哼，有仇不報非君子。我知道你是他的人，若是公然與他為難，必會招致不必要的麻煩，不如我替你出了氣，也好教你省了心。」

「哈哈哈……妳呀，真是鬼。不過，妳也用不著那樣啊！」想起當時的情形，四阿哥有些不滿。

「呵呵，你吃醋啊？我不是沒讓他碰著嗎？若不那樣，他怎會善罷甘休？」

「那倒是。可我還是不舒服，妳要怎麼補償我？」

斜他一眼，冰珊調侃道：「四爺明天又想遲到了嗎？」

「呵呵呵……」低沈的笑聲從車裡傳了出來，把駕車的嚇了一跳。

從來沒聽過主子笑過，這一聽——還真嚇人！

第二十一章 如願

青萍最近很煩，原因無他，就是因為她送了她家老大一份超級大的結婚禮物。

聽說因為這樣，一向勤勉的四阿哥在新婚的第二天就遲到了，現在，大概全京城的人都知道，四貝勒爺被側福晉迷得神魂顛倒，連正事都耽誤了。唉——打死她也不敢出現在二人面前，就連長春宮都不敢去了，鬱悶啊鬱悶，就差在衣服前後寫上「別理我，煩著哪」這幾個大字了。

九阿哥悠哉悠哉地晃到了青萍的小屋，還沒進門就聽見裡頭傳出一聲接一聲的嘆息。哈哈，這丫頭八成是因為老四大婚的事在害怕呢。據說，最近連門都不出了，最誇張的是，如果趕上宜妃娘娘要去長春宮，她就編個理由找人代替。

他推開門，就見她正撥拉著桌上的一個茶杯，滿臉淒涼地嘆氣。「嗯哼！」他咳了一聲，希望可以引起她的注意，可惜佳人雖然瞟了他一眼，可眼神看起來和看茶杯的樣子差不多。

「嗯哼。」又一聲。

給他一個哀怨的眼神，她繼續撥拉茶杯。

「死狐狸，沒看見爺進來了嗎？」九阿哥忍不住咆哮起來。

「喔，看見了，請坐。」青萍有氣無力地說道，順便奉送他一聲嘆息。

「妳個死丫頭，越來越沒規矩了，如今見了主子，連言聲都不言聲了！」九阿哥氣得在屋裡來回地走，青萍還是不理他，他站到她眼前，勾起她的下巴怒吼道：「妳倒是吱聲啊，別給爺裝啞巴！」

「吱——」

「妳這是什麼意思？」

「你不是要我吱一聲嗎？」青萍打開他的手。一點想像力都沒有，可憐的古人。

「哈哈哈哈，萍兒，妳可真逗，爺還從沒遇見過妳這樣的呢！」九阿哥忍不住大笑起來，笑夠了就自己坐在桌旁，倒了杯水——反正她是不會給他倒的。要是哪天她姑奶奶殷勤地給他倒茶，就說明他要倒楣了。

「不就是老四大婚的事嗎，有什麼了不起的，也值得妳這麼愁眉苦臉的？」九阿哥不甚在意地說道。

青萍白了他一眼，嗔道：「敢情你是站著說話不腰疼啊，這要倒楣的可是我！」

「要不，乾脆我去和額娘說說，讓她求皇上把妳給我做福晉，這樣，老四他們就算要找妳麻煩也找不到啊！」九阿哥的算盤噼哩啪啦打得響，怎麼算都不虧，嘿嘿！

「你想得美，我才不要嫁你呢！再說就算我願意嫁，我剛剛算計完他們，難道馬上就自己送上門去讓人家一雪前恥？」青萍嗤之以鼻。

九阿哥琢磨了一會兒，覺得她說的也有道理。不過如果安排得當，應該沒有什麼問題的，嗯，一定要說服她。

「傻丫頭，妳的顧慮雖然對，可憑我的能力一定可以避免這種事情的發生，放心吧，咱們絕不會步上他們的後塵。」九阿哥搓著下巴，努力地說服青萍。

青萍搖搖頭道：「我才不信呢，別人還好說，珊珊那關就過不去。你四哥自是不會明目張膽地收拾我，可珊就不一樣了，她可以毫無顧忌地把我給滅了。」

九阿哥皺著眉說道：「那妳想什麼時候成婚？」

「最少也要等到這件事冷下來啊。」青萍愁眉苦臉地回道，完全沒有注意自己已經一腳踩進陷阱了。

「好，我這就先去和額娘說，讓她等到皇上高興的時候再提，皇上答應後，還要選日子，這一等大概就得好幾個月。到時候，老四他們估計氣也消得差不多了，妳再給她賠個禮就是了。」九阿哥像說繞口令似地滔滔不絕了一大堆，把青萍說得頭昏腦脹，只好點點頭答應，某人就眉飛色舞地跑去和他額娘商量了。

之後，依然心不在焉的青萍起身倒在自己床上，為她黑暗的未來擔心不已。就這麼想啊想，忽然想起九阿哥剛才說的話，驀然發現自己犯了一個很大的錯誤——她自己糊裡糊塗地答應了他的求婚，還連朵花都沒有！天！這該死的奸商！死人妖！竟然挖了好大一個陷阱，悄無聲息地就把自己推下去了！暗恨自己一時失察，就這麼被人給定下了，嗚嗚……流年不利啊！

九阿哥得意洋洋地從宜蘭院出來，邊走邊哼著小曲。哈哈，這傻ㄚ頭，被爺給弄暈了，就這麼答應了，爺還以為得費勁呢，誰知竟這麼容易就辦成了！哈哈……

長春宮的小屋裡，同樣的愁雲慘霧，白玉和嬌蘭一籌莫展地坐在屋裡發呆。

「玉，一會兒珊珊就該來了，妳說咱們該怎麼辦？」嬌蘭皺眉問道。

「現在就收拾東西逃跑如何？」白玉有氣無力地回答道

「蠢！往哪兒跑？就算跑得出皇宮，難道還跑得出大清？」嬌蘭瞪著白玉罵道。

「那就沒辦法了，唉，等著挨揍吧！」

「唉。」兩人都沈默了。今天是冰珊進宮給婆婆請安的日子，可想而知，這兩人是多麼害怕了。

「啊，有了！」嬌蘭興奮地跳了起來。

白玉被她嚇了一跳，忍不住埋怨。「瘋了妳！小辣椒，妳想嚇死我？」

「嘿，玉玉，我有個好主意。」嬌蘭眉飛色舞地抓著白玉的胳膊說道。

「什麼主意？說來聽聽。」白玉也覺渾身一振。

「咱們把責任都推到死狐狸身上如何？反正，珊一時半會兒也找不到她，就讓她暫時背這個黑鍋吧！」嬌蘭陰險地笑道。

「不合適吧？那也太不夠朋友了。」白玉有些遲疑。

「妳傻啊妳，等珊珊找到狐狸的時候，說不定已經忘記了呢，再說妳忘了那回去妓院的事了？要不是我們機伶，早就挨揍了，死狐狸還不是只顧自己，一點道義都不講地把我們拋下了？玉玉，難道妳想試試珊的鐵砂掌嗎？」嬌蘭賣力地鼓動白玉和她一起陷害青萍。

白玉想了想，心裡的小魔鬼漸漸地甦醒了。「好，就這麼辦，死道友不死貧道嘛，嘿嘿，死狐狸，這回就麻煩妳背一下黑鍋先！哼哼哼……」

兩人不懷好意地低聲奸笑起來。

冰珊跟在那拉氏的身後，琢磨著一會兒怎麼收那兩個搗蛋鬼。竟敢給他們下春藥?!好膽識，簡直就是不知天高地厚了!哼!

進了德妃的寢宮，冰珊就四下裡尋找那兩個傢伙——沒有?!哼哼，我看妳們能躲到哪兒去!

坐在那拉氏的下邊，冰珊一語不發地聽著兩個女人絮叨，心裡琢磨著一會兒該如何收拾那兩個壞蛋。

「冰珊哪!」

德妃溫和的聲音突然響起，她趕快起身答道:「在。」

「老四待妳可好?」

「回額娘，四爺待我很好。」能不好嗎?幾乎一回家就泡在她屋裡，氣得李氏都快神經失常了，為了過清靜的日子，自己對那拉氏還是很友好的，人家畢竟是嫡福晉，總得給人留點面子吧!昨晚，她就把胤禛轟到那拉氏那裡去了，把他氣得直掀眉毛。今天早上，那拉氏看她的眼裡就和以前不一樣了。

其實，他們都不知道，自己之所以這麼大方，原因是她的大姨媽來了。

那拉氏微笑地看著冰珊，心裡想道，還以為她和李氏一樣是個狐媚子呢，誰知竟是個守禮的人，看來，以後倒是能鬆口氣了。

德妃沒錯過那拉氏溫和的眼神，嗯，這倒好了，原來還怕年家丫頭性子太烈，受不得委屈呢，誰知看這樣子，她們姊妹相處得倒是很融洽，老四又那麼寵她，看來我又快抱孫子了，呵呵！

「冰珊啊，既然老四這麼疼妳，妳可要快些給我添個孫子啊！呵呵。」德妃慈愛地笑說道，那拉氏也掩著嘴笑得花枝亂顫的。

只有冰珊一臉茫然。孫子？這也太快了吧？天，她還想再享受幾年呢！現在的這個身體才十幾歲啊，在現代就是個學生，生孩子？我的媽呀……

這天，十阿哥突然怒氣沖沖地跑來找青萍算帳。

這是為什麼？其實是青萍給梓月格格出了個主意，送了老十一份很有意義的生日禮物。

話說，十月十一，是十皇子胤䄉的二十歲生日。那天，十阿哥的府裡燈火通明、人聲鼎沸，大小官員、六部九卿，再加上皇子貝勒拉拉雜雜的一大堆人。

十阿哥樂呵呵地和前來祝壽的官員、哥哥弟弟寒暄說笑。喝了酒，大家就在老十的園子裡聽戲，唱的無非是些喜慶的戲文。八阿哥和九阿哥、十四阿哥與十阿哥坐在一起，因太子沒來，大家都很隨意，說說笑笑的好不熱鬧。

十四阿哥笑問道：「十哥，聽說梓月那丫頭給你準備了一份大禮，送來了沒有？」

十阿哥笑道：「在書房裡呢，等會兒散了戲咱們就看看去。」

「行了，十哥，這可是你說的啊！」十四阿哥笑嘻嘻地說。

誰知這些話卻被一旁的三阿哥聽見了，打自上次老九被棟鄂家的丫頭送了一份別出心裁的禮物後，他就一直對別人收的生日禮物很感興趣，尤其這個送禮的又和棟鄂家的姑娘有關係，所以一聽十四阿哥問起禮物的事，就格外用心聽，一聽老十說要等到散戲以後再看，生怕錯過了什麼精彩場面，就大聲笑道：「老十，得了什麼好東西了？還藏著掖著，拿出來給大家看看！」

旁邊的眾人一聽都跟著起鬨，迭聲說要十阿哥拿出來。老十無法，只好讓人把梓月送的東西取來。眾人一看，原來是個畫軸，裝在一個十分精美的盒子裡。大家嚷嚷著要十阿哥趕快打開，胤䄉笑了笑，吩咐人把盒子拆開了，拿出裡面的畫軸，打開一看——全都愣了。

上面一個大大的「十」字，這是遠觀的結果，如果仔細看就會發現，這個字是用小印章一點一點印上的，不多不少正好二十隻——鵝！

眾人先是疑惑，繼而幾個阿哥明白了，不禁偷笑起來，不明白的趕緊詢問。十阿哥也是屬於那不明白的，看一旁八哥、九哥和十四阿哥都笑得合不攏嘴，皺眉問道：「你們笑什麼？」

九阿哥拍了拍老十的肩膀。「哈哈，老十，你被梓月那丫頭捉弄了。」

「嗯，什麼意思？」十阿哥依舊一頭霧水。

十四阿哥「很好心」地走過來解釋給他聽。「十哥，您是十皇子吧？」

「嗯。」還有誰不知道這件事嗎？廢話！

「您看，這不是個十嗎？」十四指著畫說。

「對啊。」強壓著不耐，十阿哥抱著肩斜眼看著十四。

「您今天剛好二十歲滿吧？」

「這不廢話嗎？」他極不耐煩地翻了個白眼。

「您的名是胤䄉吧？」見他依然是不明所以，十四忍住笑說道：「梓月不就用印章給您——

『十』皇子『印』了二十隻『鵝』嗎？哈哈哈哈……」說完，十四阿哥就抱著肚子一邊樂去了。

聽完他的話，就算席上原有不明白的現在也都明白了，於是，哄堂大笑幾乎沒把十阿哥的府第給掀了。

十阿哥咬牙切齒地咒罵道：「死丫頭！明兒爺就找妳算帳去！」

幾天之後，他終於知道這個幕後黑手是誰了——棟鄂·青萍。

青萍笑咪咪地看著十阿哥暴跳如雷地叫囂，一言不發地坐在那兒喝茶，直到十阿哥罵累了，才悠然地笑道：「十爺，您憑什麼說是我指使的？又憑什麼來這兒大吵大叫的？」

九阿哥早就提前通知她了，她自然知道是老九和老八推測出來告訴他的。梓月可沒這個膽子，當初告訴她的時候就警告過她，如果膽敢洩密，以後就再也別想從她這兒得到一點有趣的東西了。郭洛羅家的兩格格對她那些花樣繁多、層出不窮的整人高招簡直佩服得五體投地，自然不敢違規，當然就是無憑無據了，呵呵。

傻小子，誰教你開口閉口老是叫我死狐狸？哼，這回可是出了口惡氣——印鵝！

十阿哥目瞪口呆地愣住了。是啊，這些全是八哥他們推測出來的，梓月那丫頭死活不說，最近被逼得緊了，連人影都找不著了……

因此，這事最後還是不了了之。

大年初一，皇宮家宴。乾清宮裡燈火通明的，很是熱鬧，康熙皇帝坐在上頭和幾個得寵的嬪妃說笑，底下，大小阿哥帶著福晉家眷各自聊著，觥籌交錯間呈現出一派繁華景象。

青萍和白玉因主子都是寵妃之列，故而可以站在上面光明正大地「藐視」群倫。

兩人正看得津津有味，忽聽見德妃溫婉地對皇上說道：「皇上，臣妾看九阿哥也不小了，不如給他定門親事吧！」

康熙點點頭，對宜妃笑問道：「妳說呢？」

宜妃巧笑倩兮地回道：「臣妾自是十分願意的。」

「嗯，那誰家的孩子合適呢？」說完，他看了看宜妃身後的青萍。

德妃笑道：「依臣妾看棟鄂家的姑娘就很好，模樣端莊，人也溫柔。」此語一出，底下眾人險些笑出來。她溫柔？天，簡直就是惡魔轉世。

康熙卻似沒看見一般點了點頭，笑道：「嗯，妳說的對。棟鄂·青萍！」

「在。」青萍娉娉婷婷地從宜妃身後走了出來，大方地跪在地上。「奴婢棟鄂·青萍叩見皇上，皇上萬歲萬歲萬萬歲！」最後一次用那倒楣的自稱啦——

「嗯，平身吧。」康熙溫和地說道。這就是那個讓老九欠了一兩多銀子，讓老十暴跳如雷的丫頭？呵呵，和冰珊那丫頭沾得上邊的都是一些古靈精怪的丫頭。他抬眼掃了掃四阿哥席上的冰珊——這丫頭眉眼之間少了些許寒意，多了一絲溫婉的風情，看來，她和老四倒是魚水和諧啊！

「謝皇上。」青萍穩穩站起身。

「抬起頭來。」

「是。」青萍慢慢地將頭抬起，淺笑著看向康熙。耶，終於可以近距離地觀察康熙大帝了，那白淨的臉龐上微有幾點麻子，兩道劍眉斜插入鬢，龍目不怒自威，高挺的鼻梁下，嘴角正微微上翹著。他看似溫和無害，可只要仔細瞧就會覺得他的眼睛深邃得看不到底，似乎這世間的一切都在他的掌握之中。

康熙打量著這個落落大方的女子，她不似一般女子那般見他就慌張害怕，反而不停地打量他，好像在心底評估他的實力，有意思，又一個不怕自己的！

「嗯，好。傳旨，棟鄂‧青萍德良賢淑……」雖然，自己也很懷疑這樣說到底可不可信。

「……作配皇九子胤禟為嫡福晉，擇日完婚！」

九阿哥一聽，立刻走出來跪倒在地，青萍也和九阿哥跪在一起，兩人異口同聲地說：「兒臣謝皇阿瑪聖恩！」

康熙點點頭，微笑著看向李德全。

李德全早就在德妃她們說話的時候就準備好了禮物，一支白玉如意和一串東珠。

青萍恭敬地接下了托盤，和九阿哥又磕了個頭，才捧著盤子起身回到宜妃身邊，心裡琢磨著，這些東西在現代值多少錢啊？發財啦！

宜妃慈祥地看著她笑了笑，拉起她的手輕輕地拍了拍，轉頭對皇上笑說：「臣妾替九阿哥謝皇上了。」然後她轉頭對德妃善意地一笑——這是宮裡的老把戲了。

德妃朝她點了點頭，笑道：「恭喜妹妹了。」

宜妃嬌笑道：「論理，您也是胤禟的額娘，咱們就同喜了，呵呵。」看起來兩人和睦得不得了，似乎真有那麼回事兒似的，其實兩人都知道，九阿哥和四阿哥他們都快成鬥雞了，倒是十四阿哥和九阿哥他們走得近些，可也不像宜妃所說的那樣。

康熙卻似乎滿意這樣的結果，看了看兩個妃子，舉起杯，大聲說道：「來，大家都喝了這杯，就算是給九阿哥賀喜了！」

所有人都起身乾了這杯，然後，眾阿哥都離席給九阿哥敬酒。九阿哥志滿意得地來者不拒，酒到杯乾，轉眼間，那雙桃花眼有些迷離了，俊臉也通紅。他抬眼看著上面的青萍，眼角眉梢都是滿滿的思慕。

青萍微笑著想道，嫁給他也不錯，呵，一個比自己還美的男人——

冰珊戲謔地看著得意的九阿哥和面帶幸福的青萍。想不到報仇居然可以不用等十年那麼長啊……哼哼！

青萍忽然覺得有些冷，下意識地看向底下似笑非笑的四阿哥，和眼泛寒光的冰珊——我的媽呀！

第二十二章　嬌寵

白玉和嬌蘭笑咪咪地坐在四阿哥的車裡。為什麼坐在他的車裡呢？因為三個阿哥集體跑去求德妃，把這兩丫頭接去四爺府赴宴去了。

到了四阿哥的府門口，五個人下了車進門。酒席設在荷花廳，三阿哥和五阿哥、八阿哥、九阿哥、十阿哥、十二阿哥都在，見三個阿哥進來，三阿哥就笑道：「主人家回來了。哈哈，我們這些客人餓著肚子等了大半天才把妳們等回來，待會兒一定得罰酒三杯！」

四阿哥微笑道：「三哥說的是，我認罰。」

十阿哥大聲嚷道：「難得四哥請客，怎麼，四哥，您給兄弟們備了什麼好吃的了？」

十四阿哥卻笑道：「十哥，您怎麼開口閉口都是吃啊？哈哈！」

「四爺這兒備了什麼我不知道，可有一樣必是有的。」青萍嬌脆的聲音自廳外傳來，原來是四福晉知道四阿哥已經回府，就帶著冰珊她們過來了。

「是什麼？」十阿哥疑惑地問道。

「鵝呀！十爺不是最愛吃了嗎？」青萍戲謔地笑道，說得大家都大笑起來。

十阿哥氣得臉紅脖子粗的。「妳個死丫頭，找揍嗎？」

「喲……十爺好大的脾氣啊！」換完衣服的白玉和嬌蘭後腳就跟了進來，歪著頭看向十阿哥。「青萍馬上就要嫁給九爺了，大概您很快就要叫一聲九嫂了吧？十爺就這麼不給九爺面子啊？當著人家的面，要打人家的福晉——嘖嘖嘖，唉，真是是可忍孰不可忍啊！」兩人裝模作樣地搖了搖頭，走向三阿哥他們，微一福身說道：「嬌蘭、白玉給幾位爺請安，爺吉祥！」

三爺他們強忍笑意，隨意地擺了擺手說：「姑娘請起。」真不知道這幾個刁鑽古怪的丫頭是打哪兒冒出來的。

十阿哥被九阿哥強拉著坐了下來，四福晉心想，這幾個丫頭可沒一個是省心的，知道她們和幾個阿哥早有瓜葛，卻不知原來竟如此隨便大膽。她看了看默然不語的冰珊——還好得了個不愛招惹是非的，否則……

所有人都坐下了，這原有些不合規矩，因為內眷是不能隨意見人，可今天來的都是自家兄弟，又都是常來常往的，也經常在一起吃飯，倒不大忌諱了。

席間，眾人談談笑笑的倒也融洽，只是吃完後，青萍三人可就倒楣了……

宴後，四阿哥回到冰珊居住的蘭珊院，一進院門就聽見裡頭歡歌笑語的好不熱鬧，他微微一笑，邁步走了進去。到門口，聽見四人正在一起說笑。

冰珊淺笑道：「青萍，剛才出門時，九阿哥的臉色黑得可以和墨汁相比了，妳幹麼給他臉色看？」

青萍哧笑道：「這算什麼？打從賜婚後，姑娘就沒給過他好臉色。」

「為什麼？難道妳不要他了？」白玉奇怪地問道。

「那倒不是，是因為這小子趁我沒注意就誆了我。」然後她把那天九阿哥「求婚」的經過說了一遍，末了還咬牙切齒地說道：「我要是不整整他，他還以為我是個傻瓜呢，哼！」

嬌蘭和白玉聽完都笑了起來，冰珊卻似笑非笑地說道：「妳一說，我倒想起個事來。」她看了看臉色大變的三人，冷笑著問道：「妳們是自己說呢，還是等著大刑侍候？」

四阿哥聽到這裡就住了腳，想聽聽她們究竟是如何「招供」的。

「嘿嘿，珊……那個，都事過境遷了，您老人家大人有大量，就別和我們計較了好不好？」白玉討好地拉著冰珊的胳膊，一臉諂媚地笑道。

「哼，事過境遷？我可不這麼認為，妳們的惡作劇害得胤禛成了別人口中的笑柄，害得我成了個狐狸精，妳們說我能忘了嗎，嗯？」

「那個，我們不過是怕妳家四四不行嘛……唉喲！」青萍的話被她的唉叫聲逼了回去。

「妳哪兒聽來的廢話，啊？他行不行關妳什麼事？要妳操心？還有妳們兩個，把黑鍋扔到死狐狸身上就萬事大吉了？哼，當我傻啊？認識妳們這麼多年，妳們那點心思我還不知道？說，究竟是怎麼回事？」鬆開青萍的耳朵，冰珊坐在椅子上冷冷地看著三人。

門外的四阿哥險些沒樂出來。活該！爺不好出面收拾妳們幾個，冰兒倒是替我出氣了，哼！

青萍苦著臉說道：「珊珊，妳別生氣，我說就是了。」接著就把她們是如何商量，自己又如何從九阿哥那裡騙來逍遙散的經過說了一遍，然後她心跳如鼓地看著臉色淡漠的冰珊，又使勁地瞪了那兩個沒義氣的傢伙——可惡！竟然想讓她一個人背那麼大的一口黑鍋，待會兒再收拾妳們！

「我們似乎好久沒在一起切磋一下了，是吧？擇日不如撞日，我看今天就很好，走吧！」冰珊說完便站了起來。

嬌蘭忙陪笑道：「珊珊，我們的衣著不方便，還是改日吧。」天啊，早知道剛才還不如和十四走了哩。

白玉和青萍也點頭附和，冰珊冷笑道：「我堂堂四貝勒府還找不到妳們穿的衣服嗎？實話告訴妳們，我早就給妳們預備好了，這就換了，咱們到院子裡去，再囉嗦，我就不管妳們穿著什麼了。」

三人一聽就用最快的速度閃進了裡屋，果然，床上整整齊齊地放著三套練功服。我的媽呀！這是陷阱啊！

四阿哥樂呵呵地聽完，轉身走出了院子，往那拉氏屋裡去。想來，這一夜，冰兒是無暇顧及他了，自己就在那拉氏那裡休息一晚吧！

走到半路，他忽然想起一事，就吩咐隨從。「今天夜裡，無論蘭珊院有什麼動靜，你們都不許管，聽見沒有？」哈哈，希望那三個壞丫頭能活到明天早上。

下人早就知道主子對這位側福晉寵信得很，剛才他們在院外遠遠地站著，不知道裡頭發生了什麼，不過從貝勒爺愉快的臉色推斷，年主子又在玩什麼花樣了。這可不是下人能打聽的東西，四爺府裡的規矩大，若是因為好奇惹怒了四爺，恐怕就是連夜投胎都來不及！

第二天一早，側福晉屋裡的大丫頭小菊招呼一幫下人去蘭珊院收拾，下人們一進去都嚇了一跳，昨兒夜裡來土匪了嗎？怎麼院子被毀成這樣了？一地狼籍，幾棵小樹被攔腰砍斷了，雪地上到處都是被利器劃過的痕跡，連石桌石凳都不例外——聽說，昨天夜裡，闌珊院裡哀號不斷，不是年主子的幾個手帕交在嗎？姊妹相見，應該是和和樂樂的啊，怎麼會有慘叫和哀號呢？太詭異了！

屋裡，四個筋疲力盡的女人胡亂睡在床上，小菊小心翼翼地端著洗臉水進來。

幸好小姐昨天沒想起她來，否則——看著外面的情形，小菊打了個冷顫，嚥了嚥唾沫，走到床邊輕聲叫道：「主子、主子！」

冰珊勉強地睜開眼睛。昨天實在是太痛快了，又過癮又解氣。她掃了掃趴在自己身上的白玉，微微一笑，把她小心地挪到了一邊，起身下床。

「小菊，多打些熱水，我們要沐浴。」冰珊一邊讓小菊給她更衣，一邊小聲說道。

「是，主子，四爺剛才打發人過來問主子醒了沒有，還吩咐若是主子醒了就讓您和幾位姑娘去書房找他。」小菊仔細地給冰珊穿好衣服——小姐真是越來越好看了，難怪貝勒爺十天倒有七、八天都在小姐這兒了。

「嗯，我知道了，妳去吧。」冰珊淡淡地應了，打發了小菊，回身走到床邊笑道：「還不起來？」

青萍懶懶地說道：「再睡會兒，累死我了。臭冰珊，下手那麼狠……」

冰珊不覺有些好笑，捏著她的鼻子讓她醒醒。

「唔唔唔……誰呀，這是討打嗎?!」青萍氣急敗壞地坐了起來，等看到面無表情的冰珊，就改口嘻笑道：「是珊珊啊，妳都起來了啊？我這就起床。」她轉過頭，收起一臉假笑，往白玉和嬌蘭的身上一人給了一巴掌。「快起床，懶蛋！」

兩人被打得一下就醒了，白玉坐起來，瞇著眼睛問道：「幹麼？還沒打夠啊？我可受不了了。」一說完，就往後一仰，栽回到被子裡了。

嬌蘭倒是醒了，坐起來伸了個懶腰。「哈……幹麼呀？今天是禮拜天……」

說得冰珊和青萍都大笑起來，青萍「啪」地給了她一巴掌，笑道：「還禮拜天呢！被打傻了吧妳？」

一聽那個「打」字，嬌蘭立刻清醒了。「還打？我可不來了！」

冰珊好笑道：「行了，快起來吧，胤禛還等著我們呢。再說，妳和玉玉一會兒還得回宮呢！白玉，快起床，再不起來我可就大刑侍候了啊。」

白玉懶洋洋地坐起來。「知道了。」三人爬起身，下床穿好了衣服，就見小菊把水也打來了，四人輪番洗了澡、吃了點東西，就跟著冰珊往四阿哥的書房去了。

走到書房所在的意勤齋門口，她們遠遠就見李氏站在院門口，正和意勤齋小廝墨雨爭執。

李氏打聽四阿哥昨天晚上宿在福晉的屋裡，今兒一早就去了書房。聽說昨天晚上，四個妖精在蘭珊院打得天翻地覆的，哼，打死才好呢！想到四爺居然准許那狐狸精去書房，氣就不打一處來，憑什麼她就能去？今兒偏要去試試！她便捧著親手熬煮的蔘湯，喜孜孜地來到了意勤齋，可惜才到門口，就被墨雨攔住了。

「李主子，四爺吩咐了，內眷一律不可入內。」

「放屁，年冰珊就不是內眷了？怎麼她就可以進去？你讓開，一個奴才竟敢攔著主子的去路，你好大的膽子啊！」李氏囂張嚷道。

墨雨無奈地說道：「年主子是四爺特許的，要不，您也讓四爺特許一回，墨雨立刻就放您進去。」實在討厭她這副頤指氣使的可惡嘴臉，連福晉和側福晉都不曾如此在書齋門口叫囂過。

李氏頓時紅了臉，抬手就給了墨雨一巴掌。「混帳東西！你也敢和我頂嘴？反了你了！」打得墨雨一陣委屈，只好跪在地上趕緊磕頭。

遠處，青萍冷笑道：「四四府裡還有這麼個主啊？哼，珊，那傢伙有沒有欺負妳？」

「妳老大是那麼沒用的人嗎？」冰珊掃了她一眼，淡淡地說道。

「就是。她要是敢使賤招，就打得她滿地找牙。」白玉恨恨地看著那個欺負人的妖婆。

嬌蘭哼笑道：「這種人還需要珊珊動手嗎？走，咱們和她玩玩去。」

冰珊卻攔住三人，冷笑道：「對付這種人，有更好的辦法。走。」三人一臉驚奇地跟著冰珊進了意勤齋的院門。

四阿哥不勝其煩地聽著外頭李氏和墨雨的對話，先是隱忍著沒作聲，知道李氏是因為自己過於寵愛冰珊，冷落了她而氣憤，想想她畢竟也侍候自己好幾年了，所以睜一隻眼閉一隻眼地由她折騰，反正，冰兒也吃不了虧——聽說，最近李氏被冰珊整得猶如避貓鼠似的，呵，純屬自討苦吃。

可後來，聽著李氏越來越不像話，竟然還出手打了墨雨。主子打奴才原也沒什麼，不過冰兒這會兒大概快過來了，他可不想讓她誤會生氣，因而起身開門喝斥。「大清早的喊什麼呢？一點兒規矩都沒有！」他看了看跪在地上的墨雨。「糊塗東西，你李主子也是主子，你就不會好好地說話嗎？惹你主子生氣，滾一邊兒去。」他又對李氏冷道：「妳不知道這書齋的規矩嗎？大早上的，鬼哭狼嚎的成什麼樣子？越來越不像話了。」

說得李氏委屈得直要哭，癟癟嘴，說道：「是芸兒糊塗了，四爺見諒。芸兒早起熬了一碗蔘湯，想著爺一直殫精竭慮地熬夜，就想趕緊給爺端一碗過來，誰知……」她委屈地看了看臉色稍緩的四阿哥。「我服侍著爺喝了吧。」四阿哥剛要說話，抬頭卻見院門口四個臉色各異的女人，別人他是不理會的，可冰兒面帶嘲諷地看著自己，眼中冷得沒有一絲溫度——幸好自己沒嘴快地答應了李氏的要求，幸好！

「冰兒，快過來。」他朝她招了招手，又低頭對李氏說道：「把蔘湯給墨雨，妳先回去吧。」

李氏睜著雙眼——明明看見爺眼裡的不捨了，怎麼一轉眼就沒了呢？都是那該死的狐狸精！她氣呼呼地把蔘湯交給墨雨，匆匆給四阿哥福了福身，轉頭就往外走。走到冰珊身側，她冷哼道：「側福晉好早啊！」

冰珊微微一笑。「李姊姊說笑了，好容易四爺昨天沒歇在我那兒，想不到這一個人睡得還挺舒服的。這不，就一覺睡到了這會兒！唉，還真是羨慕姊姊呢，天天都能睡個好覺。」

李氏聞言，頓時氣白了臉，哆嗦了一下，恨恨地走了。

青萍幾個已經快要忍不住了。哈哈，她們家珊珊的嘴居然也這麼毒啊，佩服！太佩服了！

沈默了片刻，三人終於還是忍不住大笑起來。臺階上，四阿哥又好氣又好笑地看著四個女人，心想，可是看見冰兒的厲害了，呵呵，說出的話比刀子還利，只是也太不留情面了，唉——

自己又要有幾日不得清閒了。

冰珊冷冷地看著四阿哥，卻向墨雨吩咐道：「還不把你李主子熬的蔘湯熱了，好服侍你四爺喝？」

墨雨有些心驚地看了看她，又看向四阿哥。

四阿哥無奈地說道：「去熱熱吧。」待墨雨走後，他看著冰珊，戲謔地說道：「還不進來？等了妳們一早上了，十三弟和十四弟他們還說要帶妳們出去玩玩呢，妳們幾個居然這會兒才起來。」

青萍看了看冰珊冰冷的神色，對嬌蘭她們使了個眼色，向四阿哥笑道：「四爺，既是要出去玩，我們就先回去換衣服了。」說完也不等二人說話，就拉著嬌蘭和白玉飛一般地出了書齋。讓他們小倆口自己解決去吧！

四阿哥很滿意青萍的識相，笑著走下臺階，拉起冰珊的手笑問道：「又吃醋啦？妳呀……」他拉著她進了屋，關上門，摟著她笑道：「昨兒夜裡出了氣了？」

冰珊白他一眼，所答非所問地嗔道：「你要敢讓她邁進這書房的大門，我就永遠也不進來。」

「我這不是沒讓她進來嗎？」四阿哥越發慶幸自己沒嘴快地壞了事。

「哼，要不是看見我，你早就讓她進來了。」不知道自己為什麼有那麼大的火氣，冰珊忽然覺得委屈。

四阿哥尷尬地一笑，才要說話，就聽門外墨雨說道：「四爺，蔘湯熱好了。」

冰珊聞言冷哼了一聲，甩開他的手，逕自走到椅子上坐了。四阿哥暗自翻了個白眼！這要是別人，他早就急了，可對上她，他就無奈了，也不知自己犯了什麼邪，唉。

「賞你喝了。」朝門外喊了一句，他走到冰珊身邊笑道：「行了吧？還生氣啊？我不喝就是了。」他拉起她的手走向軟榻，回頭邪笑道：「昨天害得我都沒處睡了，妳是不是現在補償補償我？」

冰珊的俏臉一紅，忍不住擰了他一下，聽到他輕佻地唉喲了一聲，就笑著由他去了。

門外，墨雨捧著蔘湯在那兒發呆。四爺這是瘋了吧？賞我？天啊，這蔘湯藥力極強，我消受得起嗎我？忽聽屋裡的聲音有些不對，連忙面紅耳赤地捧著蔘湯退到了院門口。

可別再叫誰進來了，打擾了爺的興致，我就死定了！

十三阿哥和十四阿哥兩人邊走邊笑地來到了意勤齋外，老遠看見墨雨捧著一碗東西在那兒發呆，十三阿哥笑呵呵地過去踹了他一腳，問道：「你個猴崽子，不在裡頭侍候，站在這兒犯什麼傻呢？」

墨雨一驚，忙跪下說道：「奴才給二位爺請安，爺吉祥。」

十四阿哥皺眉說道：「起來吧。我四哥呢？」

「回十四爺，四爺在裡頭呢——」墨雨還沒說完，就見二位爺要往裡走，忙攔著說道：「二位爺現在不能進去！」要是讓他們進去了，自己就完蛋了！

「你個兔崽子啊，連我們也敢攔？」十三阿哥擰著他的耳朵罵道。

十四阿哥不耐地說道：「十三哥，理他做什麼？咱們走。」

十三阿哥又踹了墨雨一腳，就跟著十四往屋門口走去，急得墨雨趕快跑到他們前邊說道：「二位爺，您二位就是打死奴才，這會兒您二位也不能進去。」

「為什麼？」兩人狐疑地對望了一眼，十四阿哥問道。

「那個、那個……屋裡有人。」

「誰？」十三阿哥奇怪地問道。誰這麼大的面子，讓四哥連他們都不見。

「是、是、是年主子……」墨雨終於低聲地說了出來。

兩人先是一愣，繼而偷笑了起來。哈哈，想是昨天那幾個丫頭一直霸占著冰珊，所以……兩人忍著笑低聲問道：「那幾個丫頭呢？」墨雨鬆了口氣，笑說：「在年主子屋裡。」

兩人點點頭，又看了看緊閉的屋門，相視一笑，轉身去了闌珊院。

當四阿哥和冰珊回到闌珊院的時候，一進門，就見屋裡的五個人都大笑起來。四阿哥聽墨雨說了剛才的事，心裡也覺得不好意思，尷尬地咳了聲。「走吧，玩一會兒還要送她們回去呢！」

第二十三章　還禮

三月，馬上就要到九阿哥胤禟和青萍大婚的日子了。照例，嬌蘭和白玉二人被借調至九阿哥府內，可其實兩人是在棟鄂大人的府裡。

冰珊在棟鄂府門口下了車，不禁想起前幾天，胤禛曾問她：「妳打算就這麼放過他們嗎？」她只是淺淺一笑。「我總不能把人妖九也暴打一頓吧？他就交給你了。」

「人妖九？誰？老九嗎？」胤禛邊說邊笑問：「人妖是什麼？」

「就是不男不女。」她淡淡地回答，順便給自己調整一個舒服的姿勢。

「呵，虧妳想得出來。人妖九？很貼切，要是讓老九知道，非氣死不可。」

低沈的笑聲帶動著他胸膛不斷地起伏，冰珊笑了笑說：「這是狐狸取的。」

「哈哈哈哈……」終於，他還是忍不住大笑起來。小狐狸竟然給自己未來的夫君起了這麼個名字，還真不是一般的好笑。

笑了一會兒，他忽然問道：「妳們給我起了什麼外號，嗯？」說著，他挑起她頰邊的一縷長髮，放在鼻端嗅著。

「冰山四。」斜眼睨了他一下，她輕聲地笑了。

「冰山四？哼，我像嗎？」他佯作生氣地問道，還瞇著眼睛沈下臉，箝住她的下巴，故意讓自己看起來很凶惡。

「呵呵，你不像嗎？」冰珊掃開他的大手，靠回剛才的位置。

「好啊妳，竟敢在背後編派我，嗯？看我怎麼收拾妳——」說完就將手滑至她的肋下不停呵了起來。

「哈哈哈哈……快放手！我怕癢，還不放開？哈哈……」冰珊斷斷續續地邊笑邊躲避他的攻擊，笑得上氣不接下氣的，臉色也因劇烈的笑而脹得通紅。

見她笑得快要岔氣了，胤禛終於決定暫時放過她，把她拉回懷中。「看妳以後還敢不敢說了。」

冰珊微嗔地看了他一眼，有些撒嬌地說道：「你真壞，哪有這麼欺負人的？討厭。」

她含嗔帶怨的樣子顯得別具風情！胤禛的眸色深了，才要吻她，就聽她笑問道：「你打算如何報答一下你的九弟呢？」

四阿哥想了想，微笑道：「我會給他準備一份大禮。」他低頭朝她笑道：「他那兒妳就不用操心了，妳還是操心操心我吧！」說完，就俯下頭吻了過來。

結果，冰珊最終也沒問出他到底為九阿哥準備一份怎樣的大禮，看來只有到大婚當天才能知道了——

三天後，九阿哥胤禟的婚禮如期舉行。

皇子的婚禮繁瑣，賜婚後，先是由內務府豫行欽天監選擇指婚吉日，並列大臣、命婦中偕老者奏襄婚事。屆期，讚禮大臣偕福晉父蟒袍補服，至乾清宮東階下，福晉的父親要在北面跪，而讚禮大臣在西面立，稱：「有旨：今以某氏女作配與皇子為福晉。」福晉父承旨，行三跪九叩禮，興，退，乃擇吉納幣。

內務府官以彩亭載諸禮物入福晉家，陳幣於堂，陳馬於庭，陳賜物於階上，以納幣告。福晉父母受謝恩，燕會行禮如儀。

婚前一日，福晉家豫以妝奩送皇子宮鋪陳。屆日質明，皇子蟒袍補服，詣皇太后、皇帝、皇后前行禮。若是妃、嬪出者，並於所生妃、嬪前行禮。皇子乃如福晉父母家，行迎娶禮，回宮。內務府選隨從女官八人前往福晉家閣前恭候，讚事命婦前往皇子宮內別室恭候。

自宮門至福晉家，步軍統領飭所部灑掃清道，鑾儀衛備儀仗，紅緞帳輿。內務府總管一人，官屬二十人，蟒袍補服，護軍四十人，如福晉家奉迎。吉時屆，內鑾儀校奉輿陳於中堂，福晉禮服出閣，隨從女官翊升輿下簾，內校舁行，燈八炬十前導。女官隨從，出大門乘馬，前列儀仗，內務府總管率屬及護軍前後導護。

行至紫禁城門外，眾下馬步入，及儀仗止於宮外。女官隨輿入至皇子殿前，降輿，女官恭導福晉出輿，引入宮。

吉時屆，讚事命婦上合巹酒，設宴，皇子與福晉行合巹禮，執事者皆退。是日，內大臣、侍衛二品以上，八旗、文武大臣齊集，福晉親族有職人等暨同旗之大臣、侍衛官員等齊集箭亭內，命婦等在長房內筵宴，如納幣於福晉家之儀。

翌日，皇子及福晉夙興，朝服，內務府管領妻二人導，詣皇太后、皇帝、皇后前行朝見禮。皇子前立，福晉後立。皇子行三跪九叩頭禮，福晉行六肅三跪三拜禮。次詣所出妃、嬪前行禮，皇子行二跪六叩頭禮，福晉行四肅二跪二拜禮，各如儀，退。皇子仍如福晉父母家行禮如前儀。

以上就是皇子大婚的習俗禮儀，其實就是兩字——囉嗦！

大婚當天，冰珊她們少不得還是在青萍那裡，仔細地給她打扮完了，看著她頭戴朝冠、身穿石青色五爪九龍蟒袍，冰珊笑道：「看死狐狸這蟒袍玉帶的模樣，倒真有幾分富貴景象。」

嬌蘭卻不忘打擊一下得意的青萍。「人家是穿上龍袍也不是太子，她是穿上蟒袍照樣是隻狐狸。」說得三人一陣大笑。

青萍則咬牙切齒地說道：「等妳和小十四結婚時，我就把妳弄成了辣椒的樣子，讓小十四在洞房時被辣死。」

「妳要真有這個膽子，我就讓妳弄，就怕妳是煮熟的鴨子，光剩下嘴硬了。」嬌蘭毫不在意地繼續氣她。

「妳——」青萍站了起來，朝冠上的珠子跟著左右亂搖。

「狐狸，不要動氣，妳臉上的粉都快讓妳抖掉了，風度，一定要注意風度。可別讓妳家小九被人家笑話——婚禮當天，其福晉在閨房中和一女官大打出手，導致福晉在上轎的時候和瘋婆子似的，哈哈！」白玉刻薄地嘲諷她說。

「死人骨頭！君子報仇，十年不晚！妳們給我等著瞧！」青萍瞇著一雙狹長的狐狸眼瞪著她們。

「兔、兔、兔、子、子、等、等、等、著、著、著、瞧、瞧、瞧——」白玉學著動畫裡的老狼被顛得七扭八歪的樣子，逗得幾人笑成一團，青萍的眼淚都笑出來了，只好麻煩這個罪魁禍首給她補妝。

好不容易熬到了上轎，青萍一左一右地搭著嬌蘭和白玉，坐進了轎子。與上回不同，這回嬌蘭和白玉是以女官的身分騎在馬上，冰珊則和小菊坐進了馬車裡，一行人浩浩蕩蕩地前往紫禁城。

行完了大禮，再來就是前往九阿哥的府第了。

九阿哥雖未立嫡福晉，卻早就立側福晉了，所以也早就搬出皇宮開衙建府，連十三和十四兩位阿哥也有自己的府第。

而後照舊是大擺酒宴，宴後，九阿哥和一干皇子來到了洞房門口，原以為會遭到和四阿哥一樣的待遇，可誰知那幾個丫頭卻老實得很，連紅包都沒跟他要。

九阿哥拿喜秤挑起蓋頭的帕子，喜孜孜地瞅著自己這個新娘子。

頭戴朝冠、身穿蟒袍，嬌美的臉上帶著自信的笑容，烏黑的眼眸閃爍著智慧和狡黠的光芒，這就是自己最最喜歡的小狐狸了，呵，終於可以光明正大地把她擁在懷裡了。

胤禟溫柔地看著青萍，心裡滿是喜悅和幸福，把她的手輕輕放在自己的手掌之中，兩人微笑著走到了眾人的面前。

有阿哥起鬨道：「新郎新娘總得有點表示吧？」

「就是！連四哥都那麼大方了，九哥您可不能讓兄弟們失望啊！哈哈哈哈……」

九阿哥邪邪地一笑。「你們想要怎樣？」

「和九嫂親個嘴吧！哈哈哈哈……」

「就是，要不讓九嫂親您也行！」

「喔——」一幫小阿哥起鬨地嚷嚷起來。

九阿哥微笑道：「想得美呢你們！我才不幹呢！」

大家一聽不樂意了，都說九阿哥不近人情，不鬧洞房，他們來幹什麼？

青萍四下找了找——嬌蘭和白玉、冰珊都遠遠地站在門口，似乎等著看什麼好戲似的，她心裡暗自詫異，這幾個今天怎麼這麼乖？難不成有什麼陰謀？嗯，可不能著了她們的道，尤其是冰珊，上次她和四四結婚的時候，自己可沒少出壞主意，雖然她已經揍了自己一頓，可難保不會留有後手。

對九阿哥使了個眼色，青萍笑著說道：「既然各位有這個要求，我們自是應當照辦，不過……」看了看眾人，她故作嬌羞地說道：「能不能請大家站到門外去啊？這屋裡也太擠了，我們索性就站到外頭廊子裡表演給大家看如何？」

九阿哥的劍眉一挑，不明白青萍打的是什麼主意，一眾阿哥都哄然叫好，說什麼到底是九阿哥的福晉，真是爽朗大方云云。

冰珊卻玩味地一笑——這隻狡猾的狐狸，竟想著金蟬脫殼呢！哼，哪有那麼便宜的事？她附在嬌蘭的耳邊低語了幾句，就聽嬌蘭大聲說道：「九福晉這是要金蟬脫殼吧，把大家都騙到門外，你們再把門鎖上，好讓大家無可奈何是不是？」

一言驚醒夢中人，眾阿哥都醒過來了，七嘴八舌地嚷道：「新娘子也太狡猾了！想就這麼著把我們都攆出去啊？沒門兒！」

「就是、就是，我們不出去，你們就在這兒親，不親，我們就不走！」

「對。不親就不走！」

青萍氣急敗壞地看著冰珊和嬌蘭，心裡暗自翻白眼。就知道不會輕易放過人！

九阿哥聽青萍說完後就明白了，眼看就要把一干搗亂分子轟出去了，卻被嬌蘭一語道破，一大群阿哥又都擠了回來。該死的小辣椒！

「盛情難卻」之下，九阿哥終於吻了新娘的臉一下，原以為就這麼完了，可是誰知——

「親臉不算！」白玉不懷好意地嚷道。「還要新娘也來一下，哈哈！」

兩人一致地瞪向那個歪在冰珊身上壞笑不止的白骨精，在心底異口同聲地罵道，妳個死人骨頭！

在一片起鬨叫好聲中，太子等一干大阿哥也紛紛登場了，太子由於對上次四阿哥婚禮的事件記憶猶新，故而十分雞婆跑到了洞房，想看看九阿哥的婚禮會有什麼花樣。別人也抱著同樣的心思，只有四阿哥微有不同，他可是為老九準備了好大一份禮物。哼，送他一個難忘的洞房花燭夜！

最終，在大家一致要求下，兩人當眾吻了一下。和四阿哥的洞房不同，人家好歹還有人擋著，可這回，冰珊三人站得遠遠的，完全是一副看戲的態度，好在九阿哥機敏，摟住青萍猛地旋身，眾人只見他的背影，精彩鏡頭卻一點都沒外流，只是在兩人站好之後，從新娘嬌羞的神色中可以看出九阿哥可是很賣力。

鬧完了洞房，九阿哥摟著青萍笑問道：「累壞了吧？餓不餓？」

青萍溫柔一笑。「沒事，我既不累也不餓，倒是你，喝了不少的酒吧？」她忍不住撫上他絕美的容顏，這樣美麗的男人怕是世間僅有了。

抓住她的小手放在嘴邊輕吻，胤禟柔聲說道：「妳終於是我的了。」

青萍伏在他懷裡嘆息。「是啊，我是你的了，可你呢？卻不只屬於我一個人。」

胤禟輕笑道：「醋罈子，我把心全都給妳還不行嗎？」

搖搖頭，青萍嘟著嘴說道：「不行，我還要更多的。」

「那妳倒說說，妳還想要什麼？」九阿哥好笑地抬起她的下巴，吻了吻那張微微翹起的紅唇，低柔問道。

「這個。」青萍自懷中掏出一張紙晃了晃。

「這是什麼？」放開懷中的美人，九阿哥疑惑地拿過紙來，打開一看，只見上面拉拉雜雜地寫了一大篇。

「立據人，甲方；乙方，棟鄂‧青萍！」他抬起頭，皺眉道。「又和我玩花樣？爺才不上妳的當了呢。」說著就要把紙撕了。

「你敢！你要是撕了，我就、我就……」

「妳就什麼？」九阿哥好笑地看著她。人都嫁了，還能怎樣？

「我就、我就不讓你上床！」青萍無奈之下只好以此相要脅。

「呿——妳當爺是傻子啊？妳說不上我就不上了？」說著就把那張紙隨手一撇，抱起她走向床榻。

青萍手忙腳亂地掙扎著。「你快放下我啊！」

胤禟邪邪地一笑。「就不放。哈哈，看妳能跑到哪兒去？」他快步走到床前，把青萍扔到床上，撲上去把她壓在身下。

青萍急到不行，腦子轉得飛快，忽然靈機一動，大喊道：「等等，咱們還沒喝交杯酒呢！」

九阿哥聞言一愣。「剛才不是喝了嗎？」他說的是當眾喝的那杯。

「那不算，那是讓他們看的，我們要自己再喝一次。珊珊送了一套酒具，很漂亮。她還說，要喝滿七杯，我們就永世都不分離了。」看著九阿哥頗有些不以為然的樣子，她不高興地說：「我知道了，你不願意和我永世在一起，對吧？」說完，臉色便黯淡了下來。

九阿哥一看，趕忙哄著她說：「誰說我不願意了?走，咱們這就喝去。」可不想新婚之夜莫名其妙地被新娘子的眼淚給沖到床下去。

青萍的眼睛一下子亮了，推開他起身來到桌前，把七個杯子都斟滿了，端起一杯遞到他手裡笑道：「喝吧！」

九阿哥斜睨了她一眼，仰頭喝了一口，大手固定住她的腦袋，狂野地吻了過去。

青萍被他這冷不防的一招嚇了一跳，還沒反應過來就被他親個正著。

「唔」的一聲嬌吟，口中被他灌了滿滿的一大口酒，辛辣得讓她嗆咳。

胤禟得意地把剩下的酒一飲而盡，繼續如法炮製，喝完了六杯後，兩人的氣息都漸漸有些不穩，青萍怕他再那樣灌她，奪過酒杯就喝了一半，再把剩下的一半灌進他的嘴裡，晃了晃酒杯嬌笑道：「你可別想再占我的便宜了。」

九阿哥一把摟住她，魅惑地說道：「這回沒事了吧？」說著就要把她抱回床上。

青萍又一次阻止他的行為，氣得九阿哥直想把她的嘴堵住。「又要幹麼？」

「等一會兒。」

青萍神秘地一笑。「我要更衣。」

九阿哥無奈地放下她，任由她走到了屏風的後面，自己則拿起剛才喝酒的杯子仔細端詳起來。

咦？這杯底似乎有字……

「胤禟。」青萍的聲音打斷了九阿哥的思緒，抬起頭——天，九阿哥覺得自己的身體似乎起了些微的變化。

這個狐狸精！

烏黑的長髮隨意地披散在裸露的香肩上，勾魂攝魄的雙眼裡卻閃現純真的光芒，一點不顯突兀，飽滿的櫻唇因為微笑而揚起了好看的弧度，再往下看——九阿哥暗自呻吟了聲。瞧她穿的是什麼？

一襲純黑色的紗質吊帶短裙，長度剛剛好蓋住她挺俏的臀部，材質透明，隱約可以看出這小妖精裡面什麼也沒穿。裙子周邊滾著銀色絲帶，那抹銀色還蜿蜒滑過她高聳的雙峰，纏繞著她玲瓏有致的腰身，兩條修長的玉腿完完全全地呈現在眼前，細緻光潔的纖足踩在猩紅的毯上分外誘人……

她該不會真的是一隻成了精的狐狸吧？

青萍滿意地看著九阿哥的臉色越來越紅、呼吸越來越凝重、眸色也越來越深，哈，自己果然改對了，原本是四人一樣的款式，她卻偷偷地改成了超短、吊帶的款式。

看看面前這個魂飛天外的男人，青萍得意地笑了。

九阿哥快步走到她跟前，把這個狐媚的小妖精打橫抱了起來，幾乎是用跑的來到床邊。

「萍兒，妳這小妖精——」九阿哥撲在她身上低啞地呢喃、親吻。

青萍將雙臂掛在他的脖子上，嬌笑著問道：「禟，我美不美？」

「嗯。」匆匆地應了聲，雙手撫上她的嬌軀。

「那你愛不愛我？」努力壓下被他點燃的慾火，她還有事沒做哩！

「愛！」女人真囉嗦，尤其以這個女人為甚。

「那你要不要把這個簽了？」她舉起手中不知在何時撿起的那張合約。

「不簽。」

「嗯嗯……不嘛……我要你先簽。」青萍使出她的千年狐狸神功，在他身下不斷地扭動著，引得九阿哥一陣燥熱，想要一逞神威，無奈身下的嬌娃也不是個省油的燈，幾番較量下，九阿哥只好無奈地答應把合約先簽了。

至於什麼內容——嘿嘿，九爺正處在慾火焚身的關鍵時刻，所以——

收好自己今後權益的保障合約，青萍開心地摟著他嬌笑起來，九阿哥暗自翻了個白眼。現在無暇顧及這狡猾的壞丫頭，明兒早起再說！

癡纏的二人漸漸覺得有些不對，先是青萍疑惑地問道：「禟，你睏嗎？」

「不睏。」

「可我怎麼覺得有些睜不開眼啊？」她有些迷糊地問道。

壞丫頭，折騰夠了就說睏了，想把爺氣死啊？

「真的，禟，你不覺得嗎？」青萍掛在他脖子上的手臂滑了下來，手掩著嘴打了哈欠。

九阿哥的魔手定住了，因為他也有類似的感覺了。

難道……他想起四阿哥臨走時那莫測高深的一笑。天，不會是……

「萍兒，咱們剛才喝的是誰拿來的酒？」

「喔……」努力撐著眼皮，青萍說道：「好像是皇上御賜的酒，怎麼了？啊！難道，他們給咱倆也下藥了？」

九阿哥努力平息自己的心。為了不遭報復，自己今天可是下了很大的功夫，酒菜茶水都很留意，怎麼還會著了道呢？

他爬起來在新房裡四下打量——都是自己親自挑選的，沒有老四他們家的東西——啊，酒具！

九阿哥一個箭步竄到桌邊，拿起酒杯裡裡外外地看了個遍，想起剛才自己曾在杯底發現字跡，趕忙就著燭光仔細看了起來。

禮？什麼意思？再拿起一個，往？

青萍忽忽悠悠地下了床走到他身邊，把自己的重量全部壓在九阿哥的身上。「在看什麼？」

「杯底有字。」這時，胤禟已經把七個杯子全都看過了。

禮、往、而、非、來、也、不？

「老四這個混蛋！」九阿哥喃喃地咒罵著。

來而不往非禮也！

難道他給爺也下了逍遙散？不對，逍遙散服了後可不會犯睏，啊，難道是……

神仙醉?!

九阿哥火冒三丈地看著身側已經有些迷糊的青萍。這個老四，竟然在爺大婚的日子裡下了神仙醉，讓爺還怎麼洞房啊?!

可惜九阿哥連仰天長嘯的勁都沒有，就一頭栽倒在地，和他的新娘到周公那裡洞房去了——

第二十四章　福晉

睜開眼睛，青萍覺得昏沈沈的，身上痠痛無比。用手摸了摸，似乎不是在床上，這是在哪兒呢？她努力思索著，昨天……啊！

昨天是她大喜的日子，上轎、進宮、回府、行禮、洞房……洞房？對，就是洞房！她終於想起來了，昨天晚上就在她和胤禟兩情繾綣，天雷勾動地火的關鍵時刻，發現他們被四四下了藥了，結果，自己就迷迷糊糊地睡了。

這該死的四阿哥！居然害她精心準備了好久的洞房花燭夜就這麼泡湯了，她原計劃把胤禟這個超級花心的傢伙在新婚之夜一舉拿下的，可是……這個沒良心的四四大壞蛋，雖然自己也給他下了藥，可那是春藥啊，還有助興的作用哩，他倒好，居然給他們下迷藥，這下怎麼辦啊？

苦著臉，青萍欲哭無淚地爬了起來，一抬腳就聽到「唉喲」一聲，低頭一看，可憐小禟禟被自己一腳踢在肚子上，此時正迷迷糊糊地起來呢！

九阿哥捂著肚子坐了起來，就看見自己的福晉正一臉好笑地看著他偷樂呢！他揉了揉有些作痛的腦袋，才發現自己居然坐在地上，他皺著眉，慢慢地把混亂的記憶一一理順後，終於想起來，昨天晚上是他的洞房花燭夜，卻因四阿哥下的神仙醉而徹底泡湯了！

這該死的老四、大混蛋！居然讓爺的洞房如此窩囊地度過了！

他爬起身。看，自己還穿著昨天的衣服呢！真是氣死人了！

「萍兒，妳還好吧？」九阿哥走到她身邊，不可避免地再一次欣賞到昨晚那令他心神俱失的景象。這個小妖精，還穿著昨天那件惹火的紗裙呢。

青萍此時正在盤算著如何給他那些小妾一個難忘的印象，見他過來就蹺著腳，朝他笑道：「胤禟，你今天上朝嗎？」

「不去！」開玩笑，爺娶的可是嫡福晉，有假期的。

「喔，那我們這就穿上衣服，你帶我熟悉熟悉你的家人和府第吧！」其實主要是熟悉一下他的小老婆們。

穿上衣服？想得美，爺昨天沒洞房，今天早上還不補上？否則讓人知道了還不笑話？

「萍兒，這個不急，倒是有件事比較麻煩。」

「什麼事？」青萍仰頭看向他，這樣的角度剛好讓九阿哥看見她胸前一片大好春光，他心跳加快。「一會兒，會有宮裡的嬤嬤來驗看……」他有些不大好說出口啊。

「驗看什麼？」青萍疑惑地問道。

「嗯哼，就是驗看我們昨天到底有沒有圓房。」他玩味地笑著說道。

「喔，就這個啊，好辦！」青萍笑咪咪地拉著九阿哥往床榻走去。

九阿哥心花怒放地任她拉到床前，剛要好好地享受一下溫香軟玉的滋味時，就見他的福晉丟下他逕自走向梳妝檯——她要幹麼？

青萍在梳妝檯上翻了半天，終於找到一支十分尖銳的簪子，戳在手指上試了試。就這個吧。

她將簪子拿在手裡，笑呵呵地走向呆愣愣的九阿哥。

九阿哥皺眉看著她拿簪子走了過來，心想，難道她有什麼特殊的嗜好不成？正琢磨著，就見青萍笑容可掬地拉起他的右手，無比溫柔地說：「禟禟，忍一下，很快就好了。」

忍？忍什麼？九阿哥狐疑地想著，她有虐待人的嗜好嗎？還是……

「唉喲！」一聲驚叫，把九阿哥的浮想和猜測全都嚇跑了。

青萍輕輕地吹了吹他被刺得鮮血直流的手指。「不疼啊，乖禟禟，吹吹就不疼了。」看來是自己的勁使得太大了，幸好刺的不是自己，呵，不管了，正事要緊！

她拉著一邊呼痛一邊有些生氣的九阿哥走到榻前，拿他的手指往床上抹去。

九阿哥開始懷疑自己一門心思要娶的是個正常人嗎？拉過自己的福晉，看了看可憐的手指，九阿哥低聲怒吼道：「爺還能洞房啊！用不著這個！」他將這個禍害扔到了床上，撲上去咬牙切齒地撕掉了她的裙子，又三兩下扯掉了自己的袍子，拽下帳子罵道：「死狐狸，妳九爺需要用這個來證明自己已經圓房了嗎？妳這該死的小妖精，看我不好好地收拾妳——」

青萍呆愣愣地被扔到了床上，聽到他氣急敗壞的指控後，才發覺自己大概因為神仙醉的藥效所致，連大腦都當機了。兩個正常的、合法的、兩相情悅的人，只要把昨天晚上未能完成的事情繼續做完就好，何苦還要玩什麼苦肉計？又不是苦情戲的男女主角，都是四阿哥害的！

她忍不住問他道：「手疼嗎？」可憐的禟禟。

「廢話，妳刺一下試試！」九阿哥的手指還在冒血，也在他撫過的地方留下一道血痕，映著鮮紅的血，青萍雪白的肌膚越發顯得妖豔而惑人。

這樣一個有些詭異的洞房場景太少見了。

新郎的手指上雖流著血，卻不去包紮，任那斑斑的血跡在新娘的身上開出一朵朵豔麗的情慾之花，新娘也似毫不在意一般，投入地回應他的熱情……

晚上，青萍在丫頭的服侍下換上了嫡福晉的裝束。

大紅色的旗袍上繡著花開富貴的圖樣，衣服邊滾著小朵的牡丹花，腳上的鞋也是大紅的，同樣是花開富貴的圖案。旗帽正中一朵大紅的牡丹花嬌豔欲滴，兩旁各別著一支丹鳳朝陽的金釵，鳳口墜著一串長長的珍珠金絲串子，兩旁還垂著兩縷黃色穗子。

她仔細審視了一下自己的臉——白皙的瓜子臉，兩頰上了一點胭脂，彎彎的兩道秀眉，眉梢略有上挑，大而有神的杏眼裡隱隱閃爍冷靜睿智的光芒，高挺的鼻梁下是一張小巧的菱嘴。

嗯，還不錯，雖不如大婚那天的豔麗奪目，倒也算是美麗端莊了。原來自己居然也可以如此具有大家風範，呵呵，看來以前是因為被那三個死黨欺壓得久了才沒發現。

九阿哥一身蟒袍玉帶，越發顯得朱唇玉面了。青萍好笑地走到他跟前，使勁地搓了搓他的俊臉，嘴裡調侃道：「讓本福晉看看，你抹了多少粉？哈哈！」看著在自己手中扭曲變形的俊臉，她不覺哈哈大笑起來，連一旁的小丫頭也低著頭偷笑。

這個福晉可真是厲害，竟敢把九爺當麵團似地揉圓搓扁的，奇怪的是九爺居然毫不在意。

誰說九阿哥不在意？他的臉都快被青萍給揉破了。這個死狐狸，竟敢拿自己當麵團揉搓，還當著下人的面，要爺以後怎麼見人啊？

不悅地拉下在自己臉上肆虐的手，九阿哥沈著臉說道：「一點規矩都沒有，成什麼樣子？」

青萍的臉色一變，馬上就在眼裡聚集兩泡眼淚，泫然欲泣地說：「你又教訓我！我、我……」

眼看兩串珍珠就要滑下來了，九阿哥忙不迭地陪笑道：「妳別哭，我說著玩的，妳別當真啊！」見佳人的眼淚依舊是要掉不掉的，他趕忙又笑說：「妳要喜歡就接著捏吧！」

「真的？你不是為了哄我才故意說的吧？」她可憐兮兮地看著九阿哥問道。

「當然不是了，以後只要妳想，什麼時候捏都行。」只要佳人現在不哭，要他幹什麼都行。可是，當他看見青萍的眼淚像變戲法似地立刻無影無蹤時，開始懷疑自己是不是上當了……

青萍愛嬌地摟住他的脖子，給了他一個溫柔的熱吻——果然，九阿哥的理智被青萍的柔情一刀斬斷了。

進了宮，青萍摸出懷裡的紙包，趁人不備悄悄挑破了一點，輕輕刮了一些藏在指縫裡。可得小心些，這可是效力極強的癢粉。

進了大殿，眾阿哥都已經到了，看見他們倆進來都戲謔地笑了起來。瞧九阿哥的神情，這個嫡福晉看起來是很受寵愛的！

太子還是坐在上方明黃色的椅子，看著九阿哥夫婦倆走了過來，太子忽然想起冰珊那回敬茶的情景，這個棟鄂氏和年冰珊是閨中密友，便忍不住仔細地打量了一下這個棟鄂・青萍。

春山藏黛、杏眼含情、瓊鼻翹挺、櫻唇帶笑，身材玲瓏有致，舉止大氣端莊，有著和冰珊完全不同的氣質。唉——怎麼自己早沒發現呢？

青萍暗自冷笑地看了一眼太子，心想，讓你欺負我家珊珊，哼，你個色胚！

她端著茶杯一步一晃地飄向了太子，到了近前，巧笑倩兮地躬身說道：「臣妾棟鄂氏給太子爺敬茶。」說完，還故作羞澀地飛了他一眼。

太子心裡一樂，可惜人已經嫁給老九了，否則他一定把這美人兒要來好好地疼愛。

他虛抬了抬手，接過青萍手裡的茶杯，原想摸一摸小手的，可見九阿哥狼一樣的眼睛正緊緊盯著自己，也就作罷了。

青萍卻不管那套，照舊向太子施放媚功，終於，在太子接下茶杯的剎那，將指甲裡的癢粉順利地彈入了他的袖口。哼，希望你等等不會癢得當場就把衣服給扒嘍！

狐狸牌超級強效癢粉，源自真正的宮廷秘方，再經過千年靈狐多次的潤色調製，佐以各種名貴中草藥和稀世奇珍，精心配置而成，使用者只需將很少的藥粉彈在對方的身上，就可以達到意想不到的效果，哈哈哈哈……

她轉身朝九阿哥看了一眼，不意外地看見他眼中的震驚。呵，小心點兒吧你，可別逼著你老婆我哪天也給你來上那麼一點！

九阿哥看見她的小動作。八成還是為了年冰珊的舊帳，只是不知道她給太子袖子裡彈的是什麼玩意兒……他回頭看了看四阿哥，萍兒會不會也給那個該死的老四也來上一點啊？他想著就朝青萍看了過去，希望她可以像老四他們家的母老虎似的，讓老四也吃個暗虧，可他的福晉卻連正眼都不給他一個。

輪到四阿哥的時候，青萍居然有些諂媚地叫了一聲：「四哥，請您用茶。」教訓太子，那是因為知道他是個垃圾股，早晚得崩盤，可這個四爺不一樣，這可是支績優股，升值潛力超級強勁，希望他可以看在自己如此大人有大量的分上，將來能給他們一條生路。

四阿哥微一挑眉，不明白這千年狐狸在搞什麼花樣。他可沒錯過老九那纏著紗布的手指，上面還打著一個蝴蝶結哩——真是噁心！不過，很解氣！

看這丫頭一臉諂媚，該不會也想像冰兒似地給自己來個美人計吧？不行，得萬分小心才是。

「多謝弟妹了。」他小心翼翼地接過茶杯，卻見她嘲諷地一笑，繼續給五阿哥敬茶去了。難道是自己猜錯了？可是，她為什麼會這麼輕易甘休了呢？回去得問問冰兒才好，省得晚上睡不著覺。

青萍知道四阿哥一頭霧水。笨蛋，要不是知道你是未來的皇上，早就癢粉侍候了！

敬茶完畢，九阿哥就和青萍坐車回府了。車上，他狐疑地問起青萍究竟給太子的袖子裡彈了什麼東西，她淡淡地說道：「癢粉。」

九阿哥不禁倒抽了一口氣。可真夠狠的！難怪，當他們敬茶敬到十四阿哥的時候，就發覺太子有些不對，在上頭不停扭來扭去，還用手抓撓。

我的額娘啊！癢粉耶，她的膽子可真大，竟敢給太子的身上彈這個?!不過，嘿嘿，他喜歡！

但問起為何不給老四也來點時，青萍卻白了他一眼。蠢！

「他是珊的老公，自己人，用不著。」

九阿哥張口結舌地想，老四什麼時候成了自己人了，爺怎麼不知道？

未完．待續，請看翾雯／文創風014《大清有囍》二之二〈冤冤相報何時了〉

大清王朝一次穿來四個女人?!

清穿奇想喜劇

翾雯

改寫原創典型
四個現代大女人聯手顛覆大清皇宮
皇子格格全數敗倒、
康熙帝也束手無策?!

文創風 012

大清有囍

國家圖書館出版品預行編目資料

大清有囍. 二之一, 不是冤家不聚頭 / 翾雯著. --
初版. -- 臺北市 : 狗屋, 民101.01
面 ; 公分
ISBN 978-986-240-732-5（平裝）

857.7 100026327

著作者 翾雯
發行所 狗屋出版社有限公司
地址 台北市104中山區龍江路71巷15號1樓
電話 02-2776-5889～0
發行字號 局版台業字845號
法律顧問 蕭雄淋律師
總經銷 知遠文化事業有限公司
電話 02-2664-8800
初版 101年01月
國際書碼 ISBN-13 978-986-240-732-5

定價250元
狗屋劃撥帳號：19001626
網址：love.doghouse.com.tw E-mail：love@doghouse.com.tw